Karl-Heinz Mauermann

Der Nachtrabe

Eine Geschichte erinnern

Der Nachtrabe Woraus bestehen Erinnerungen und wie wahr können sie sein? – Eine alte Frau bekommt Besuch an einem Winterabend. Sie sitzt am Fenster, draußen ist es dunkel, sie sieht im Fenster ihr Spiegelbild. Sie erkennt es nicht, erkennt sich nicht mehr. Der Besucher beschließt, für sie Erinnerungen aufzuschreiben. Erinnerungen zu erzählen, die genauso gut, aber auch genauso schlecht sind – so wahr, so unwahr – wie ihre eigenen. Immer hatte sie sich ihr Leben schöngedacht. Ihr egozentrischer Charakter und die im Alter immer offener gezeigte Aggressivität führen zu skurrilen, grotesken Situationen, die mit schwarzem, rabenschwarzem Humor erzählt werden.

Der Nachtrabe ist eine Sagengestalt, mit der man die Kinder erschreckt hat. Er war auch der Schrecken des Kindes, das in der Familie der Frau groß wurde. Jetzt lebt die Alte in einem Heim. Ist sie, die immer elegant und mondän wirken wollte, jetzt der Nachtrabe für ihre Mitbewohner?

Die Alte, der Ich-Erzähler und die historischen Ereignisse sind die Pole, zwischen denen der Text sich bewegt. In dem Text überlagern sich individuelle Geschichte und Zeitläufte von der Weimarer Republik bis zum beginnenden 21. Jahrhundert in einer Stadt im Ruhrgebiet und einem Luftkurort in Oberbayern. In dem fiktionalen Text klingen autobiographische Momente an. Er changiert zwischen grotesker Überzeichnung und Reportage.

Karl-Heinz Mauermann ist bisher vor allem als Künstler an die Öffentlichkeit getreten. In seinen Arbeiten bewegt er sich an den Grenzen zu Film, Musik und Literatur. In vielen seiner Zeichnungen sind Texte, teilweise fragmentarisch, integriert. Die ersten Vorarbeiten zum Nachtraben entstanden für die live auf der Bühne von ihm in Kooperation mit Musikern erzählten Filme ›Nase abschneiden!‹ und ›Die Flugpioniere‹. Diese Programme wurden u.a. im Kunsthaus Essen, im Essener Grillo-Theater und im Lehmbruck-Museum in Duisburg aufgeführt. In seinen Videofilmen, die auf einer Reihe von Festivals, auch international, gezeigt wurden, erzählt er wie im Nachtraben Geschichte und Geschichten. ›Der Nachtrabe‹ ist seine erste literarische Einzelveröffentlichung.

Ein Wellensittich

Ein Wellensittich. Der Sittich legt seinen Kopf schief. Ich sehe einen Wellensittich vor einem Spiegel sitzen. Schwarze Knopfaugen, der Vogel blinzelt, legt den Kopf schief. Große Augen in schief gelegtem Kopf sehen das gespiegelte Bild. Der Vogel keckert. Ruft. Schimpft. In einer Lautstärke, die man diesem kleinen Körper gar nicht zugetraut hätte. In dem Keckern sind Worte erkennbar: Mutter! Hilf!

Der Wellensittich ist eine alte Frau.

Ihre Mutter kann nicht mehr helfen. Seit über dreißig Jahren ist sie tot. Ich werde dir helfen. Ich werde dir eine Erinnerung schreiben. Ich werde alles aufschreiben. Und es wird gut sein wie eine echte Erinnerung. Nicht besser. Ich werde nicht nur schöne Ereignisse aufschreiben. Aber auch nicht schlechter schreiben, als Du dich erinnert hättest, denn die Erinnerungen, die ich dir schreiben werde, werden wahr sein. Sie werden genau so wahr sein, wie die, die du hattest, als du dich selbst erinnern konntest – noch. Sie werden so wahr sein wie die Erinnerungen, die du mir erzählt hast, auf die ich zurückgreife, wenn ich dir deine Erinnerungen mache.

Eine alte Frau sitzt allein an einem Tisch. Die Tischplatte besteht aus Holzfasern, geschreddertem und unter Druck verleimtem Holz. Die Oberfläche ist aus Kunststoff und imitiert die Maserung einer Buche. Die Oberfläche ist abwaschbar, hygienisch, glatt. Auf dem Tisch steht eine fast leere Wasserflasche, ein halbdurchsichtiger Plastikbecher in Pastelltönen mit einem Schnabelaufsatz. Auf dem Tisch kleben kleine Speisereste, als solche kaum zu erkennen, die du über den Tisch gespuckt hast bei deinem Schreien. Mutter! Hilf!

5

Die Mutter kann nicht mehr helfen. Sie hat dir kein Lätz-
chen umgebunden. Dein Pullover ist ein wenig angeschmud-
delt, ein wenig verdreckt. Ein wenig besabbert. Du kannst
noch allein essen. Nicht mehr kauen in dem zahnlosen
Mund. Die Arme kannst du koordiniert bewegen, manchmal
etwas grob in der Koordination. Du bekommst breiförmige
Nahrung in einem Geschirr, welches nicht umgestoßen
werden kann. Beim Essen tropft ein wenig von dem Brei
vom Löffel oder aus dem Mund auf den Pullover.

Du warst eine elegante Frau. Das warst du, mondän, zuge-
wandt der Welt, der großen Welt. Bewegtest du dich in der
Welt, in der großen Welt, betratest du ein Restaurant, so war
es kein Betreten, sondern Schreiten. Die Augen verdeckt
durch eine große dunkle Sonnenbrille. Beide Hände, die
Finger graziös gestreckt, fahren zu den Schläfen. Die Finger
ein klein wenig gespreizt, die Mittelfinger leicht vorgestreckt.
Ein Griff an die Bügel der dunklen Brille. Den Kopf leicht
senken. Die Brille eine Kleinigkeit vorziehen. Ein angedeu-
teter Blick nach rechts, ein kurzer Blick nach links. So blickt
ein Filmstar beim Betreten eines Restaurants, der sich ängs-
tigt, er könne erkannt werden. Gleichzeitig die leise Furcht
im Herzen: Und wenn mich keiner erkennt.

Wie du bekleckert und angebunden in deinem Armstuhl
sitzt. Niemand wird dich erkennen, der die elegante Frau
gekannt hat, welche Restaurants mit der Furcht im Herzen
betrat. Kein Schreiten, kein Betreten des Eßsaals auf der Station, des Aufenthaltsraumes. Seit Monaten nun schon nicht
einmal mehr ein Gehen zum Essen mit anderen. Du bist
allein. Sitzt allein in deinem Zimmer. Angebunden auf
deinem Stuhl. Hinter deinem Rücken stehen zwei Betten.
Eines davon ist dein Bett. In dem anderen stirbt ein Mensch.

Seit zwei Jahren stirbt dort eine alte Frau. Ich könnte nicht sagen, ob es immer dieselbe ist. Oder bei jedem meiner Besuche eine andere. Seit zwei Jahren. So lange kann Sterben nicht dauern. Ich lese ihren Namen an der Zimmertür nicht. Ich kann daher nicht sagen, ob der Name wechselt. Ich will dir nicht die Erinnerung der letzten zwei Jahre schreiben, sondern dir eine Erinnerung an früher machen. Du sitzt angeschnallt, bekleckert vor deinem Plastiktisch mit den Essensresten und schaust ins Fenster. Draußen ist es dunkel. Im Zimmer ist Licht. Die Scheibe spiegelt das Innere des Zimmers. Du siehst eine Person im Fenster, die genauso böse ist wie du. Genauso verzweifelt und hilflos. Du schimpfst: Wer sind Sie? Was wollen Sie? Mutter! Hilf!

Sauerbraten

Ich sitze vor einem leeren Blatt. Schwarz mattierter Metallstift in meinen Händen. Ich fasse ihn mit beiden Händen, drehe an seinem oberen Ende. Drehe ich von mir weg, erscheint die Kugelschreibermine, dokumentenecht. Drehe ich zu mir her, zeigt die Drehmechanik den Druckbleistift. Ja, ich schreibe von Hand. Die mit Bleistift gemachten Notizen haben Skizzencharakter. Vorläufige, jederzeit revidierbare Gedankensplitter. Ich zögere mit dem Beginn der Erinnerungsarbeit. Blicke auf das Blatt. Nicht einmal Bleistiftskizzen. Es ist nicht die Furcht vor dem weißen Papier. Es ist die Angst, aus der Turbulenz der durch den Kopf gehenden Gedanken den richtigen auszuwählen. Ein Bild zu finden, angemessen, als erstes gezeigt zu werden. Die Erinnerung, die ich dir machen werde, wird vom Ausgangspunkt abhängen. Mag der Weg willkürlich erscheinen, wenn wir ihn gehen, so ist er doch streng determiniert. Es sind nicht die Fakten, die ihn bestimmen, sondern Wahrscheinlichkeiten, die aus dem Startpunkt und der sich daraus ergebenden Wegstrecke resultieren. Die Aufzeichnung wird so gut sein, wie echte Erinnerungen gewesen wären, wenn diese ein ebenso hohes Maß an Wahrscheinlichkeit gehabt hätten.

Der erste Schritt. Du begibst dich in einen Raum. Entrée durch gläserne, von Pagen gehaltene Türen. Der Maître lächelt, geleitet dich zu einem freien Tisch: unwahrscheinlich, sehr unwahrscheinlich. Kein Demi Chef de Rang nahm sich deiner an, diese Berufsbezeichnung war dir nicht geläufig. Im Atlantic warst du nicht zuhause. Das Savoy nicht von innen gesehen. Im Adlon nie gewohnt. Du hättest sie gerne gekannt, die Großen der Welt. Schöne und berühmte Menschen. Haute-Volée. Dieses Wort gehörte einst zu deinem Wortschatz. Auch zum Wortschatz gehörig: leger. Und: natürlich. Du wußtest, daß die wirklich großen Leute leger sind und natürlich.

Du setztest deine Auftritte im Gasthof Zur Post, beim Zipferwirt, im Kötterhusen in Szene. Ich erinnere, du sagtest: Die wirklich feinen Leute sind leger.

Ich mache dir eine Erinnerung. Ich drehe den Kopf des Stiftes: Kugelschreibermine. Ich erinnere für dich, wie erzählt wurde auf Geburtstagen, im Familienkreis, den Freundinnen, dem Hofstaat. Von einer Begegnung. Immer wieder erzählt. Beleg dafür, wie leger der Haute-Volée zuzurechnende Schauspieler. Ich male dir das Gehörte aus.

Eine elegante Frau, die den Kötterhusen betritt. Große dunkle Sonnenbrille. Graziös gestreckte Finger fahren zur Schläfe, den Kopf leicht gesenkt und vor dem Schreiten in das Lokal ein Blick nach rechts, nach links. In dem Blick die Angst, man könne dich erkennen. Gleichzeitig die viel größere Angst, nicht erkannt zu werden. Dann sicheren Schrittes deinen Weg gehen, man hat dich bemerkt. Frauen senken die Stimme: »Ist das nicht …?« Männer wenden ihren Kopf. Man hat dich bemerkt. Männer drehen sich um.

Die Kellner wissen, wer gekommen ist, wer dem Lokal die Ehre erweist. Einer von ihnen tritt diskret an dich heran und während er dich begrüßt: »Gnädige Frau … «, deuten seine Augen auf einen Tisch. Der dort sitzende Schauspieler, so erinnere ich für dich, hat dich längst gesehen. Er erhebt sich und deutet eine Verbeugung an, deutet mit dem Arm auf die noch freien Plätze an seinem Tisch. »Sie, hier?« fragt er mit ehrlich erfreutem Lächeln, nachdem du an den Tisch herangetreten bist. »Gnädige Frau, wann haben wir uns zuletzt gesehen? Und war es nicht in Cannes? Helfen Sie mir«, sagt er. Und: »Sie sind ohne Begleitung? Darf ich Ihnen einen Platz an meinem Tisch anbieten?« So leger, erinnere ich für dich.

Dieser Mann im Kötterhusen? Der Sauerbraten im Kötterhusen ist hausgemacht. Für seinen Sauerbraten ist das Lokal bekannt. Der Braten wird hier selbst eingelegt. Mit Lorbeerblättern, Zwiebel, Nelken, Pfeffer. »Ich komme wegen des Sauerbratens«, sagt der Filmschauspieler. Du lächelst und antwortest: »So hat ihn meine Mutter auch immer gemacht.« Zum Nachtisch Birnenkompott. Ich mache dir aus einer auf Geburtstagsfeiern in der Bergstraße erzählten Episode eine Erinnerung, wie du einen Schauspieler getroffen hast. Im Kötterhusen gehörten seine Blicke nur dir. Der Kellner an den Tisch getreten: »Gnädiger Herr, der Sauerbraten?« — »Verehrteste, Sie erlauben? Mein Sauerbraten. Der ist hier wie hausgemacht. Ich komme nur wegen des Sauerbratens.« – »Aber selbstverständlich, wirklich feine Leute sind doch immer leger.« Ich erinnere, wie du später erzählt hast, von Sauerbraten und daß er dort zubereitet wurde, wie ihn deine Mutter auch zubereitet hat. Essig, Lorbeerblätter, Zwiebel, Nelken ...

Mutter! Hilf!

Kaffee trinken

Du ißt nicht mehr mit anderen. Du bist allein in deinem Zimmer. In dem einen Bett hinter deinem Rücken liegt eine alte Frau und stirbt. Ich sitze neben dir auf einem Stuhl und schaue auf den Tisch. Die fast leere Wasserflasche. Der Plastikbecher, die Speisereste. Du bist allein in deinem Zimmer. Ich höre das regelmäßige Kontrollsignal vom Bett hinter dir. Die alte Frau lebt noch. Ich sehe den gefüllten Urinbeutel an ihrem Bett hängen.

Vor zwei Jahren habe ich dich zum letzten Mal im Aufenthaltsraum gesehen. Vor zwei Jahren habe ich dich zum letzten Mal im Aufenthaltsraum essen gesehen. Ich erinnere mich an den einen Besuch, als ich kam und deine Wangen waren geschwollen und blau unterlaufen. Das Auge. Ich fragte die Pflegerin: Warum schicken Sie die alte Frau noch in den Boxring? Ich habe gelernt, daß zynisch sarkastische Töne, daß Witze helfen, den Abstand zu gewinnen, den man braucht. Ich habe gelernt, wie groß die Herzen sein müssen, die in der rauhen Schale derer schlagen, die jeden Tag hier arbeiten. Ich frage: Hat sie wenigstens gewonnen? und: Wie sehen die anderen aus? Die Pflegerin sagt: Sie schlägt jetzt

10

mit ihrem eigenen Kopf auf den Tisch. Immer und immer wieder. Mutter! Hilf!

Als ich zum nächsten Besuch komme, ist die Schwellung abgeklungen. Das Blau ist zu einem gelblichen Grün geworden. Du schaust mich frech an. Noch bei den anderen sitzend. Du bist mit einem Geschirr an den Stuhl fixiert. Du kannst mit dem Kopf nicht mehr auf den Tisch schlagen. Mutter! Hilf! Das Geschirr läßt dir genügend Bewegungsfreiheit, den Oberkörper nach links zu drehen, nach rechts zu drehen. Der verglaste Anbau des Aufenthaltsraums ist voller Licht. Die Frühjahrssonne scheint so warm, daß einige sogar darüber nachdenken, ob man die Wolljacken ausziehen könne. Frauen frieren. Alte Menschen frieren. Einige haben die obersten Knöpfe der Wolljäckchen aufgeknöpft. Du bewegst den Oberkörper nach links. Du bewegst den Oberkörper nach rechts. Du schaust mich an. Auf einigen Tischen stehen noch Teller mit Kuchenresten, Kaffeetassen. Die meisten Tische sind abgeräumt, abgewischt, gereinigt. Aus Lautsprechern klingt volkstümliche Musik, die wohl den meisten im Raum gefällt. Ein, zwei singen oder summen mit. Zwei wiegen im Takt. Du bewegst deinen Oberkörper nach rechts. Du bewegst deinen Oberkörper nach links. Du drehst deinen Oberkörper nach links. Du siehst eine alte Frau, die zwei Tische weiter sitzt, fixierst sie. Du schreist: Wer ist das? Du schreist: Was wollen Sie von mir? Du schreist: Mutter! Hilf! Vor dir auf dem Tisch stehen Teller und Tasse. Dein Blick fällt auf den Apfelkuchenrest. Du greifst zur Gabel und versuchst, diese unter den Kuchen zu schieben. Immer wieder fällt der Kuchenrest schon auf dem Teller von der Gabel. Auf die Idee, mit der Gabel den Kuchen zu durchstechen, um ihn so zum Mund zu führen, kommst du nicht. Auf die Idee, die Gabel

11

beiseite zu legen, den Apfelkuchen mit der rechten Hand zu greifen und ihn dir in den Mund zu schieben, kommst du. Dabei schaust du mich an. Ob in deinem Blick Stolz liegt, das Problem gelöst zu haben, Scham, es auf solch unwürdige Weise gelöst zu haben, oder Gleichgültigkeit gegenüber dem Menschen, der dir beim Essen zusieht, vermag ich nicht zu sagen.

Ich erinner' für dich, wie es war, wenn wir sonntagsnachmittags zum Café Tanne gingen. Vorbei am Höllerhof, hier asphaltierte Straße noch, später auf der Höhe dann in einen kiesigen Weg übergehend. Vorm Buchenberg mußte man sich entscheiden, rechts oder links. Rechts stieg es leicht an. Einige Häuser noch, dann der Maier-Wirt. Danach Wald. Der Asphalt machte Kurven, wurde steiler. Wieder ein Stück eben zu gehen. Wiesen. Der eine oder andere Hof noch, rechts gelegen. Der Buchenberg immer links, denn um diesen herum führt die schmale Kiesstraße. Dann die Forellenteiche, die schon zum Café Tanne gehörten, das man erreichte, wenn Zweidrittel des Rundwegs hinter einem lagen. Dort kehrte man ein. In meinem Kopf eine Mischung aus Apfelstrudel, Käsekuchen und Eis, Waffeln mit Erdbeeren und Schlagsahne, Sinalco, Spezi, Radlermaß, Kaffee, Tee, Tee mit Rum, Schlehenfeuer. Abhängig wohl von der Jahreszeit. Ich erinnere für dich einen Winternachmittag. Der Weg zum Café Tanne bei minus 15 Grad. Die Sonne auf der geschlossenen Schneedecke. Funkeln und Glitzern auf dem Schnee. Schneebedeckt auch die Tannen, durch die die schmale Straße führte, auf der man gegangen war. Ich erinnere drei Stücke Käsekuchen auf dem Tisch. Eins für dich, eins für das Kind und eins für deine Mutter. Und zwei Kännchen Kaffee, für das Kind einen heißen Kakao. Ich erinnere sogar die Haut auf dem Kakao, die eklig war. Aber der heiße Kakao war gut nach dem Gang um den Berg, dem Gang durch den Wald, dem Gang durch den Schnee. Ich erinnere, wie der Toni, der Wirt vom Café Tanne, dann, wenn die Sonne gegen fünf hinter den Gipfeln der umliegenden Berge verschwand und das Tal in einem unwirklichen Winter-in-den-Bergen-nachmittags-Dämmerlicht liegen ließ, die Zither hervorholte. Der Halber-Peter, der mit seinem Käfer mit aufgezogenen Schneeketten heroben war, hatte die Klampfn dabei und d'Resi vom Thalerhof hatte es eh' nicht weit g'habt. Der Thalerhof lag auf der anderen Seite des Tals, gleichwohl nur ein paar Wiesen weit. Verschneite Wiesen. Ich erinnere für dich, wie sie den Siebenhütten-Boarischen spielten, Der stoanerne Jager und 's Huberpeter-Menuett.

Namensschilder

Als ich dich das nächste Mal besuche, sehe ich dich nicht, als ich den Aufenthaltsraum betrete. Ich spüre mein Herz schlagen. Natürlich habe ich vor dem Betreten des Aufzugs einen Blick auf die Namensschilder geworfen. Meist ist ein Parkplatz in unmittelbarer Nähe frei. Wenige Schritte von diesem nur bis zur Anfahrt mit dem Wendeplatz für die Sanitätsfahrzeuge. Immergrüne winterharte Bodendecker. Zwei hübsch wirkende Blumenrabatten. Dann durch die Eingangsschleuse mit den automatischen Glastüren. Dahinter der Spender mit der Bitte, die Hände beim Betreten und Verlassen des Hauses zu desinfizieren. Pflanzkübel mit Substrat unter Kunstlicht, in denen lebende Pflanzen gedeihen. Subjektiv ist der Geruch schon auf der Straße bemerkbar, sobald man den Wagen verläßt. Beim Gehen über die Anfahrt scheint er intensiver zu werden. Dann die Eingangsschleuse; im hellen, verglasten Eingangsbereich wird der Geruch objektiv. Links liegen der große Speisesaal und die Cafeteria für die, die es noch bis hierhin schaffen, und für Gäste. Halblinks die Aufzüge zu den Stationen. Rechts Wohnbereiche. Ganz rechts die Verwaltung. Ich also halblinks zu den Aufzügen, vorbei an der Frau mit dem starren Blick, die hier sitzt, seit ich dich besuche. Wie immer grüße ich sie. Wie immer sieht sie durch mich hindurch. Ich stehe vor den Aufzügen, und ehe ich den Knopf drücke, der schnelle Blick auf die alphabetisch geordneten Schildchen mit den Namen der Bewohner der Stationen.

Dein Name ist an seinem Platz. Der Fahrstuhl. Die Fahrt nach oben. Die Tür gleitet beiseite. Im Fahrstuhl wieder ein anderer Geruch, ein Gemisch all der Gerüche all der Stationen in diesem Teil des Gebäudes. Deine Station ist erreicht, ich steige aus. Quere den Gang, der links und rechts zu den Zimmern führt. Der großzügig bemessene Vorraum, in dem einige deiner Mitbewohner sitzen. Rechts das Stationszimmer, dann der Aufenthaltsraum mit dem verglasten Anbau. Du bist nicht an deinem Platz. Ich spüre. Herz. Ehe ich weiter denken kann, kommt von hinten eine Pflegerin: Sie ist auf ihrem Zimmer. Wir konnten sie nicht hier lassen. Sie tritt uns, spuckt jetzt immer. Nach den anderen und nach dem Personal. Erschrecken Sie nicht, wenn Sie sie sehen. Mutter! Hilf!

In deinem Zimmer sitzt du allein, festgebunden auf dem Stuhl, vor dir ein Tisch mit Wasserflasche, einem Trinkbecher. Das elektronische Überwachungssystem am Bett piept und zeigt, daß die Frau in dem einen Bett hinter dir dort noch lebt. Du wendest dich um. Siehst mich. Wer sind Sie? Mutter!

Hilf! Im Radio läuft volkstümliche Musik. Oder auch nicht. Es ist egal.

Stubenmusi

Ich mach dir eine Erinnerung, wie es war, als Wastl Fanderl das Café Tanne besucht hatte. ›Stubenmusi, ein baierisches Bilder- und Notenbüchl mit Wastl Fanderl‹ hieß die Sendung des Bayerischen Rundfunks. Wastl Fanderl reiste durch die baierischen Lande. Ob es nur die oberbaierischen Lande waren, weiß ich nicht mehr. Das ist auch für die Erinnerung, die ich dir machen will, unerheblich. Fanderl suchte die echte Volksmusik. Er suchte sie seit 1927 und er fand sie. Oft genug, um uns achtwöchentlich samstags um viertel Viere in Schwarzweiß zu besuchen. Der Klang mono, aber echt. Wastl Fanderl war auch beim Café Tanne-Wirt fündig geworden. Mit Kamera und Tonaufzeichnungsgerät war er gekommen. Scheinwerfer und Maskenbildner des Bayerischen Rundfunks. Tonmeister und Kameraassistenten. Zu der Zeit paßte eine Aufnahmeeinheit noch in einen kleinen Bus. Der ganze Ort in Aufregung. Wastl Fanderl, der sie alle, die schon ein Fernsehgerät besaßen, achtwöchentlich besuchte. Wastl Fanderl besuchte den Café Tanne-Wirt.

Ich mache dir jetzt eine Erinnerung. Auch wenn sie gelogen ist. Das ist unerheblich. Ich mache sie dir. Schon Wochen vor den Aufnahmen waren Mitarbeiter des Bayerischen Rundfunks vor Ort gewesen und hatten Leut' ausgesucht, die im Café Tanne sitzen sollten, wenn der Wirt mit Wastl Fanderl spricht, wenn der Wirt mit Wastl Fanderl spielt. – Und sie haben dich ausgesucht. Wir können auch anders,

15

werden sie gedacht haben. Blitzsaubere Madeln, breitbeckige Bäuerinnen, die wenige Jahre zuvor in der NS-Frauenschaft gut aufgehoben waren und dem Führer Kinder schenkten, wie die Kühe dem Großbauern, herzig fromm dreinschauende Magdsgesichter, die die nächste Kirchweih abwarteten, damit irgendein Großknecht sich um sie schlagen konnt'. Das kann nicht alles gewesen sein. Dachten die Redakteure beim Bayerischen Rundfunk. Sie brauchten ein neues Bild. Ein Gesicht, das Gemütlichkeit mit Weltoffenheit paarte. Aufgeschlossen und natürlich leger. Die Sinnlichkeit der Landbevölkerung mit einem Hauch Großstadt abrunden. Eine deutsche Frau, eine junge Frau, doch auch Eleganz sollte in ihr stecken und sich über die Ätherwellen verbreiten. Wir können auch anders. Die Piefigkeit der Heustadelromantik mit der Geradlinigkeit einer Ilse Werner im offenen Blick, dem Schwung einer Marika Röck und mit ein ganz klein wenig Verruchtheit einer Zarah Leander. Deine Chance. Glück, daß du einige Tage im Ort bist, gerade als die Redakteure nach Leut' suchen. Bei der Aufzeichnung sitzt du drei Tisch' vom Herrgottswinkel, ein Viertel Roten vor dir, und zeigst der Kamera ein aufmerksam lauschendes Gesicht, eine Spur von Lächeln. Zu der Zeit gab es noch keine Videorecorder. Beim Bayerischen Rundfunk ist keine Magnetbandaufzeichnung mehr vorhanden. Filmrollen? Man hat längst nicht alles verwahrt. Die Fernsehtruhe leer. Ich mache dir die Erinnerung. Du hast bei der Stubenmusi mitgemacht. Bei Familienfeiern, runden Geburtstagen, Konfirmationen oder Hochzeiten ergab sich die Gelegenheit, davon zu erzählen. Auch das gehört zur Erinnerung. Wie einfach und leger die wirklich feinen Leute sind. Du sagtest dann: Wenn ich an den Wastl Fanderl denke. Das Radio in dem Zimmer, welches du jetzt nicht mehr verläßt, steht auf einem Tischchen, zwischen der Tür zu dem ganz kleinen Balkon, auf dem nicht einmal ein Rollstuhl wenden kann, und dem Bett deiner Zimmergenossin, welche noch lebt, da der Urinbeutel voller ist als noch zu Beginn meines Besuchs. Das Radio ist auf WDR 4 eingestellt. »Schönes bleibt!«

Bergstraße

Die Wohnung. Daran solltest du dich erinnern. Doch was meint hier das ›solltest‹? Es läßt sich eine Matrix von Modalverben aufstellen, deren Kombination zu wahren Aussagen führen. Sollen, können, dürfen, müssen. Eine solche Liste, Kombinationen solcher Verben führen zu wahren Aussagen. Doch was nützt dir solche Art von Wahrheit? Hilft sie mir, dir eine Erinnerung zu machen? Du hast nach dem Krieg über Wochen, Monate, Jahre, mehr als zwei Jahrzehnte in einem Provisorium gelebt, das für kurze Zeit nur gedacht war. Aus heutiger Sicht nur schwer vorstellbar. Wenn man das unmittelbare tagtägliche Leben als Privatheit empfindet, die letztlich die eigene persönliche Geschichte ausmacht, das ausmacht, was man erinnert, wenn man erinnert, dann muß doch das in deinem Kopf eingegraben sein: die Wohnung. Wochen, Monate, Jahre, mehr als zwei Jahrzehnte mit Fremden in einer Wohnung, schlimmer: in deren Wohnung. Und davon soll nichts mehr da sein? Du rufst: Mutter! Mutter, hilf! Und sie, deine Mutter, die über Jahre und Jahrzehnte mit dir, deinem Mann und später mit dem Kind in der Wohnung der Fremden gewohnt hat, hilft dir nicht, kann dir nicht helfen, konnte dir nicht helfen.

In dieser Wohnung über zwanzig Jahre mitwohnen zu dürfen, war Hilfe genug, die man dir, deiner Mutter, später deinem heimgekehrten Mann und noch später dem hinzugezogenen Kind hat zukommen lassen. Dem Kind sollte es nicht ungewöhnlich vorkommen, so zu wohnen. Das Kind kannte andere, die so wohnten, die ähnlich wohnten.

Die Geschichte, wie es zu diesem Wohnen kam, war oft erzählt worden. Das Kind kannte sie. In ihr wurde niemandem Schuld zugewiesen. Keiner war verantwortlich zu machen. Keine kausalen Bezüge wurden hergestellt. Weder hatten die Taten eines machtbesessenen Diktators in einen Krieg geführt. Noch hatten die Flächenbombardements der Engländer die Städte zerstört, die um die vitalen Lebensadern der kohlefördernden Zechen und der stahlerzeugenden Industrie gewachsen waren. Nicht Krupp als Waffenschmiede der Nation war zerstört worden. Als Ziel der britischen Bomber wurde Krupp nicht einmal genannt. Daß diese Bomber Ziele hatten und daß es Gründe gab, die dazu geführt hatten, daß Krieg geführt wurde. Nie ein Wort. Zerstört worden war die Wohnung in der Kottenbuschstraße. Und davor die in einer anderen Straße und davor die in einer anderen Straße. Du sagtest dem Kind: »Wir waren dreimal ausgebombt. Wir hatten alles verloren.« – Deshalb kann ich dich an die letzte Wohnung, die in der Bergstraße, erinnern.

Diese betrat man, aus dem Treppenhaus kommend, durch das man in den dritten Stock gestiegen war, über den Flur. Dies war der gemeinsame Flur mit Oma Kaderbach. Es war der Flur der Kaderbachs. Nach der dritten Ausbombung war dir und deiner Mutter Wohnraum bei den Kaderbachs zugewiesen worden. Da deine Schwiegereltern im Nachbarhaus sich auch mit einer anderen Familie eine Wohnung teilten. Da auch sie bis zu der Zuweisung dieser Räume dort in der Kottenbuschstraße gelebt hatten, erinnere ich für dich, daß sie euch auf die Räume aufmerksam gemacht hatten. Nach der dritten Ausbombung, als ihr nicht mehr wußtet, wo wohnen, wohin. Drei Räume und eine Küche und ein Klosett, dieses schon in der Wohnung und nicht eine halbe Treppe tiefer, diese ganze Wohnung, bis ihr eingezogen seid, von nur einer Familie bewohnt. Von einem Mann, seiner Frau, seinen beiden Söhnen, Familie Kaderbach.

Steele war katholisch. Die Kaderbachs waren katholisch. Es war ihre Wohnung. Die beiden Söhne im Krieg. Herr und Frau Kaderbach, die spätere Oma Kaderbach, verfügten über drei Räume und eine Küche und ein Klosett, kein Abtritt im Treppenhaus, keine halbe Treppe tiefer, um sich zu entleeren. Die Kaderbachs räumten auf Anordnung der Behörden für dich und deine Mutter ein Zimmer vollständig aus, in das ihr die Möbel stellen konntet, über die ihr nach der dritten Ausbombung nicht mehr verfügtet.

Verletzungen allenthalben. Verletzungen von Glauben, von Wohnungen, von Anstand, von Sitte, von Eigentum, von Intimität. Verletzungen ohne Urheberschaft, ohne Täter, ohne Verantwortlichkeiten. Gerne würde ich davon erzählen, wie es dazu hatte kommen können. Davon erzählen, wie es zum Krieg gekommen war. Von einem Malergesellen in Österreich, der es verstanden haben wird, Mitstreiter zu gewinnen und diese von seinen Ideen zu überzeugen, die wiederum aus Demütigungen erwachsen waren, die er hatte erleiden müssen. Von Hunger und wirtschaftlicher Not der Menschen an der Ruhr, die in Haft genommen wurden als Geiseln für Zahlungen, die aufgrund eines verlorenen Krieges zu leisten waren, um gut zu machen, was nicht gut zu machen war. Zerstörte Fabriken zu bezahlen, zerstörte Felder zu bezahlen, zerstörte Menschen zu bezahlen. Gerne würde ich erzählen von einem Kaiser, der in Doorn dann würde sitzen und dem es gut gehen würde, so gut es Kaisern eben gehen kann, wenn sie in Doorn sitzen, jenseits einer Grenze und nicht mehr auf ihrem eigenen Thron, dem Thron, der doch ihnen gehört hatte und auf dem dann nach dem ersten verlorenen großen Krieg ein Anstreichergeselle würde sitzen können, der sich diesen Thron und seine Hauptstadt würde noch viel größer bauen wollen, als der Kaiser es sich je hätte träumen können. Gern hätte ich erzählt von Menschen, die daran mitgewirkt hatten an der Thronbesteigung des Anstreichers. Die begeistert waren vom Nationalsozialismus und an ihn glaubten. Die später nach Berlin schrieben: »Die von mir dargestellten Ereignisse geben genau das wieder, was ich gesehen habe, und ich werde nicht ein Jota davon abweichen. Selbstverständlich habe ich bei der Abfassung meines Berichtes keinerlei Rücksicht auf meine Person genommen. Es ging nur darum, der Führung die tatsächlichen Zustände zu vermitteln, damit die Führung ihre Maßnahmen ergreifen kann. Natürlich stand in meinem Bericht das Negative im Vordergrund. Das Positive ist ja unserer Führung bestens bekannt.« Die sagten: Wenn das der Führer wüßte.

Doch sind das nicht deine Erinnerungen. Ich kann sie dir nicht schreiben. Es wären Erinnerungen derer, die gefragt haben, wie es dazu hat kommen können, daß dreimal Engländer Bomben auf die Wohnungen von Menschen geworfen hatten, die sie doch gar nicht kannten. Ich kann dir diese Erinnerungen nicht schreiben. Mutter! Mutter! Hilf! Das ist das, was uns bleibt.

BDM

Was ich wieder für dich erinnern kann, sind die Mädelsabende. Erwachsene Frauen werden sich später erinnern, daß sie sich getroffen haben, gewandert sind und gesungen haben. ›Auf, auf, ihr Wandersleut, zum Wandern kommt die Zeit! Das Glück, das laufet immer fort an einen andern Ort.‹ und: ›Wem Gott will rechte Gunst erweisen, den schickt er in die weite Welt.‹ Wandern und singen. Wandern und singen. Wandern und singen. Zweimal in der Woche antreten. »Samstags sind wir immer irgendwohin gewandert und haben dabei gesungen. Aber was haben wir mittwochs gemacht? Es ist wirklich wahr, mein Gehirn ist leer. Es fällt mir nichts mehr ein. Ich blieb stumm und langweilte mich.« So schwer fällt Erinnerung. Wenn ich das geahnt hätte. Ich hätte nichts großspurig gesagt über Mädelsabende. Bemüht habe ich mich. Fündig bin ich geworden. »Es ist wirklich wahr, mein Gehirn ist leer. Es fällt mir nichts mehr ein. Ich blieb stumm und langweilte mich.« Soll das alles gewesen sein?

Ich werde mir etwas ausdenken. Für dich. Gedanken wie die von Strickliesel und Körperertüchtigung, Küken und Glaube und Schönheit, den Zucht- und Auslesegedanken der gesamten weiblichen Jugend zu Bewußtsein bringen. Der Typ der deutschen Frau tritt ergänzend neben den Typ des deutschen Mannes, ihre Vereinigung bedeutet die rassische Wiedergeburt unseres Volkes. Volkstanz und rhythmische Gymnastik und eins und zwei, und eins und zwei, und eins und zwei, den Rumpf gebeugt. Und wandern und singen: ›Uns're Fahne flattert uns voran, uns're Fahne ist die neue Zeit.‹ und: ›Auf, auf, ihr Wandersleut, zum Wandern kommt die Zeit!‹ Die Buben schnürten schon ihre Ränzel. Sie besuchten späterhin Polen, Paris, Griechenland, Nordafrika. ›Das Glück, das laufet immer fort an einen andern Ort.‹ Das Ehrenkreuz der Deutschen Mutter. – Wer da wandert, ist nicht mehr Nichtsnutz, Haderlump, Tagedieb. Tunichtgut. ›Die Fahne hoch! Die Reihen fest geschlossen! SA marschiert mit ruhig festem Schritt.‹ Bubi Drück Mich. Bund Deutscher Milchviehzüchter. Bald deutsche Mutter. Bund Deutscher Matratzen.

Und »Die Pfanne hoch, die Bratkartoffeln brennen«.

Kaderbach

Die Wohnungstür bestand aus einem Hauptflügel und einem halb so großen Nebenflügel, welcher mit zwei arretierbaren Bolzen oben im Rahmen und unten im Boden fixiert werden konnte. Beide Flügel hatten ornamentale Kassettenfüllungen im unteren Teil und waren im oberen Teil durch Stäbe gegliedert, welche geriffelte Glasscheiben hielten. Solche Türen nahmen Muster großbürgerlichen Wohnens auf, auch wenn sie kleinbürgerliche Räume öffneten. Daß jemand oben an der Wohnungstür schellte und durch das Glas in seinen Umrissen zu sehen war, geschah fast nie. Schellte es, hatte jemand unten an der Tür geschellt. Man drückte auf, öffnete die Wohnungstür, trat an das Geländer und konnte den Aufstieg des Besuchers zum dritten Stock verfolgen.

War der Besucher oben angelangt, betrat er die Wohnung der Kaderbachs, denn es war eigentlich ihre Wohnung gewesen. Zu dem Zeitpunkt, als Herr Kaderbach dann aber verstorben war und die beiden Söhne längst verheiratet, ausgezogen und nur noch selten zu Besuch bei ihrer Mutter, der

Oma Kaderbach, war es nicht mehr die Wohnung der Kaderbachs. Frau Kaderbach bewohnte in der Zeit, die ich jetzt für
dich erinnere, das große, der Eingangstür gegenüberliegende
Zimmer, das mit dem Balkon nach hinten raus zur Hofseite.
Tagsüber wurde im Korridor kein Licht angemacht, sein diffu-
ses Licht erhielt er durch die Riffelglasfenster der Wohnungstür. Der Hauptflügel mit rechtem Anschlag, mit linkem der
Nebenflügel. Das Licht des Treppenhauses hinreichend. In
der Wohnung dann gleich rechts die Küchentür. Auch in ihr
ein Fenster aus geriffeltem Glas, nur kleiner, in Kopfhöhe,
was ich beinahe vergessen hätte dir zu erinnern. Die Küche,
Fenster zum Hof, mit Blick auf die Brülleckestraße, die Glas-
fabrik und dahinter die Ruhrauen. Zwischen Küche und dem
großen Zimmer der Oma Kaderbach ein schlauchförmiger
schmuckloser Raum mit Handwaschbecken und WC, ein kleines Fenster, das zur Belüftung und der Zuführung von Tageslicht diente. Über dem WC hoch an der Wand fast an der
Decke der metallene Spülkasten, dessen Hebel über eine
Kette bedient wurde, an der unten ein abgewetzter Holzgriff
hing. Mit diesem zog man ab. Ansonsten ein Spiegel über
dem Waschbecken mit nur einem Hahn für das kalte Wasser.
Das war's.

Im Korridor links die Tür zum Wohnzimmer. Dies, so
stelle ich mir vor, muß das Zimmer gewesen sein, das die
Kaderbachs euch freigeräumt hatten, als der Wohnraum euch
zugewiesen wurde, so erinnere ich für dich. Das Zimmer mit
den zwei Fenstern zur Straße, deren Enge man nur wahr-
nahm, wenn man aus einem der Fenster nach unten schaute.
Die gegenüberliegenden Häuser waren nur zwei Stockwerke
hoch. In der rechten Wohnzimmerwand eine weitere Tür,
durch die man ins Schlafzimmer gelangte. In diesem eine

weitere Tür, durch die man in das große Zimmer mit dem Balkon hätte gelangen können. Doch zu der Zeit, als dir und deiner Mutter der eine Raum zugewiesen worden war, den die Kaderbachs dann freigeräumt hatten für die Möbel, die ihr nicht mehr besaßet, war schon an der Tür in der rechten Wohnzimmerwand Schluß. Kaderbachs hatten sie von ihrer Seite abgeschlossen. Deine Mutter und du hatten nach der dritten Ausbombung einen Raum.

Ich erinnere die heftigen Gespräche in der aufnehmenden Familie. Über den Verbleib der Zugewiesenen, deren Zuweisung nicht abgelehnt werden konnte. Sie standen vor der Tür und die Autorität der Behörden verlangte, sie einzulassen. »Die Küche nicht! Sie brauchen keine Küche! Sie können auf dem Ofen kochen!« »Nicht auf den Balkon! Das ist unser Balkon!« »Wenn die das hintere Zimmer bekommen, müssen die durch unsere Wohnung.« – oder hatten die Kaderbachs »das Kinderzimmer« gesagt? – oder »das Jungenszimmer?« – »Sie wohnen jetzt in unserer Wohnung!« »Schlimm!« »Sie sollen nicht durch unsere Wohnung.« »Ein schrecklicher Krieg!« Die Kaderbachs waren katholisch. Ihr wart evangelisch. »Es ist das hellste Zimmer. Zwei Fenster zur Straße.« – Später starb Herr Kaderbach. Seine Söhne, die Söhne der Familie Kaderbach, lernten Frauen kennen, verliebten sich, heirateten und wohnten nicht mehr bei den Eltern. Dein Mann kam zurück aus Belgien mit einem geschnitzten Schachspiel und einer von ihm für dich gebauten Geige. Auch er brauchte Platz und da war es gut, daß Herr Kaderbach gestorben war und die Söhne der Kaderbachs geheiratet hatten. Die Tür, die Kaderbachs abgeschlossen hatten, als ihr eingezogen wart, wurde aufgeschlossen. Ihr hattet zunächst ein Zimmer mehr. Zu dem Zeitpunkt, den ich dir jetzt erinnere, nutzte Oma Kaderbach nur noch das Zimmer mit Balkon. Das Klosett nutzte man gemeinsam. Das Zimmer mit den zwei Fenstern war Wohnzimmer geworden. Euer Wohnzimmer. Dein Wohnzimmer. Und in der rechten Wohnzimmerwand die Tür, die nun nicht mehr abgeschlossen ist, sondern offen, durch die man ins Schlafzimmer kommt. Euer Schlafzimmer. Dein Schlafzimmer. Und die Tür, die vom Schlafzimmer zum Zimmer mit dem Balkon geführt hätte? War nun die unbenutzbare. Abgeschlossen. Und vor dieser Tür stand der große Kleiderschrank. Neben diesem der kleine. Hinter dem großen Schrank war ein Stück Rahmen der dahinterliegenden Tür zu sehen. Hinter dieser Tür lebte Oma Kaderbach, deren Lebensäußerungen durch die Tür zu hören waren. Zwischen Kleiderschrank und Tür lebte der Nachtrabe.

Da der Schrank mit dem Rücken zur Wand stand, vor der Tür stand, die an den Raum grenzte, der Oma Kaderbach als Wohnung geblieben war, und da die Türfüllung auf der Seite eures Schlafzimmers war, ergab sich ein kleiner Raum von der Tiefe des Türrahmens. Diesen bewohnte der Nachtrabe. Obwohl auf dem großen Kleiderschrank Koffer lagen, die benutzt wurden, wenn man sich auf Reisen begab, war ein kleines Stück der Zarge zu sehen samt dahinter liegender verschlossener Tür. Zu sehen also, wo der Nachtrabe wohnte. Bei Tageslicht sah man dort nicht mehr als einen Hinweis auf den ungewöhnlichen Zuschnitt der Wohnung, erkannte man vielleicht, daß die drei Zimmer, die nicht Klosett, nicht Küche waren, zog man den Flur hinzu, untereinander verbunden waren, so daß man einen Rundlauf hätte machen können. Dieser Rundlauf war jedoch unterbrochen durch eure Zuweisung in diese Wohnung. Erst schlossen Kaderbachs eine Tür zu. Dann stelltet ihr einen Schrank vor eine andere Tür. Nachts war aber der Ort hinter dem Schrank kein Hinweis auf den Schnitt der Wohnung. Lag das Kind, das zu euch gezogen war, nachts im Bett, war dort keine Tür, kein Schrank, sondern die Grenze des Ortes, an dem der Nachtrabe wohnte.

Man kennt das Drohen mit finsteren Gestalten, Drohungen zur Disziplinierung kleiner Kinder. Der Bullemann, die Kornmuhme, Hans Muff. Doch unterschieden diese und andere sich grundlegend vom Nachtraben, waren sie doch allesamt Phantasiegestalten. Ausgedacht zur Disziplinierung. Der Nachtrabe jedoch wohnte hinter dem Schrank. Daß dem so war, hatte Nachtraben-Leni verraten. Bei einem der glücklicherweise seltenen Besuche, zu einem frühen Zeitpunkt, als das Kind noch klein war. »Das geht doch nicht. Ihr verzieht den Jungen ja. Wo gibt es das denn? Was soll das heißen – er schläft sonst nicht ein? Es kann sich doch nicht jeden Abend einer von euch neben den Jungen legen, bis er eingeschlafen ist. Er hat Angst – was soll das heißen? Ein Kind muß lernen, ins Bett zu gehen. Ihr werdet sehen, was ihr davon habt. Ihr werdet mir dankbar sein. Aus dem Jungen wird nichts. Aus dem Jungen kann nichts werden. Der Junge wird später Probleme haben. Der Junge wird im Leben Probleme haben. Das ist ein ängstliches Kind – was heißt das? Ihr müßt auch mal an euch denken. Das Opfer, daß ihr das Kind zu euch genommen habt. Das bedeutet auch eine Verpflichtung. Dem Kind gegenüber.« Nachtraben-Leni brachte das Kind ins Bett. In das zwischen Ehebett und Fenster stehende Kindergitterbett. »So, jetzt wird geschlafen. Kleine Kinder gehören jetzt ins Bett. Und schön die Augen zu. Wenn du jetzt nicht schläfst, kommt der Nachtrabe.«

26

Doch die Besuche der Nachtraben-Leni waren selten. Und so galt über Jahre als Normalfall — so erinnere ich jetzt — ein gar nicht mal kompliziertes, aber aufwendiges Einschlafritual einzuhalten. Das Kind wurde zur Schlafenszeit in der Küche auf die Couch, auf der dann nachts deine Mutter schlief, zum Einschlafen gebettet. Du oder deine Mutter legten sich neben das Kind. Das Kind trug einen Schlafanzug. Doch auch die neben ihm auf der als Schlafstelle hergerichteten Couch liegende Erwachsene mußte ein Schlafgewand tragen. Eine nur lose übergeworfene Nachtjacke galt nicht als solches. Nur so beschützt schlief das Kind ein. Im Wohnzimmer auf der anderen Seite des Flures befand sich der Fernseher. Fernsehen bildete die Abendunterhaltung der Erwachsenen. Ungestört vom aus dem Fernsehen dringenden Klang schlief das Kind begleitet von dir oder deiner Mutter ein. Dann standest du oder deine Mutter leise auf. Ihr gingt ins Wohnzimmer zu den anderen Erwachsenen. War das Programm beendet und wurde auf der Mattscheibe auf das Testbild umgeschaltet, wurde die eigentliche nächtliche Ordnung hergestellt. Deine Mutter, du, hattet zuvor, nach dem Einschlafritual, zum Fernsehen wieder die Tageskleidung angelegt. Jetzt, nach dem Programmschluß, zogt ihr euch um für die Nacht, die deine Mutter über Jahre in der Küche auf der Couch verbrachte. Das Kind ließ sich dort völlig entspannt und bewußtlos wie ein kleines Tier auf den Arm nehmen. Lediglich manchmal, wenn eine Schlafphase nicht tief genug war und es ihm dämmerte, getragen zu werden, schlang es seine Arme instinktiv um den Hals des ihn Tragenden. Das Kind wurde umgebettet in das Kinderbett, welches zwischen Fenster und Ehebett stand. Die Gitter links und rechts des Kinderbettchens ließen sich auf verschiedenen Höhen feststellen. Das Gitter auf der dem Fenster zugewandten Seite war in der höchsten Position fixiert, obwohl das unnötig war. Da der Platz zwischen Ehebett und Fenster in der Breite durch das Kinderbett ausgefüllt war, wäre es dem Kind unmöglich gewesen, herauszufallen. Da das Schlafzimmer nicht geheizt war, der von euch genutzte Teil der Wohnung ohnehin nur über zwei Kohleöfen verfügte, einer in der Küche, einer im Wohnzimmer, und unter dem Fenster im Schlafzimmer kein Heizkörper vorhanden war – eine Zentralheizung wird erst eine spätere Wohnung besitzen, welche ihr ohne Oma Kaderbach bewohnen solltet –, war das Kind auch nicht vor der Gefahr zu schützen, sich an einer Heizung zu verbrennen. Das Gitter zur Fensterseite war also unnötig, befand sich dennoch in der höchsten Position. Deine Mutter hatte ihr Nachtzeug schon in die Küche gebracht. Dort würde sie sich umziehen, nachdem zunächst du und dein Mann sich am Waschbecken in der Küche gewaschen hättet. Der Hahn führte nur kaltes Wasser. Verlangte es einen nach warmem, mußte dieses zuvor auf dem Kohleofen oder dem Gasherd vorbereitet werden. Das Becken unter dem Hahn war groß, hatte einen großen runden Abfluß, der mit einem grobgelochten Metallabflußsieb bedeckt war, für welches kein Stöpsel vorgesehen war. Das Becken war Waschstelle für alle Personen in eurem Haushalt, war aber auch Ausgußbecken für das Spülwasser. Gespült wurde in einer Schüssel, die im Becken stand. Auch Spülwasser mußte vor dem Spülen im Kessel auf dem Herd erhitzt werden. Oma Kaderbach verfügte in ihrem Zimmer über ein eigenes, gleichgestaltetes Becken, zum Waschen, zum Spülen.

Du und dein Mann, gewaschen im Becken in der Küche, umgezogen für die Nacht, zurückgezogen ins Ehebett. Neben diesem schläft das Kind ruhig im Kindergitterbett. Das Kind ist sicher, denn du und dein Mann ruhen zwischen ihm und dem Kleiderschrank, hinter dem der Nachtrabe lebt. Auch deine Mutter liegt jetzt in der Küche auf der Couch unter der Bettdecke. Oma Kaderbach ist schon Stunden vorher eingeschlafen. Alle Menschen in der Wohnung haben das Tagbewußtsein verloren.

Es gibt Nächte, in denen das Kind – es ist ein sehr ängstliches Kind – aufwachen wird. Nächte, in denen das Licht des Mondes seinen Weg sucht durch die hölzernen, weiß gestrichenen, aber ein wenig vergilbten Fensterladen, die nachts, zumindest in kalten Nächten, als Schutz von innen vor die Fenster geklappt werden, während sie tags zu den Fensterbacken eingeklappt sind. Das Licht fällt durch Ritzen der nicht dicht schließenden Laden und wirft seltsame dünne bleiche Strahlen in das Schlafzimmer, die für den Nachtraben interessant sein könnten, ihn hervorlocken könnten aus seinem Reich, seinem Versteck. Das Kind fragt leise »Kann ich in dein Bett kommen?« Und du hebst, im Halbschlaf die Frage des Kindes hörend, die Bettdecke. »Husch!« Und das Kind kriecht hinüber zu euch. Deshalb ist das Gitter seines Bettes zu eurer Seite in der untersten Position fixiert. Es kriecht unter die Bettdecke. Zusammengerollt wie ein kleines Tier liegt es zwischen euch. Bewacht kann es schlafen bis zum Morgen. Die Zeit des Aufstehens ist bestimmt durch den Dienstplan deines Mannes. Frühschicht, Spätschicht, Nachtdienst. Auf welche Zeit ist der Wecker gestellt? Die Zeit des Aufwachens ist bestimmt durch Oma Kaderbach. Diese nimmt allmorgendlich einen selbst zubereiteten Stärkungstrunk aus schwerem, süßen Rotwein, einem rohen, in den Wein geschlagenen Ei und Traubenzucker zu sich. Schlägt sie die Zutaten mit der Gabel in einer Tasse untereinander, hört dies das Kind, stellt sich im Bett auf, sagt »Omma poppt Eier.« und ist wach.

Die graue Substanz

Erinnerungen wohnen in den weichen, gewundenen Faltungen der Hirnrinde. Ich stelle mir vor, wie ein 1400 Gramm schwerer Haufen gallertartigen Zellgewebes vor mir auf dem Tisch liegt, der kaum Widerstand bietet, als ich meine Hände um ihn herum lege und die Daumen in eine der Falten drücke, um diese ein wenig auseinander zu ziehen und zu erforschen. Der Zeigefinger der rechten Hand ersetzt als Kundschafter die Daumen und folgt den Windungen der Furche. Ich spüre Ekel. Ich überwinde den Ekel auf der Suche nach dem Vergangenen. Dies ist der nur wenige Millimeter dicken und 1800 cm^2 großen hellgrauen Fläche eingeschrieben. Ist es vielversprechend, den Cortex zu entfalten, ihn glatt gezogen, glatt gestrichen auf dem Tisch vor mir auszubreiten, so daß alles offenbar und plan vor mir liegt, mit einem Blick erfaßbar? Oder ist es besser, Faltungen und Irrwege so zu belassen wie gewachsen. Vielleicht liegen die Informationen nicht in einer bloßen Ansammlung von Zellmaterial. Vielleicht sind sie der Form eingeschrieben. Möglicherweise dient das Labyrinth der ineinander verschlungenen Gehirnwindungen nicht nur der Optimierung des Raumbedarfs im Schädel, sondern ist Teil des gespeicherten Inhalts.

Erinnerungen sind in Stein gehauen. Das ist die Aufgabe der Steinbildhauer. Emil Hipp verlegte Atelier und Wohnung in die Alpen, nachdem er den Auftrag erhalten hatte, in Leipzig das Richard-Wagner-Nationaldenkmal zu schaffen. Die Marmor-Kiefer AG verfügte über Steine in genügender Menge und Qualität. Hipp übersiedelte zur Ausführung nach Kiefersfelden, wo er drei Jahrzehnte später verstarb. Leipzig verweigerte nach Kriegsende die Aufstellung der Arbeit, verweigerte die Übernahme der Lagerkosten. Hipp mußte zusehen, wie die Marmor-Kiefer AG das auf ihrem Grundstück liegende Denkmal Stück um Stück verkaufte. In Stein gehauene Erinnerungen. In Privateigentum übergegangen zieren sie Grundstücke, Gärten, Vorgärten in Rosenheim, Neubeuern, am Chiemsee, in Bayreuth und Buxtehude. Wurden auf diese Weise Volkstum.

Erinnerungen wohnen in Hollerith-Maschinen in Form kleiner Löcher in Karten aus Karton. Vor mir auf dem Tisch befindet sich ein Stapel dieser Karten. Ich hebe eine vor meine Augen, wende mich zum Fenster und sehe durch die Stanzungen. Es ist Tag und das Licht fällt durch sie hindurch. Es ist ein sonniger Tag. Über die Tischplatte gehalten projiziert die Karte Lichtpunkte. Ich betrachte das Muster, versuche zu entschlüsseln. Ich greife eine weitere Karte. Lege beide übereinander. Da sie verschieden gelocht sind, nimmt die Zahl der Lichtpunkte ab. Die Zahl wird kleiner, je mehr Karten ich aufnehme. Die Menge von Informationen nimmt ab. Wissen macht blind.

Erinnerungen sind Gerüche. Partikel von Aromen, die in der Luft liegen und die von uns eingeatmet andocken an Rezeptoren, die sich in der Nase befinden. Der Geruch eines dunstigen Novembertags in der U-Bahn einer Großstadt. Der Geruch einer Wiese auf der Wanderung nach Vorderkaiserfelden. Der Geruch der Milch, die die Sennerin vor uns auf den

Tisch stellt, als wir dort anlangen. Der Geruch eines Zirkus, dessen Besucher von kostümierten jungen Männern, jungen Frauen begrüßt werden, die ätherische Öle tupfen auf die Ohrläppchen der Ankommenden. Erinnerungen sind Gerüche. Ein Raum, dessen Wände vollständig mit einer dünnen Schicht herb-bitterer Schokolade verputzt sind.

Erinnerungen sind Stauden in einem Garten. Überwintern scheinbar abgestorben nach der Vegetationsperiode in der Erde, um im kommenden Jahr wieder auszutreiben. Schafgarbe, Eisenhut, Stockrose, Ochsenzunge, Engelwurz, Aaronstab, Rittersporn, Fingerhut, Ysop, Pfingstrose, Phlox.

Erinnerungen sind Fotos, die als latentes Bild belichtet, jedoch nicht entwickelt, in der Filmhülse unter Glas in einem Rahmen liegen. Das Brandenburger Tor. Das Empire State Building. Niagara Falls. Cheops Pyramide. Der Watzmann. Taj Mahal. Akropolis.

Auf der Station

Ich sitze neben dir. Habe einen der Stühle vom Gang geholt. Einen der Stühle mit Armlehnen. Ich erinnere mich, daß wir gemeinsam auf den Stühlen gesessen haben auf dem Flur in der Nische mit dem Fenster mit dem Blick nach draußen. Vor zwei Jahren? Vor drei Jahren? Jahren. Jetzt habe ich einen der Stühle mit Armlehnen in das Zimmer geholt, welches … eigentlich unbeschreiblich. Ich bemerke die Unzulänglichkeit der Sprache. Hadere mit mir ob meines Wortschatzes. Hadere. Ein Herbstabend. Es ist dunkel draußen. Du sitzt vor dem Fenster. Schaust aus deinem Zimmer nach draußen. Die Vorhänge sind geöffnet. Im Raum ist Licht. Draußen ist es dunkel. Die Fensterscheibe spiegelt den Raum. Ich sitze hinter dir. Du bemerkst mich nicht. Als ich heute in das Zimmer kam, hast du mich nicht erkannt. »Wer sind Sie?« »Ich komme, um dich zu besuchen.« »Siebenundzwanzig - zwo null drei - achtundneunzig. 27 - 2 - 0 - 3 - 98 ...« »Wie geht es dir heute?« »27 ...« Ich sehe in dunkle Augen, die mich anschauen, die mich nicht anschauen. Leer. »27 - 2 - 0 - ... « Ich frage nicht nach der Nummer, den Ziffern. Seit einigen Jahren. Sollte es eine Telefonnummer sein, fehlt mir die Vorwahl. Hier in der Stadt: ›Kein Anschluß unter dieser Nummer.‹ Die dunklen Augen sehen mich an, leer an. »Wer sind Sie denn?« Ehe ich antworten kann, schreist du: »Arschloch!« und wendest den Kopf zornig zum Fenster. Bewegst ruckartig den Kopf. Ich habe den Stuhl vom Gang geholt. Ich habe mich hinter dich gesetzt. Ich sehe dich an. Deinen Kopf, den Körper, von hinten. Den mit einer Bauchbinde im Stuhl fixierten Körper von hinten, der jetzt ruhig sitzt, sich nicht versucht zu befreien, nicht versucht, den Stuhl zu verlassen, um zu treten, zu spucken, zu beißen. Ruhig der Körper. Lediglich der Kopf in ständiger Bewegung. Ruckartig. Nicht nur nach links, nach rechts. Gleichzeitig in kleinen Rucken nach oben, nach unten. Ohne den Kopf zu drehen. Und mir kommt ein Bild vor Augen. Ich kenne solch ein Bewegungsschema. Es ist das eines Raubvogels. Es ist nicht das vertraute Keckern und Kollern eines Wellensittichs, der vor seinem Spiegel sitzend sich aufreckt, den Kopf hebt und vorlugt. Sein eigenes Bild im Spiegel ankeckert, mit dem Schnabel nach dem Spiegelrund greift, an dem unten ein Glöckchen hängt, welches dann klingelt. Nein, heute bist du ein Raubvogel. Bist du der Nachtrabe? Bist du der Raubvogel Nachtrabe?

33

Bereitest du dich vor, während ich im Stuhl mit der Armlehnen hinter dir sitze und deinen mit der Bauchbinde fixierten Körper sehe, auf das nächtliche Programm? Ich besuche dich tagsüber, gegen Abend hin zumeist, vormittags zuweilen. Was weiß ich über die Nacht? Was passiert hier auf diesem Gang? Und auf den anderen Gängen hier im Haus? Bist du der Nachtrabe – hockend im letzten Raum des linken Ganges in der zweiten Etage? Lange schon sitzt du nicht mehr an einem der kleinen Gruppentische im Aufenthaltsbereich, im verglasten Anbau, der dem Aufzug gegenüber liegt und den die Pflegerinnen und Pfleger im Blick haben von ihrem Zimmer aus. Betritt man die Station vom Aufzug aus, gibt es zwei Möglichkeiten. Entweder man hört Schimpfen und Fluchen von links. Dem eines Bierkutschers gleich. Mit einer Lautstärke, die unglaublich ist, weiß man, welcher Resonanzraum diese Klänge erzeugt. Eben nicht der Brustkorb eines Bierkutschers. Man ist erstaunt, wenn man – wie ich – weiß, daß du es bist, das da schreit. Wie ein Bündel aus Haut und Knochen so laut schreien kann. Wie solch ein kleines Bündel aus Haut und Knochen so laut schreien kann. Man glaubt nicht, wie in einem solchen auf sich selbst zurückgeworfenen Kopf diese Flüche gespeichert sein können. Diese Flüche und die Nummer »27 ...« und der verzweifelte Ruf »Mutter! Mutter, hilf!« Verläßt man den Aufzug, betritt die Station und hört nichts, hat man Angst, daß die Zeit, die man selbst brauchte, um vom Erdgeschoß bis zur Station zu fahren, nicht ausgereicht hat, die Namensschildchen zu aktualisieren, die unten neben der Aufzugstür angeben, wer in welchem Raum auf welcher Etage lebt. Stille heißt Angst, du seist gestorben, während ich hochfuhr, und man habe das Namensschildchen noch nicht entfernt.

34

Heut jedoch lebst du. Flüche von links beim Verlassen des Aufzugs. Jetzt sitze ich hinter dir. Beobachte die Kopfbewegungen eines Vogels, der sich vorbereitet auf die nächtliche Jagd. Bist du der Nachtrabe, der die Mitbewohner auf der Station nachts zur Ruhe bringt? Mit Psychopharmaka sediert werden dürfen sie nicht mehr seit einigen Jahren. Sagt man ihnen stattdessen: »Jetzt müssen Sie aber im Bett bleiben und brav schlafen. Sonst kommt der Nachtrabe. Still, draußen auf dem Gang höre ich ihn schon.«

Wie wird man Nachtrabe? Wird man überhaupt Nachtrabe? Oder ist man immer schon Nachtrabe? Auch, wenn die anderen es noch nicht bemerken? Auch, wenn man es selbst noch nicht weiß? Muß man Entwicklungsstufen durchlaufen? Puppe? Larve? Nachtrabenlarve. War es unweigerlich, die Tischnachbarn anzugreifen? Pfleger zu beißen, Pflegerinnen anzuspucken? »Sie Arschloch! Wer sind Sie?« Ist das die normale Entwicklung eines Nachtraben, mit seinem Kopf auf den Tisch zu schlagen, bis Wunden bluten? Ist das Schreien dabei vor Schmerz oder vor dem Gewahrwerden des eigenen Nachtrabenhaften? Oder gehört Schreien einfach dazu?

Ist die Frau, die sich mit dir ein Zimmer teilt, das letzte Zimmer des linken Ganges, über all die Jahre, die du nun auf der Station verbracht hast, immer die gleiche Frau, die sterbend in ihrem Bett liegt? Wächserne Haut. Flacher Atem. Manchmal Röcheln. Oder wird immer eine zum Sterben in dein Zimmer geschoben. Mit dem halbgefüllten Urinbeutel an dem Bett hängend und der kleinen Maschine am Bett befestigt, die in regelmäßigen Abständen ein elektronisches Geräusch macht, wie zu einem Computerspiel gehörig. Nur daß es sich eben um ein ruhiges unaufgeregtes Spiel handelt, beim Sterben. Wenn es immer eine neue Frau ist, die so in deinem Zimmer stirbt, weswegen wird sie in dieses Zimmer geschoben? Ins Nachtrabenzimmer. War sie böse in ihrem Leben zu anderen Menschen? Und du bist ihre Strafe in ihrem Tod. Oder ist sie deine Strafe. Bekommst du so vor Augen geführt: Ein Nachtrabe darf nicht sterben! Schreist du deshalb so: Mutter! Mutter, hilf! Mutter, Mutter, Mutter, hilf! Ist es so, daß du seit Jahr und Jahren mitansehen mußt, wie eine Frau in dem mit dir geteilten Zimmer stirbt. Und du, Sterbliche, nicht sterben darfst. Was hast du verbrochen, daß die Götter um so viel grausamer zu dir sind, als sie es zu Prometheus waren. Jenen, der an den Felsen geschmiedet war, besuchte täglich ein Adler, welcher des Prometheus Leber fraß. Diese wuchs jedoch nach über Nacht. Prometheus war unsterblich, unendlich seine Qual. Doch Gnade war es der Götter, ihn alleine im Felsen hängen zu lassen. Du aber hast sterbliche Zimmergenossinnen vor Augen. – Hier versagt meine Erinnerung. Ich kann nicht für dich erinnern, wie es kommen wird.

Eisenbahnerküche

Erinnern heißt nicht, die Vergangenheit schön reden, schön denken. Erinnern kann brutal sein, zutreffen, gut sein. Es war gut für dich, daß dein Mann früh starb. Du hast an die fünfundzwanzig Jahre mit ihm gelebt. Ihr wart füreinander bestimmt. Dein Schwiegervater sah dich, wie du Suppe holtest in der Küche, in der deine Mutter arbeitete. Wie du nicht nur Suppe holtest, sondern auch deiner Mutter eine Nachricht deines Großvaters brachtest, wie du die Eisenbahner anlächeltest, die aßen in der Küche, in der deine Mutter für sie gekocht hatte. Dein späterer Schwiegervater saß in der Eisenbahnerküche, in der deine Mutter Köchin war. Du lächeltest ihn an. Wie du alle angelächelt hattest. Auch in der schweren Zeit. Gerade in der schweren Zeit. Vor ihm das Wirsinggemüse dampfend seinen intensiven Geruch verbreitend. Neben der grünen Pampe, dem zu Brei zerkochten Wirsing, in der noch Andeutungen von Kartoffelstücken zu erkennen waren, lagen nur leicht angebräunte Brocken von gehacktem Fleisch, deren Geruch sich mit dem des Wirsings mischte und *nahrhaft* bedeutete in Zeiten, in denen das Essen knapp war. Hackfleischbällchen bekamen die Eisenbahner, weil ihre Arbeit schwer war. Schwer, anstrengend und wichtig. Die jungen Eisenbahner waren unterwegs in der Welt. Frankreich, Griechenland, Nordafrika, auch in Russland. Dort hatten sie andere Aufgaben, als in der Heimat Lokomotiven zu führen. Was willst du einmal werden, wenn du groß bist, werden die kleinen Jungen gefragt. Lokomotivführer. Als dein späterer Mann ein kleiner Junge gewesen war, hat er, nach seinem Berufswunsch gefragt, Lokomotivführer gesagt. Er hatte sich das anders vorgestellt. Hatte sich nicht vorgestellt, statt Lokomotiven zu führen, zu singen: ›Wenn die bunten Fahnen wehen‹ und diesen Fahnen hinterher zu wandern. Polen, Frankreich, Griechenland, Nordafrika, ›Unsere Fahne flattert uns voran‹, und Rußland, ›Über deine Höhen pfeift der Wind so kalt‹. Wandern und singen. Wandern und singen. Wandern und singen. Während sein Vater in der Kantine der Eisenbahner saß im kalten Winter mit hungrigem Magen und vor sich dampfendes, intensiv riechendes und Hunger zu stillen versprechendes Wirsinggemüse mit Gehacktem. Die Scheibe der Kantine beschlagen. Draußen kalt und dunkel. Du lächeltest beiläufig den alten

37

Eisenbahner an, so, wie du alle angelächelt hast, die dort saßen und aßen oder warteten auf das Essen oder den Beginn ihrer Schicht, und dein Schwiegervater, der er zu dem Zeitpunkt noch nicht war, hat dich für seinen Sohn bestimmt. Die Hochzeit fand am 12. August 1942 statt. Acht Tage später war dein Mann wieder in Griechenland und führte dort keine Lokomotive. Fünf Jahre später kam er aus Belgien zu dir zurück, in seinem Bündel ein Schachspiel und eine Geige, die er für dich gebaut hatte. Er zog zu Familie Kaderbach, zu dir und deiner Mutter in die Bergstraße. Deine Schwiegereltern wohnten im Nachbarhaus, ebenfalls im dritten Stock, ebenfalls in der Wohnung einer Familie, die diese Wohnung mit deinen Schwiegereltern zu teilen hatte, nachdem deine Schwiegereltern ihre eigene Wohnung verloren hatten. Sie hatten den Hinweis gegeben auf die Bergstraße. Auf die Kaderbachs, die noch über Raum verfügten. Während des Kriegs noch waren deine Mutter und du in das Zimmer gezogen. Nachdem dein Mann aus Belgien kam, zog er auch in die Bergstraße. Jetzt habe ich dir erinnert, wie du deinen Mann gefunden hattest.

Bahnhofsvorsteher

Du hattest Pech. Dein Vater starb vor deiner Geburt. Deine Mutter hatte Glück. Ihr Schwiegervater wird sie und das kleine Wurm aufnehmen. Das Leben ist so. Pech. Glück. Nah beieinander. Eine junge Frau, die sich ihr Leben anders vorgestellt hat. Eine junge Frau, die alles richtig gemacht hat in ihrem jungen Leben. Wie soll ich sie für dich erinnern? Ich sehe Photos vor mir. Scharf geschnittenes Gesicht, spitze

Nase. Ernst. Freundlich. Eine junge Frau, die man gerne zu sich nimmt, wenn ihr Mann verstorben ist, noch vor der Geburt des Kindes. Der Schwiegervater deiner Mutter, ehrenhaft, deutsch, national. Beamter eines Staates, den er nicht versteht. Erhalten hatte er sein Amt von einem Kaiser, der später den Staat nicht mehr bewohnt, den er einst regierte. Dein Großvater tat weiter seine Pflicht und stand einem Bahnhof vor, einem Bahnhof einer prosperierenden Stadt, die Wohlstand erlangte, letztlich. Der Kaiser lebte jenseits der Grenze, aber der Staat, über den er einst regiert hatte, brauchte Kohle, Koks, Stahl. Die Kohle-, Koks-, Stahlstädte prosperierten. Auch in schwierigen Zeiten, gerade in schwierigen Zeiten, und erst recht in Zeiten, die noch schwieriger werden würden, weil die Republik, die nicht mehr vom Kaiser regiert wurde, nur einen Übergang darstellen sollte zu einem Reich, welches nach ihr kommen und lang andauern sollte. Schwer ist es, die Pflicht zu tun, wenn alles nicht einfach ist. Gleichzeitig ist das Leichteste, die Pflicht zu tun, wenn alles nicht einfach ist. Für einen Bahnhofsvorsteher heißt das: Richtet man den Blick auf das Gleis, auf dem der Zug einfahren wird, pünktlich, wenn alles richtig gemacht wurde, ist das Leben einfach. Es ist übersichtlich. Fahrkartenschalterbeamte, Bahnsteigbeamte, Gepäckträger richten ihren Blick auf den Bahnhofsvorsteher. Er gibt ihnen Vertrauen und Bestätigung, daß die Welt in Ordnung ist, wenn alle Beteiligten ihren Dienst richtig gemacht haben. Die Weichen gestellt, Signale gegeben, die Einfahrt, Abfertigung, Ausfahrt durchgeführt. Sie wird unübersichtlich, richtet man seinen Blick weg vom Gleis, hunderte Jahre zurück zu den Äbtissinnen, denen das Land gehörte, lange, ehe es Eisenbahnen gab, hundert Jahre zurück zu den Äbtissinnen, denen das Land nicht mehr gehörte, weil die Franzosen es ihnen abgenommen hatten, ehe es eine Eisenbahn gab. Dann Gleise in England. Gleise zwischen Fulda und Fürth. Gleise in Deutschland. In ganz Europa. Und weil es viele Gleise sind, ist es nicht einfach, nicht mehr einfach. Hat man die vielen Gleise im Blick, wird die Welt unübersichtlich. Kohle. Bergwerksbesitzer. Eisenhütten. Die Kohle treibt die Lokomotiven an, die die Züge ziehen, die die Kohle wegbringen, die Eisenerz holen, die Stahl wegbringen. Ein deutscher Kaiser, dessen Großvater in Frankreich schon nicht zum ›Kaiser von Deutschland‹ gekrönt worden war. Ein deutscher Kaiser, der später dann in Holland wohnt. Wurde mit der Eisenbahn dorthin gebracht. Und die Bahnwärter sehen den Bahnhofsvorsteher an. Der tut seine Pflicht. Das ist nicht leicht. Das ist am einfachsten. Und nimmt die Frau seines Sohnes, der verstarb, ehe deren Tochter das Licht der Welt erblickte, zu sich. In die große Wohnung, wie sie Beamten seiner Position zukommt. Und diese junge Frau lernt eines für ihr Leben, die Pflicht zu tun. Und sie macht alles. Richtig!

Shanghai

Im Jahre 1926 fusionierten der Deutsche Aero Lloyd und Junkers Luftverkehr zur Lufthansa. Im gleichen Jahr wurde Moskau angeflogen. 1931 Shanghai. Ich erinnere das für dich. Die Faszination, die vom Fliegen ausging. Und ich erzähle dir deine Erinnerung an eine Gruppenreise im Flugzeug. Sie wollten die Welt sehen. Die Hauptstädte Europas. Asien. China. Shanghai. Mit einer fliegenden Maschine. Eine Zeitlang hatte die Reisegruppe an eine Atlantiküberquerung mit einem Luftschiff gedacht, einem Zeppelin. Lakehurst war noch nicht geschehen. Noch wagemutiger erschien ein Langstreckenflug mit einem Flugzeug. Welche Bilder vor den Augen: Shanghai, die Stadt mit dem Namen ›Hinaus aufs Meer‹. Der wichtigste Marktplatz Ostasiens. Tee, Seide, Edelsteine, Gold, Gewürze. Ein dichter Morast üppig verflochtenen Lebens. Shanghai, die Perle Asiens, das Paris des Ostens, Hort des Rausches, der Sünde und der Dekadenz. Shanghai war schnell die erste Wahl.

Die Gruppe bestand vornehmlich aus Erwachsenen, doch auch Kinder waren dabei. So bereitet es mir keine Schwierigkeiten, dich in diese Reise hinein zu erinnern. Schon kleine Kinder sollten an der Reise teilnehmen. Keiner schien sich Gedanken darüber gemacht zu haben, ob sie den Strapazen einer solchen Unternehmung würden gewachsen sein. Dir machte diese Reise nichts aus. East of Shanghai, einer der Filme, die du später dann gesehen haben wirst. Shanghai Express natürlich, Die Lady von Shanghai. Die Stadt wird dich nie mehr loslassen. Und ich erinnere dir ein Mädchen, das du warst. Erinnere das Mädchen mit großen staunenden Augen an dem Marktstand eines Bauern, der aus der Provinz Shandong an den Rand der Stadt gekommen war. Ekel und Grusel vor den dort feilgebotenen Insekten, Neugierde und Lust auf nicht gekannte Sensationen. Gesichter, die für dich ununterscheidbar waren, wie auch eure Gesichter, die Gesichter der Langnasen, für die Chinesen alle gleich aussahen. Der Lärm der Straße, Gerüche, Fremdsein. Wieso die Gruppe die Strapazen auf sich genommen hatte? Wieso unter allen Attraktionen gerade Kampfgrillen? Ich weiß es nicht. ›Beißt die Grille nur einmal, heißt das: Der König zeigt seine Waffe.‹ Du staunst, während der Reiseführer und Dolmetscher, den die Gruppe gemietet hat, unter leichten Verbeugungen mit lächelnden Lippen übersetzt, was einer der Käufer euch erzählt. Währenddessen schaut der Bauer den Käufer an, schaut die Gruppe Fremder an, schaut das Mädchen mit den großen Augen an. ›Wenn sie schnell und oft zubeißt, sagen wir: Das Hühnchen pickt Reis.‹ Der Käufer fragt, den Kopf kurz dem Bauern zuwendend: »Sind sie stark?« – »Die stärksten. Es sind die stärksten der gesamten Provinz.« Zur Reisegruppe gewandt: »Ich habe schon als Kind Kampfgrillen gehabt. Wir haben sie mit der Hand selbst gefangen. Alle Jungen hatten Kampfgrillen. Und wir haben sie gegeneinander kämpfen lassen. Das ist in China eine Jahrhunderte alte Tradition.« Zum Bauern: »Du lügst. Schwach sind sie und einzig zu verwenden, um die Fische damit zu füttern.« – »Nein, Herr, diese Grille hier ist eine Siegergrille.« Der Käufer greift in eine seiner Taschen und entnimmt ihr ein kleines in gefütterte Seide eingeschlagenes Kästchen. Der Dolmetscher übersetzt die Gravur. ›Kan Jong Wook hat diese Grille am 20. September 1932 erworben. Sie kam aus der Provinz Shandong in Zaozhuang. Ihr Kopf hatte eine klare Farbe. Ihre weißen Zangen waren dick und groß. Der gesamte Körper hat bei allen Betrachtern für Aufsehen gesorgt. Am 6. Oktober hat sie zum ersten Mal gekämpft. Ihr Körpergewicht betrug zwei Fen. Ihre Zangenkraft war enorm. Mit einem Biß entschied sie den Kampf. Sie kämpfte bis zum Ende des Monats Oktober. Im November erhielt sie den Generalsrang. Sie war eine treue Kämpferin. Dieses Andenken wird errichtet, damit sie ewig bleibt.‹ Der Käufer währenddessen zum Bauern: »Betrüger.« – »Herr, auf meinem Feld leben die stärksten Grillen, die besten, die mit festem Biß jeden Gegner besiegen, die stärksten, ...« – ›Und wenn sich zwei Grillen lange attackieren, sagen wir: Zwei Unsterbliche bauen eine Brücke.‹

Wieso unter allen Attraktionen gerade Kampfgrillen? Ich weiß es nicht und versuche deine Augen zu erinnern. Du hast den Kopf gewendet, zurück zu dem Marktstand, den der Käufer in die entgegensetzte Richtung verließ, dem Bauern damit andeutend, daß er an einem Kauf nicht interessiert sei. Beide wissen, daß er zurückkehren wird zum Stand des Bauern und die Grille erwerben wird zu einem Preis, der bei der Hälfte dessen liegt, was der Bauer behauptet hatte verlangen zu müssen.

Während ich dir die Kampfgrillen-Episode erinnere, blicke ich in deine Augen. Und mir fehlen Worte, sie zu beschreiben. Nicht hell, nicht klar, nicht stumpf. Du schaust in eine andere Welt? Dringen die Reize noch über deinen Sehnerv in dein Gehirn? »Mutter! Hilf!« Deine Mutter, war sie dabei? War sie dabei, als die Reisegruppe Shanghai besuchte? Hielt sie dich an der Hand auf dem Straßenmarkt der Kampfgrillen? Zog sie dich weg vom Stand, während du den Kopf wandtest zum Käufer, der den Grillenschrein wieder in Seide gehüllt in seiner Tasche hatte verschwinden lassen? Folgte sie dem Rest der Gruppe, während du dich ziehen ließest, weg von dem Geschäft, zu dessen Wesen es gehörte, daß es zunächst nicht geschlossen wird? Ich kann es mir nicht vorstellen, daß sie dabei war. Sie war nicht der Typ für Fernreisen. Auch hätten die Bezüge einer Bahnhofskantinenköchin, vor der Geburt ihrer Tochter schon verwitwet, nicht ausgereicht, Extravaganzen zu finanzieren. Transkontinentale Fernflüge in den dreißiger Jahren des zwanzigsten Jahrhunderts. Hatte sie dich allein reisen lassen? Ich kann es mir nicht vorstellen. Hatte sie dich allein gelassen? »Mutter! Mutter, hilf.«

Du bist als Kind nicht nach Shanghai geflogen. Die Grillen waren nur im Kopf. Die Grillen waren in meinem Kopf, als ich dir eine Erinnerung gemacht habe. Als ich dir diese Erinnerung gemacht habe.

Apetito

Kauende Bewegungen im Kiefer. Schnaufen. Speichelfäden, die dünn aus dem Mundwinkel rinnen. Nein, attraktiv ist dieses Ponem nicht. Und dann die zusammengefallene, verkrümmte Gestalt, die, wenn man ihr aus dem Stuhl hoch hilft, eine Schieflage des Beckens zeigt. Verbogen in der Zeit, in der du immer wieder durch deine eigene Wohnung getorkelt bist, gefallen, blutunterlaufene Schenkel und Rückenpartien. Dies erinnere ich. Dies erinnere ich jedoch nicht für dich. Zu schmerzhaft wären solche Erinnerungen. Dies erinnere ich in mich hinein. Besuche in deiner Wohnung. Du mit Tränen in den Augen. Tränen der Wut und der Trauer. Vor allem Schmerz, der dir die Tränen in die Augen treibt. Voller Staunen sehe ich ein Schauspiel. Sehe, wie du vor mir aufführst, wie Türen und Möbel, wie Küchenstuhl und Türklinken dich zu Boden geworfen haben. Mit den überzeichneten Gesten eines Stummfilmstars spielst du mir Durch-die-Wohnung-Fliegen vor. Doch nicht nur du leidest. Auch die Möbel leiden. Die Stäbe der Armlehnen des Sessels sind aus ihren Bohrungen gerissen. Wahrscheinlich von dir im Fallen als letzter Haltegriff umklammert, hast du die Armlehnen und mit ihnen den ganzen Sessel über dich gezogen, um so das Polstermöbel quetschen zu lassen, was durch den Fall auf den Boden ohnehin verletzt war. Hinkend, humpelnd, heulend schaust du mich an. Ich kann dir nicht helfen. Auf die Idee, deine Mutter um Hilfe zu bitten, bist du noch nicht gekommen.

Du mißtraust mir. Willst mir nicht sagen, wer dein Hausarzt ist. »Warum willst du das wissen?« – »Du mußt dich untersuchen lassen. Das sieht nicht gut aus, diese riesigen blauen Flecken am ganzen Körper.« – »Ich war schon beim Arzt!« – »Und, was hat er gesagt?« – »Nichts!« Ich kann dir nicht helfen.

Ich kann nicht sagen, wann es war, bei welcher Gelegenheit, bei welchem der Fälle du dir die Hüfte gebrochen hast.

Ich habe gestohlen.

Aus einer der Papieranhäufungen auf den Tischen in deiner Wohnung lugt ein Rezept. Ich habe es an mich genommen. Ich habe die Nummer der Praxis des ausstellenden Arztes angerufen. Ich habe vorher Worte gesucht. Ich habe mir Worte zurechtgelegt, die erklären können. Entschuldigen Sie, ich möchte gerne Auskunft haben die Gesundheit betreffend eines Menschen, mit dem ich in keiner Weise verwandt oder verschwägert bin, noch sonst irgendwie in rechtlicher Beziehung stehend zu dieser Person. Die Verbindung ist hergestellt und ich sage die Worte, wie ich sie zurechtgelegt hatte; ich brauche nicht weiter zu sprechen, nachdem ich deinen Namen genannt habe. Die Arzthelferinnen sind erleichtert, daß ich mich melde. Der Arzt ist erfreut. Sie wissen nicht, daß ich nicht helfen kann. Ich kann auch ihnen nicht helfen.

Ich erfahre, daß du mehrfach in der Woche die Arztpraxis aufsuchst, die nur zwei Straßen neben deiner Wohnung liegt. Ich erfahre, daß du dann am Empfang stehst, heulst vor Angst und Wut. Daß du schimpfst, fluchst, verfluchst. Daß du

Behandlung verweigerst, Untersuchung verweigerst, Hilfe ablehnst. Keine schöne Situation in der Praxis eines Arztes. Sie können dir nicht helfen dort. Um dir helfen zu können, müßte man wissen, was dir fehlt. Du ziehst deine Bluse hoch am Empfang der Praxis vor dem Wartezimmer. Du ziehst deine Hose herunter am Empfang der Praxis. Du zeigst deine blau unterlaufene Haut. Keine schöne Situation in der Praxis eines Arztes am Empfang vor dem Wartezimmer. Du zeigst deine Hämatome und heulst vor Wut und Schmerz. Du willst Tabletten. Der Arzt will dich untersuchen. Er schickt dich zum Röntgenologen. Du gehst nicht. Am nächsten Tag bist du wieder da, in der Praxis deines Hausarztes. In einer Abstellkammer steht noch ein alter Röntgenapparat. Du wirst geröntgt. Du hast deine Hüfte gebrochen. Mehrfach. Du mußt ins Krankenhaus. Du gehst nicht. Wie sollst du gehen mit einer gebrochenen Hüfte? Einer mehrfach gebrochenen Hüfte? Du wirst schief zusammenwachsen. Der Arzt kann dir nicht helfen. Ich kann dir nicht helfen. Ich kann dir Beifall zollen für deine großartige Leistung. Niemand spielte mir je Durch-die-Wohnung-Fliegen überzeugender vor als du. Und du genießt das Gefühl, eine große Tragödin zu sein, der ihr Publikum zu Füßen liegt. Deine Augen sind voller Tränen, Tränen des Glücks. Tränen des Erfolgs. So, jetzt habe ich mich wieder daran erinnert, wieso du so schief auf dem Stuhl sitzt.

Die Erinnerungen an schauspielerische Leistungen sind wieder für dich. Das Restaurant betreten, die Augen verdeckt durch eine Sonnenbrille ... Ich werde unterscheiden müssen, welche Erinnerungen für dich sind und welche ich mir mache. Ich werde lernen müssen, Erinnerungen zu teilen. Eine für dich, eine für mich. Ich werde eine Technik entwickeln, Teilerinnerungen zu generieren. Den Schmerz und die Tränen als Hilfserinnerung für mich zu konstruieren, als Gerüst, als Stütze, als Leitplanke, an der ich mich entlang erinnern kann, um dir eine Erinnerung zu machen, deine Erinnerung zu machen. Du sollst die Erinnerung an deine schauspielerischen Erfolge erhalten. Niemand spielte mir je Durch-die-Wohnung-Fliegen überzeugender vor als du.

Und ich werde gleich, um nicht aus der Übung zu kommen, erinnern, wie du dein Essen nicht bezahlt hast. Das war gleich nach dem ersten großen Fall, deinem großen Fall, der dich die Angst vor den Krankenhäusern gelehrt hat, die Angst vor den Ärzten. Ich erinnere mich daran, wie ich angerufen wurde, du seist im Krankenhaus, du habest deinen Arm gebrochen. Ich erinnere, wie ich am gleichen Tag zum Krankenhaus fuhr, wie ich den behandelnden Arzt auf der Station traf, noch ehe ich dich sah. Es gibt Typen. Es gibt Typen Ärzte. Es gibt den Typ ›harte Schale, weicher Kern‹, sehr harte Schale. Der sagt: »Schauen Sie sich die doch an.« Sein Blick über die Türen der Patientenzimmer gleitend. »In freier Wildbahn würde keiner von denen überleben.« Recht hat er. Ich muß mich jetzt konzentrieren, daß ich diese stützende Teilerinnerung nicht dir mache. Er fragt: »Trinkt sie?« Ich antworte: »Nicht mehr als Sie oder ich.« Er sagt: »Das glaub' ich nicht.«

Du bist vor zwei Tagen schon ins Krankenhaus gekommen. Du bist schon operiert. Dein rechter Arm in ein Metallgestell geschraubt. Ich kann dich sofort mitnehmen. Ich muß das erst organisieren. Pflegekräfte, die mehrmals am Tag kommen, dich zu waschen, dich zu Bett zu bringen. Ich muß Essen organisieren. Du mußt doch essen. Und trinken.

›Wir trauern um Karl Düsterberg, der bis zu seinem Tod mit Leib und Seele Kaufmann war und sich gleichwohl stets um das Wohl seiner Mitarbeiter kümmerte. Er zählte zu den Pionieren der Branche in Deutschland und Europa. Vor 56 Jahren am 1. April 1958 gründete Düsterberg Apetito im westfälischen Rheine. Als Wegbereiter der modernen Gemeinschaftsverpflegung schaffte er damit die Basis für den erfolgreichen Weg bis hin zu einer international agierenden Firmengruppe.‹

Ich rufe Apetito an. Täglich bringt Apetito dir Essen. Zweimal am Tag. Und das von jetzt auf gleich. Ich muß nur den Vertrag unterzeichnen, den Apetito mir zuschickt. Du mußt nur die Menus aussuchen, die Apetito dir anbietet. Ich muß dir nur einmal in der Woche Geld hinlegen, damit du das Essen bezahlen kannst. Ich muß Apetito erklären, wieso das Essen nicht bezahlt wird. Ich muß Apetito erklären, wieso das Essen immer noch nicht bezahlt wird. Apetito will dir kein Essen mehr bringen. Du mußt verhungern.

Ich erinnere mich, daß ich dich besuche. Ich bin entschlossen, herauszufinden, wieso das Essen nicht bezahlt wird. Du sagst: »Das kann nicht sein. Ich habe immer alles sofort bezahlt. Das weißt du doch.« Ich erinnere mich. Ja, du hast immer alles sofort bezahlt. Das erklärt nicht, wieso Apetito nicht bezahlt wird. Es wird dunkel und unser Reden dreht sich in Kreisen, die nicht enden wollen. Enden werden die Lieferungen der Firma Apetito. Und du wirst verhungern. Wenn das Essen nicht bezahlt wird. »Das kann nicht sein. Ich habe immer alles sofort bezahlt.« Ja, das weiß ich. Apetito ruft mich jeden Tag einmal an. Apetito bringt dir jeden Tag zweimal Essen. Noch. Und Apetito ruft mich jeden Tag an. Jeden Tag ein anderer Apetito. Dein Fall liegt im Computer auf Wiedervorlage. Jeden Tag ruft mich ein Mitarbeiter des Call-Centers an. Oder eine Mitarbeiterin. »Es ist noch keine

Zahlung geleistet worden. Wir werden die Lieferungen einstellen.« Ich bewundere die Geduld der apetitos. Du wirst dennoch verhungern, wenn das Essen nicht bezahlt wird. Ich bin entschlossen. Ich werde heute herausfinden, wieso die apetitos kein Geld bekommen, obwohl ich dir immer Geld hinlege, obwohl du immer Essen bekommst. Noch. Du sagst: »Ich glaube, ich muß da selbst mal anrufen.«

Und die folgenden Teilerinnerungen mache ich wieder für dich. Ich erinnere dir die Bewunderung, den Applaus, die auf die Bühne fliegenden Blumensträuße, die Begeisterung des Publikums, das sich von den Plätzen erhebt und Beifall spendet, der nicht enden will. Ich will nicht, daß er endet. Deshalb erinnere ich ihn für dich nicht enden wollend. Unschön wäre, wenn ich dich daran erinnerte, daß du Apetito nicht bezahlt hast. Das wollen wir jetzt schnell vergessen. Erinnern wollen wir, wie ich zum Hörer greife, die Nummer wähle, meinen Namen nenne, deinen Name nenne. Ich erinnere, wie der Apetito-Mann sich dir vorstellt: »Schmitz. Ja, ich habe es auf dem Display.« Ich erinnere, wie ich dir den Hörer weiterreiche. Ich höre, wie Herr Schmitz sich vorstellt. Ich höre, wie du antwortest: »Herr Schmitz, wie schön, mit Ihnen zu sprechen. Wie geht es Ihnen denn? Was macht die Frau? Und die Kinder?« Ich bin dein Publikum. Du spielst mir Mit-Herrn-Schmitz-Telefonieren und ich bin begeistert. Die Grandezza. Du legst die Rolle an, als seist du Fürstin, Ländereien abfahrend. Da kommt ein Vertreter des Volkes in Sicht. Du läßt anhalten, beugst dich vor, jovial: »Wie geht es denn? Was macht die Frau? Was machen die Kinder?« Und ich erinnere mich jetzt für dich in die Rolle des Publikums, des großen Publikums, das mit den Füßen trampelt, um seiner Begeisterung Ausdruck zu verleihen. Und Vorhang.

Es wird ein Wunder geschehen

Ist wirklich alles wahr? Nein. Alles kann nicht wahr sein. Aber es wäre schön, wenn es Hinweise gäbe, daß hin und wieder etwas wahr ist, von dem, was ich für dich erinnere. Hin und wieder finden sich Belege.

Vor einer Woche schlug ich die Zeitung auf und sah ›Nun ist alles verloren‹ und ›Essen im Luftkrieg‹ und einige Zeilen tiefer › ... über den 5. März 1943 und das Leben danach‹. An diesem Tag, kann ich mich erinnern, warst du im Kino. ›Die große Liebe‹ lief. Du warst mit deinem Mann verheiratet. Dein Mann war an der Front. Eine Kriegstrauung hatte stattgefunden. Du warst allein im Kino. Die Lichtburg war das größte Kino Deutschlands. Viktor Staal spielte Paul Wendlandt. Er wird von Nordafrika nach Berlin abkommandiert. Dort tritt Hanna Holberg in der Scala auf. Krieg ist das Thema des Films. Hanna Holberg ist Zarah Leander. Ich bestelle eine DVD aus der Serie ›Zarah Leander‹. Sie wird geliefert und ich schaue mir abends den Film an. Ich sehe, was du sahst, sehe, daß es für Wendlandt Liebe auf den ersten Blick ist. Er spricht sie nach der Aufführung in der U-Bahn an. Der Zufall führt beide in den Luftschutzkeller des Hauses, in dem Hanna lebt. Es ist kein Zufall, daß der Film Krieg zeigt. Nichts geschieht, ohne daß der Reichspropagandaminister es will. Und Goebbels will, daß Zarah Wendlandt liebt. Nach der gemeinsam verbrachten Nacht muß er zurück an die Front. Dort bleibt er, an dieser oder einer der folgenden Fronten. Kurz nur kehrt er immer zurück. Sie verpassen sich in Berlin, Paris. Sie verpassen ihr Glück in Rom. Paul Hörbiger ist der Komponist Alexander Rudnitzky und liebt Hanna Holberg. Rudnitzky schreibt Lieder für Hanna

50

Holberg. ›Davon geht die Welt nicht unter‹. ›Ich weiß, es wird einmal ein Wunder gescheh'n‹. Ist wirklich alles wahr? Zarah Leander singt Lieder, die nicht Rudnitzky geschrieben hat, sondern Michael Jary. Und den Text hat Bruno Balz geschrieben, im Gestapo-Hauptquartier in Berlin. Rudnitzky will sich scheiden lassen, um Hanna Holberg heiraten zu können. Bruno Balz sitzt bei der Gestapo ein, weil er schwul ist. Das erfahre ich im Bonus-Material der DVD. Jary interveniert bei Joseph Goebbels, sagt, daß er die Lieder für Zarah Leander nicht schreiben kann ohne Balz. Die Lieder für den Propagandafilm der Nazis. Dann beginnt im Film der Krieg mit der Sowjetunion. Paul Wendlandt wird an die Front geschickt. Sein Kamerad Etzdorf fällt. Paul schreibt Hanna einen Abschiedsbrief, der Brief wird nicht abgeschickt. Als er selbst abgeschossen und verwundet in ein Lazarett in Bayern eingeliefert wird, kommt es zu einem erneuten Wiedersehen mit Hanna, die immer noch bereit ist, ihn zu heiraten. ›Ich weiß, es wird einmal ein Wunder gescheh'n, und dann werden tausend Märchen wahr.‹ schreibt Balz im Gestapo-Hauptquartier. ›Ich weiß, so schnell kann keine Liebe vergeh'n, die so groß ist und so wunderbar.‹ schreibt der schwule Bruno Balz. Der Schwulenparagraph 175 bleibt bis 1969 in der von den Nazis verschärften Form in der Bundesrepublik bestehen. Das hat nichts mit deinem Kinobesuch zu tun. Und doch fällt es mir ein, als ich das Bonus-Material der Zarah-Leander-DVD ansehe, die in den letzten Jahren ihres Lebens nicht von der Bühne abtreten konnte und in Schwulen-Bars tingelte, um ein wenig von dem Glanz zu erhaschen, den sie glaubte verdient zu haben. Auch das hat mit deinem Kinobesuch 1943 gar nichts zu tun. Ich denke aber, alles hängt mit allem zusammen – auch wenn nicht alles wahr ist.

Man erzählte sich folgende Anekdote. Zarah wurde einmal von Joseph Goebbels gefragt: »Hören Sie mal, Zarah – Sarah, das ist doch ein jüdischer Name, oder?« Worauf sie entgegnete: »Ja, das stimmt. Aber ... Herr Goebbels, wie steht es denn mit Joseph?« – Goebbels verfiel in schallendes Gelächter.

Ich lese in der Zeitung. »Als Essen am 5. März 1943 so schwer getroffen wurde, war ich gerade 18 Jahre alt. Ich hatte mir einen Film in der Lichtburg angesehen, als der Alarm losging. Sofort rannte ich los Richtung Wasserturm. Meine Eltern, meine Geschwister saßen schon im Keller. Eine Bombe fiel in unseren Garten und zerstörte das hintere Haus. Glücklicherweise überstanden alle den Angriff. Dann kam die Entwarnung. Mein Vater und ich gingen nach oben. Stufen waren aus den Verankerungen gerissen. Unsere Wohnung war von allen Wohnungen am stärksten zerstört. Bombensplitter waren durch die Garderobe, Bettwäsche und Tischtücher gedrungen. Dann sahen wir Rauch. Wir rannten in den Kohlenkeller. Phosphor-Stabbomben brannten in den Kohlen. ›Nun ist alles verloren,‹ sagte mein Vater. Einige Gegenstände aus der Wohnung konnten wir retten. So habe ich Bücher von Goethe, Schiller und 20 Bände Brockhaus aus dem Fenster geworfen. Das Haus brannte ab, war unbewohnbar.« Ich nehme Kontakt zur Zeitung auf. Ich möchte Frau Funk kennenlernen. Die Redaktionssekretärin kann mir ihre Anschrift nicht nennen, darf sie nicht nennen. Ich telefoniere die Funks durch, hoffe, Hinweise zu bekommen. Ich habe Glück, die vierte Nummer ist die der Frau, die als Achtzehnjährige in die Lichtburg ging, um Zarah Leander in ›Die große Liebe‹ zu sehen. Ich treffe die Frau, erzähle von dir, von den Erinnerungen, die ich dir aufschreibe. Frau Funk kann sich gut erinnern an den Film in der Lichtburg und daß sie ihn nicht zu Ende gesehen hat. Daß ihr ihn nicht zu Ende gesehen habt. Hat sie vielleicht neben dir gesessen? Ich stelle mir das Gedränge vor an den Ausgängen, nach dem Fliegeralarm.

Der Film wurde zum größten kommerziellen Erfolg der UFA. ›Der Film zeigt eine für die damalige Zeit ungewohnt realistische Darstellung des Kriegsalltags, indem er auch die Rationierung von Lebensmitteln, Bombenalarm und stundenlanges Ausharren von Menschen in Luftschutzkellern zeigt‹, lese ich. Zarah Leander wurde zum bestbezahlten Star der UFA. Die Lichtburg war Deutschlands größtes Lichtspieltheater – 2000 Polsterklappsitze mit elektrischer Platzmeldeanlage. Zur Eröffnung des Kinosaals 1928 wurde die 150.000 Reichsmark teure Wurlitzer-Kinoorgel gespielt, die größte, die bis dahin in einem europäischen Kino installiert war. 1934 wurde der jüdische Kinobetreiber Karl Wolffsohn durch massiven Druck zum Verkauf des Kinos an die UFA weit unter Wert gezwungen. Der Essener Josef Terboven, einer der tüchtigsten Gauleiter, hatte dafür gesorgt. Wolffsohn flüchtete 1939 nach Palästina. 1940 zeigte man in der Lichtburg den antisemitischen Propagandafilm ›Jud Süß‹. Wolffsohn kehrte 1949 zurück und kämpfte um eine Entschädigung. Das Ende des Gerichtsprozesses erlebte er nicht mehr. Eine Gedenktafel an der Lichtburg erinnert seit 2006 an Karl Wolffsohn. Ist das wirklich alles wahr? Hin und wieder finden sich Belege.

Du bist am 5. März 1943 ins Kino gegangen. Das hast du mir erzählt. Ich erinnere es für dich. Die große Liebe mit Zarah Leander und Viktor Staal stand auf dem Spielplan. Zarah Leander sang ›Ich weiß, es wird einmal ein Wunder gescheh'n‹ und ›Heut' kommen die blauen Husaren‹. Das hast du mir erzählt. Dann kam der Fliegeralarm, hast du mir erzählt. Du bist geflohen aus der Lichtburg in den nächsten Luftschutzbunker. Dort habt ihr gewartet. Dann kam die Entwarnung. Du bist aus dem Bunker gekommen und die Innenstadt war völlig zerstört. Zarah Leander hat gesungen ›Davon geht die Welt nicht unter‹. Der Film auf der DVD ist durch. Die letzten Bilder verschränken privates Glück mit der nationalen Sache: die Liebenden blicken zum Himmel auf, wo ein deutsches Bombergeschwader vorüberzieht. In eine frohe Zukunft. Voller Optimismus.

Lokomotivführer

Es gab eine Zeit, da antworteten alle kleinen Jungen, wenn sie gefragt wurden, was sie werden wollten: Lokomotivführer.

Ich erinnere mich an die einem Kind riesig erscheinenden schwarzen Maschinen. Geruch von Fett, Kohle, Kraft, Schmiere. Ich höre das Fauchen, Zischen, den langsam einsetzenden Takt beim Anziehen der Waggons, das in den Ohren Schmerz verursachende Quietschen beim Abbremsen der einfahrenden Züge. Dampfwolken umhüllten die Bahnsteige vor der Elektrifizierung der Strecken, vor den Diesel- und den E-Loks. Ich erinnere, daß Jungen voller Bewunderung und Verlangen zu den Männern in den Führerständen hochschauten, die die Herrscher waren über diese schiere Kraft, die man sah und hörte an den Kupplungen, die die Wagen untereinander und die Wagenkolonnen mit der Maschine verbanden.

Regler und Steuerung. Ohne genau zu wissen, was da geschieht, sieht der kleine Junge den Lokomotivführer den Hebel mit der Linken und die Kurbel mit der Rechten bedienen. Die Maschine gehorcht. Ventile und Anzeiger, Manometer und Thermometer. Der Kleine versteht noch nicht, was zwischen Triebstange, Kolben, Dampfzylinder und Schieberkasten geschieht. Später wird er eine Dampfmaschine von WILESCO zum Geburtstag oder zu Weihnachten bekommen. Eine D10 mit hochglanzpoliertem Messingkessel. Zylinder, Schwungrad und Zentrifugalregulator werden es ihm begreiflich machen. Daß der Mann im Führerstand mit Hebel und Kurbel Herr über Treib-, Kolben- und Kuppelstange ist, weiß er schon jetzt.

Dein Mann war, erzähle ich dir, Lokomotivführer und durfte, als er von den Wanderungen, die er mit seinen Altersgenossen unternommen hatte, und aus Belgien zurückgekehrt war, in den Führerstand der Baureihe 01. Gebieter über zweitausendzweihundertundvierzig PS. Das war, so erinnere ich für dich, die schönste Zeit in seinem Leben. Das war, so erinnere ich für dich, die schönste Zeit in deinem Leben.

Wieder sitze ich dir gegenüber. Du bist noch nicht in dein Zimmer verbannt, sitzt noch mit den anderen im Aufenthaltsraum, der lichtdurchflutet ist, eine wintergartenähnliche großzügige Konstruktion, die Wärme hält für die sie bewohnenden Personen. Frauen frieren leicht, alte Menschen frieren. Viele von euch sitzen mit Wolljacke und -jäckchen bekleidet im Aufenthaltsraum. Du erkennst mich noch. Die Menschen, die mit dir auf einer Station wohnen, erkennst du nicht. Nicht immer. Nicht alle. Du fixierst eine Frau am Nachbartisch. Herrisch braust du auf: »Wer ist das? Was wollen Sie von mir?« – Nachdenklich fügst du hinzu: »Arschloch.« Das jedoch murmelst du leise in die Kaffeetasse, die du vor den Mund hältst, so daß nur ich es hören kann. Noch murmelst du es in die Tasse. Später dann wirst du Flüche und Unanständigkeiten laut brüllen, so daß alle es hören können über den gesamten Flur, obwohl du in deinem Zimmer, das du mit der sterbenden Frau teilst, auf dem Stuhl fixiert sitzt. Und noch später wirst du Flüche und Unanständigkeiten laut über den Flur brüllen, obwohl du, nur noch ein Bündel aus Haut und Knochen, in deinem Bett liegen wirst, zusammengekauert wie in einem Hockergrab.

Noch erkennst du mich, wenn ich dich besuche. Freust dich, wenn ich den Aufenthaltsraum betrete und an deinen Tisch komme, an dem du alleine sitzt, weil andere ihn nicht gerne mit dir teilen, weil du ihn nicht gerne mit ihnen teilst. Du freust dich: »Junge, setz dich. – Was gibt es Neues?« Ich muß mir vergegenwärtigen, daß Sprachmuster in deinem Kopf ablaufen. Ich muß an Apetito denken.

Was es Neues gibt? Ich erzähle. Ich war am Wochenende in Dahlhausen. Im Eisenbahnmuseum. Dort steht die erste der Baureihe 01, die in Betrieb genommen wurde. »Stell dir vor,« sage ich, »die 008 war die erste, nicht die 001. Von Krupp.« Es ist egal, was ich dir erzähle. Du siehst mich aus blinzelnden Augen an. »Gut siehst du aus. Ich freu' mich. – Was gibt es Neues?« Du möchtest nicht an die Baureihe 01 erinnert werden. Du kannst dich nicht an Lokomotivführer erinnern. Nicht an ölverschmierte, dreckige große Hände, die dich anfassen. Nicht an dunkle Nächte im massiv eichenen Ehebett neben dem großen massiv eichenen Schrank, hinter dem der Nachtrabe hauste. Du möchtest, daß ich dir eine andere Erinnerung mache.

Ich versuche es und sage in seltsam raunendem Singsang leise die Worte ›Wenn wir erklimmen schwindelnde Höhen … ‹ Ich habe nachgelesen. Mit dem Machen von Erinnerungen ist es merkwürdig. Manche Erinnerungen kommen von allein. Bei anderen muß man nachhelfen. Manche Erinnerungen stellen sich erst ein, wenn ihnen auf die Sprünge geholfen wird. Ich habe nachgelesen.

Seit 1934 nahmen jährlich sechshundertfünfzigtausend Kinder bis zum Alter von vierzehn Jahren an der Kinderlandverschickung teil. Die Kinder sollten sich erholen. Kinder aus Großstädten aufs Land, in gesunde Umgebung. Kinder aus dem Kohlenrevier in die Bergwelt der Alpen. Mein Raunen für dich und deinen Mann, der im Jahre 1934 gerade dreizehn Jahre alt war: ›In unseren Herzen brennt eine Sehnsucht, die läßt uns nimmermehr in Ruh' … ‹

Der alte Kaderbach war tot. Die Kaderbach-Söhne längst schon ausgezogen. Die Wohnsituation dennoch beengt. Zwar wohnte das Kind noch nicht bei euch, deine Mutter schlief nachts schon in der Küche. Außer dieser nutztet ihr schon die beiden zur Bergstraße liegenden Zimmer in der Wohnung, das eine als Wohn-, das andere als Schlafzimmer. Die eichenen Schlafzimmermöbel hattet ihr schon gekauft. Ob zu dieser Zeit schon der Nachtrabe in dem sich zwischen Schrankrückwand und von euch abgeschlossener Kaderbachtür ergebenden Raum gelebt hat, vermag ich nicht zu sagen. Ob der Nachtrabe sich mit euch das eheliche Schlafzimmer teilte oder ob Frau Kaderbach, wie sie vor Einzug des Jungen noch von euch allen genannt wurde, die erste Mithörende wurde, dessen, was sich in eurem Schlafzimmer abspielte, kann ich nicht rekonstruieren. Was klar ist, die Wohnverhältnisse waren beengt. Als deinem Mann einfiel: ›Wir kommen wieder, denn wir sind Brüder, Brüder auf Leben und Tod.‹ So kamt ihr zum ersten Mal nach dem Krieg nach Kiefersfelden. Und fühltet euch wohl.

Spracherwerb

Ich erinnere für dich die Eisblumen, die im Winter die Fenster in der Bergstraße morgens von innen bedecken und den Blick nach außen unterbinden. Das mild gefilterte, aber so ganz anders als durch Milchglas fallende Licht der Wintermorgen. Das Kind, das, noch warm eingepackt für die Nacht, die Kälte jetzt spürt an den Händen, im Gesicht. An den Füßen Strümpfe. Und das die Eisblumen anhaucht, weghaucht, nur um zu sehen, wie neue, ebenso einzigartige Blumen nachwachsen an den Stellen, die es lediglich kurz befreit hatte vom Eis durch seinen Atem. Mit seinen Fingern zeichnet das Kind Muster in das Eis. Auch hier schließt die kristallene Welt sofort die Wege, die durch Kinderfinger entstanden. Dies alles geschieht in der Küche, wo deine Mutter den Ofen einheizt, in ihm ein Feuer entzündet mit zusammengeknülltem Papier. Sorgfältig wird das Papier zwischen das Anfeuerholz gesteckt und, hat die Flamme sich darein gefressen, Kohle angehäufelt über dem Feuerchen. Wasser im Kessel aufgesetzt für den Kaffee. Dieser anfänglich noch in der Holzmühle gemahlen, die über Jahre aufgehoben werden wird, als ihr längst über eine elektrische Mühle verfügt, ja selbst noch als diese erste elektrische Mühle ersetzt wird, die man noch von oben mit den Bohnen befüllte, dann den durchsichtigen Plastikdeckel aufsetzte, durch Andrücken desselben den Motor in Gang setzte und durch den Deckel sehen konnte, wie zwei Metallflügel die Bohnen zerschlugen. Die Nachfolgerin hatte ein innen liegendes Mahlwerk und sammelte das Kaffeemehl in einer Kunststoffschublade, die wie der untere Teil der Mühle in leuchtendem Orange gehalten war. Der Kaffee wurde in der Kanne gebrüht. Beim Einschenken des Kaffees ein Siebchen unter die Tülle gehalten, was aber nicht verhindern konnte, daß ein wenig Prött mit in die Tasse gelangte. Kaffeeprött. Dieses Wort. Erinnerst du dich? Erinnerst du dich, daß das Kind etwas später eine merkwürdige Vorliebe dafür entwickeln wird, den Prött aus dem Siebchen zu essen? Auszukauen und dann zu schlucken? Was ihr mit Sorge beobachten werdet, da der Junge ja noch klein ist. Statt Kaffee bekommt er Kakao zubereitet des Morgens. Der Junge soll nicht nervös werden durch das Pröttessen. Aber nervös ist er ja schon, der Junge. Und lange währt die Zeit des Pröttessens auch nicht, denn der Kaffeefilter wird auf den Markt gebracht. Kämpfe werden in Familien ausgefochten über Jahre. Filterkaffee. Gebrühter Kaffee. Kampf nicht bei euch. Du bist modern. Die Zeit der porzellanenen Halter für Filtertüten wird fast übersprungen und schnell Kaffee mit der Maschine zubereitet. Kleine Eskapaden mitgemacht wie metallene Filterhalter für eine gebrühte Tasse. Diese selbst in Tassenform und mit einem kreisrunden Filterblatt am Boden bestückt statt mit einer Tüte. Ich erinnere für dich den Geruch des Kaffees.

Ich erinnere für dich, daß ihr euch morgens gewaschen habt, die Zähne geputzt. Auch dies alles in der Küche. Wo sonst? Im Klosett befand sich nur das Handwaschbecken. Und das Klosett wurde auch von Oma Kaderbach benutzt. Grenzte an ihren Wohnraum. War auch nur schmal. Ein länglicher, schmaler gestreckter Raum. Lag zwischen Oma Kaderbachs Zimmer und eurer Küche. Grenzte. Über zwanzig Jahre Wand an Wand. Geräusche. Furzen. Geruch. Gestank. Auch Magenverstimmungen hin und wieder. Durchfall. Menstruationsbeschwerden. Gekotzt wurde jedoch nicht ins Klo, sondern in einen mit Wasser halbgefüllten Eimer. Das Furzen und die anderen Geräusche jedoch blieben, wurden geteilt. So wie man auch Oma Kaderbachs Fürze hörte in eurer Küche. Und in der ersten Zeit nach dem Krieg, in den ersten Jahren der dann über zwanzigjährigen gemeinsamen Nutzung des Klosetts, wird man nicht nur sie gehört und gerochen haben, sondern auch gehört und gerochen haben, wenn Herr Kaderbach und seine Söhne das Klosett aufgesucht haben. Das erinnere ich für dich. Und ich erinnere für dich, wie groß die Distanz war zwischen euch und Frau Kaderbach, deren Fürze ihr zwanzig Jahre gehört habt und die erst zu Oma Kaderbach wurde, als das Kind in eure Wohnung gekommen war und mit dem Erlernen der Sprache langsam seine Welt erweiterte. Das Kind sah die Welt und brauchte Wörter, um sie zu benennen. Brauchte Namen, um die zu benennen, mit denen es zusammenlebte. Das erste Wort, um deine Mutter zu benennen. Das zweite Wort, um dich zu benennen. Was wird das dritte, vierte, fünfte gewesen sein? Gehörte Oma Kaderbach zu den ersten zwanzig? Den ersten fünfzig? »Omma poppt Eier.«

Ich versuche, für dich zu erinnern, wie ihr geschlafen habt. Dein Mann und du. Als er zurückkehrte aus Belgien. Ein Schachspiel in seinem Gepäck und eine Geige. Geschnitzt, gebaut für dich. In den langen Tagen. Er hatte Zeit gehabt in Belgien. Er hat nie erzählt, wie er dorthin gekommen war. Er hat nie erzählt, wie es dort zugegangen war. Was geschehen war. Deshalb erinnere ich dies nicht für dich. Erinnere aber das Schachspiel, Holzintarsien eingelassen in breiterem schwarzen Rand, geschnitzte Figuren, aufgehoben in grünem filzigen Beutel, der wohl aus Belgien stammte oder den er schon zuvor mit sich geführt hatte, in der Zeit vor Belgien. Ich erinnere die Geige aus schwarz gebeiztem, porigen Holz. Ich erinnere, daß Herr Kaderbach noch gelebt haben muß, als dein Mann zurückkehrte aus Belgien. Und die beiden Söhne des Ehepaares Kaderbach waren auch gerade zurückgekehrt von irgendwoher. Der eine Sohn fand Frau und Wohnung lebend und unversehrt, zog in den Stadtteil, den er zuvor schon bewohnt hatte. Der andere zog zu seinen Eltern, wo seine Frau schon Unterschlupf gefunden hatte. Nachdem ihr Unterschlupf gefunden hattet dort. Viele suchten Unterschlupf in jener Zeit, erinnere ich für dich. Sieben Menschen wohnten also dort, nachdem dein Mann aus Belgien heimgekehrt war. In den ersten Jahren nach der Heimkehr aus Belgien schlieft ihr also noch nicht in dem Zimmer, in dem später der Schrank, vor die Kaderbachtür geschoben, den Schlupf bilden sollte, in dem der Nachtrabe hauste.

Der zweite Kaderbachsohn zog aus. Mit Frau. Ihr bezogt das Schlafzimmer. Schafftet Möbel an. Massiv eichenes Ehebett. Dann großen massiv eichenen Schlafzimmerschrank, massiv genug, um den Nachtraben tagsüber in seine Schranken zu weisen. Hoffentlich massiv genug, um ihn auch nachts davon abzuhalten, zu dem Kind zu kommen, ehe dieses Schutz fand zwischen dir und deinem Mann unter den Decken. Doch noch gab es das Kind nicht. Als ihr das Schlafzimmer bezogt, als Bett und Schrank gekauft wurden, gab es das Kind noch nicht. Es wird später in die Wohnung kommen. Ob der Nachtrabe schon hinter dem Schrank gewohnt hat, ehe das Kind kam, als nur du und dein Mann das Zimmer nutztet, vermag ich nicht zu sagen. Ihr schlieft im doppelten Bett. Der Schrank. Der Nachtrabe. Die Tür. Dann Oma Kaderbach. »Omma poppt Eier.« Ihr schlieft nicht nur in doppeltem Bett.

Strumpfhosen

Mittlerweile hatte ich gelernt, daß es besser war, sich von den Dingen selbst ein Bild zu machen. »Trinkt sie?« hatte der Stationsarzt im Krankenhaus gefragt. »Nicht mehr als Sie und ich, Herr Doktor.« – »Das glaub' ich nicht.«

Jahrelang hatte ich, wenn ich dich besuchen wollte, vorher angerufen. Am Abend vorher angerufen. Oder morgens. »Da freu ich mich aber!« oder »Soll ich Dir was kochen? Soll ich Dir was besonderes machen?« Das wollte ich nicht. Eine Tasse Kaffee. Das reichte. Ich hatte gefragt: »Soll ich etwas mitbringen? Einen Kasten Sprudel?« Seit der Sprudelmann nicht mehr kam, und er kam schon seit Jahren nicht mehr, hast du Getränke flaschenweise gekauft. Sprudel habe ich dir mitgebracht, meist mehrere Kästen, auf Vorrat. Habe die vollen Kästen in den Keller getragen, die leeren mitgenommen. »Da freu ich mich.« Dann zwei, drei Tassen Kaffee trinken. »Was gibt es Neues?« Ich habe erzählt. »Und bei Dir?« – »Ach, was soll schon passieren bei einer alten Frau?«

Dann kam der erste große Fall. Armbruch. Krankenhaus. Als ich davon erfuhr und sofort kam, warst du schon zwei Tage dort, warst operiert, dein rechter Arm in ein Metallgestell geschraubt. Ich hätte dich sofort mitnehmen können. »Sie wohnt allein, so kann sie ja nicht in ihre Wohnung zurück. Ich werde helfen, irgendetwas muß organisiert werden. Ich brauche ein, zwei Tage Zeit.« Einen Tag später brachte ich dich in deine Wohnung zurück. Zweimal am Tag würden Pflegekräfte kommen, beim Waschen behilflich sein, beim Zu-Bett-Gehen. Ein Vertrag mit der Firma Apetito war geschlossen. Täglich zweimal wird Apetito Essen bringen, von jetzt auf gleich. Du mußt nur die Menus aussuchen, die Apetito dir anbietet. Ich werde dir Geld hinlegen, das ich von deinem Konto abgeholt habe, damit du das Essen bezahlen kannst. Für alles war gesorgt.

Am folgenden Tag. Bei mir das Telefon. Das Pflegepersonal. Du weigerst dich, sie in die Wohnung zu lassen. Ich kann es nicht verstehen. Ich rufe bei dir an, spreche mit dir, während die Pflegerin vor der Tür steht, erkläre. Du öffnest der Pflegerin die Tür.

Abends kein Anruf. Du hast sie in die Wohnung gelassen, denke ich. Du hast Essen bekommen, du hast Hilfe beim Waschen bekommen. Und du liegst im Bett. Am nächsten Tag wieder das Telefon. Sie sind in deiner Wohnung. Sie halten den Telefonhörer in den Raum. Ich höre Schimpfen. Fluchen. »Wer sind Sie? Was wollen Sie hier? Arschlöcher!« Ich kann es nicht erklären. Ich kann es auch mir nicht erklären. So kenne ich dich nicht. Abends wieder kein Anruf. Laut Einsatzplan besuchte dich ein Pfleger, keine Pflegerin. Derartige Gesetzmäßigkeiten werden sich mir erst mit der Zeit erschließen.

Am vierten Tag ist das Schimpfen, Krakeelen, Fluchen lauter geworden. Intensiver. Die Pflegerin sagt mir durch den Hörer, du trinkst. Sie sagt, daß sie und ich uns einen vergnügten Abend machen könnten, von dem Pfandgeld, daß wir erhielten, brächten wir die Bierflaschen zurück, die sich im Kämmerchen befänden. So habe ich gelernt, daß es besser ist, sich von den Dingen selbst ein Bild zu machen.

›Ich kann Ihren Anruf zur Zeit nicht entgegennehmen. Sie haben jedoch Gelegenheit, nach dem Signalton eine Nachricht zu hinterlassen. Bitte sprechen Sie jetzt.‹: »Du, ich wollte mal wieder Deine Stimme hören. Was gibt es Neues?« – »Ich finde hier gerade einen Zettel mit einer Nummer. Kannst Du mir sagen, was für eine Nummer das ist?« – »Ich versuche schon seit drei Tagen, Bochum anzurufen. Aber da meldet sich niemand. Ob die wohl verreist sind?« – »Ich hatte hier Geld hingelegt. Direkt neben dem Telefon. Das liegt hier jetzt nicht mehr. Hast Du das mitgenommen, als Du hier warst?« – »Ich wollte mich mal melden, weil ich so lange nichts von Dir gehört habe. Hast Du mich ganz vergessen?« – »Von denen in Herne hört man gar nichts mehr, ob die wohl böse mit mir sind? Ich habe denen doch nichts getan. Ich habe doch nie jemandem etwas getan.« – »Wenn Du mal wieder vorbeikommst, kannst Du bitte einen Kasten Sprudel mitbringen. Wann kommst Du denn? Ich bin eigentlich immer zu Hause. Nur morgen wollte ich zum Friseur, aber wenn Du morgen kommen willst, kann ich das verschieben.« – »Hier hat jemand etwas abgegeben. Das könnte für Dich sein. Ich weiß nicht genau, was es ist. Es sieht aber so aus, als könnte es für Dich sein.« – »Habe ich Dir eigentlich schon gesagt, daß Du so eine männliche Stimme hast? Eine angenehme, männliche Stimme. Die höre ich immer gerne. Ruf doch mal zurück!« – »Ich habe so lange nichts von Dir gehört. Du bist doch das Liebste, was ich habe auf der Welt. – Ruf doch mal zurück.« – »Du Arschloch! Warum schickst Du immer die Männer zu mir? Sie waren schon wieder hier, während ich einkaufen war. Und haben alles durchsucht.« –

»Kannst Du nicht mal vorbeikommen? Ich hätte da etwas zu
besorgen. Ich sage es Dir dann, wenn Du Dich meldest.« –
»Hast Du meine Schlüssel irgendjemandem gegeben? Du
hast doch die Schlüssel von hier. Jedesmal, wenn ich einkaufen gehe, kommt jemand in die Wohnung und durch-
wühlt meine Sachen.« – »Du Sauhund. Warum schickst Du
die Männer, die meine Matratze ausgetauscht haben? Ich
kann gar nicht mehr schlafen. Der ganze Rücken tut mir
weh.« – »Mir sind gerade Geschichten von früher eingefallen.
Da mußte ich so an Dich denken. Ruf doch mal an.« – »Ich
bin so unruhig. Die Stehlampe im Wohnzimmer. Die kennst
Du doch. Jemand hat sie umgeworfen und sie liegt jetzt auf
dem Boden. Kannst Du nicht mal gucken kommen?« – »Hier
schellt immer jemand, und wenn ich dann zur Tür gehe, ist
niemand da. Hast Du versucht, mich zu besuchen?« – »Hast
Du was aus Wuppertal gehört? Dann melde Dich doch mal.
Hier ruft niemand mehr an.« – »Du Schweinehund. Die
Männer waren wieder da und haben von all meinen Strümpfen die Fersen abgeschnitten. Jetzt kann ich nicht mehr raus.
So kann ich doch nicht auf die Straße.« – »Das habe ich Dir
zu verdanken. Du hast die Männer geschickt, du Schweine-
hund. Womit habe ich das verdient? Ich habe doch nie-
mandem etwas getan!« – »Ruf doch mal an. Du bist doch das
Einzige, was ich noch habe.« – »Ich müßte mal zur Stadt
fahren, neue Strumpfhosen kaufen. Hier die sind alle kaputt.
Jemand hat die Fersen rausgeschnitten. Oder kommst Du zur
Stadt und kannst mir welche mitbringen?« – »Als ich vom
Einkaufen kam, stand hier die Tür auf, sperrangelweit auf.
Warst Du da?« – »Du Arschloch! Weißt Du, was Du bist? Das
größte Arschloch auf Erden!« – »Hier hat jemand alle Matrat-
zen umgedreht und ich kann jetzt gar nicht mehr richtig

liegen. Der Rücken tut mir weh. Weißt Du, wer das war?« –
»Deine Stimme. Ich sehne mich so danach, Deine Stimme zu
hören.« – »Du bist das größte Arschloch auf Erden.« – »Du
bist so gemein.« – »Ich habe doch keinem was getan.«

An all das kannst du dich nicht erinnern und ich will dich
nicht daran erinnern. Dennoch erinnere ich es. Es gehört
dazu.

Ich kann es nicht glauben. Fassungslos stehe ich vor der
aufgezogenen mittleren Schublade der Kommode in deinem
Schlafzimmer. Du hast mich nicht angelogen. Die Schublade
ist voller Damenfeinstrumpfhosen, die dir gehören, und
allen Strumpfhosen fehlen jeweils beide Fersen. Sie sind
sorgfältig mit der Schere abgeschnitten.

Judenmädchen

Wie war es, als du klein warst? Es gibt die Erinnerung von dir
als kleinem Mädchen, das mitgenommen wurde auf eine
Fernreise mit dem Flugzeug. Gibt es Erinnerungen des All-
tags dieses Mädchens? Erinnerungen an den Großvater, bei
dem sie mit ihrer Mutter lebte? Dein Vater war verstorben,
schon vor deiner Geburt. Das der Grund, weshalb deine
Mutter und du bei dem Großvater wohnten. Dieser war
deutsch-national, war konservativ, war pflichtbewußt. Wie er
aussah? Wie die Wohnung, in der ihr lebtet? Fragmente nur.
Nicht einmal das – Bruchstücke von Fragmenten. Die
Arbeitsweise eines Archäologen wäre angemessen, diese
Fragmente zu bergen, zu ordnen, zu deuten. In den Archiven
wären die Fragmente zu finden, von denen ich nur Bruchstücke kenne, die du mir erzählt hast. Vor Zeiten. Dein Vater

hat auf dem Sterbebett liegend den hinzugerufenen Pastor mit freundlicher, aber fester Stimme wieder nach Hause geschickt. Was bedeutet das? Weshalb klang Stolz in deiner Stimme mit, wenn du diese Anekdote erzähltest? Sagtest, er sei ein Freigeist gewesen? Erzähltest mit dem gleichen Stolz vom deutsch-nationalen Großvater?

Deine Mutter wuchs in einer wohlhabenden Brauereifamilie in Duisburg auf. Doch auch dazu nicht mehr. Wohlhabend. Deutsch-national. Pflichtbewußt. Worte, die du verwendet hast, wenn du von der Duisburger Brauerei erzählt hast oder vom Großvater in Borbeck. Zahlreicher sind die Anekdoten, die du erzählt hast über die Generationen vor deinen Großvätern. Von den Frauen, die Vorfahrinnen waren von dir und deiner Mutter. Prinzessinnen. Aus Fürstenhäusern, am Niederrhein gelegen – es muß sich um Kleve handeln. Prinzessinnen aus dem Hause des Herzogs von Kleve. Nicht weniger. Aber mehr hast du nicht erzählt. Ein kurzer Hinweis, daß auch ihr, auch du habt einen Ariernachweis erbringen müssen. Dies wie zum Beweis, daß die Prinzessin nicht einer kindlichen Träumerei entsprungen sei, einer Wunschphantasie. War doch der Ariernachweis geführt worden, geprüft worden, bestätigt worden. Wie und wann die Verstoßung einer Prinzessin aus herzoglicher Familie stattgefunden hat? Wie aus einer Prinzessin über Generationen eine Gattin eines Duisburger Brauereibesitzers hatte werden können? Die in den Archiven liegenden Papiere hast du nie gesucht, nachdem die Ariernachweise obsolet geworden waren. Sind dies die einzigen Erinnerungen eines kleinen Mädchens, das vaterlos in der großen Wohnung ihres pflichtbewußten deutsch-nationalen Großvaters aufgewachsen war?

Nein, ich erinnere mich, daß du mir erzählt hast, wie du mit den Kindern im Haus gespielt hast, mit den Kindern der Nachbarhäuser. Und ich erinnere mich jetzt für dich, daß du mit Hans gespielt hast, daß du mit Martha gespielt hast, daß ihr mit Lore gespielt habt. Daß Lore jünger war als ihr. Lore wird mir später erzählen, daß deine Mutter zu euch gesagt hat: Laßt Lore mitspielen. Wie ihr Lore gehaßt habt. Auch Lore ist dann groß geworden. Auch Lore hat geheiratet. Lore ist mit ihrem Mann weggezogen, nachdem ihr Mann nach dem Krieg nach Hause gekommen ist. Du und dein Mann habt Lore und ihren Mann besucht. Dein Mann war ja auch nach dem Krieg nach Hause gekommen. Dein Mann war früher nach Hause gekommen nach dem Krieg. Lores Mann war bei der SS gewesen. Ihr habt sie besucht. Sie wohnten im Zonenrandgebiet. Es gibt ein graues Paximat-Magazin mit Dias, die zeigen, wie du und dein Mann Lore und ihren Mann besuchen. Dieses Magazin gehört nicht zu denen, die häufig angesehen wurden. Die meisten Dias in dem Paximat-Magazin zeigen einen Spaziergang der beiden Ehepaare durch einen Wald. In dem Wald stehen Hochstände. Die Ehepaare sind vor den Hochständen zu sehen. Die Ehepaare sind auf einem Hochstand zu sehen. Es gibt auch Aufnahmen, die von dem Hochstand aus gemacht sind. Diese zeigen Wald. Wenn dieses Magazin an einem der Sonntagwinterabenden zu den ausgesuchten gehörte, lautete der Kommentar zu diesen Bildern: Das ist drüben. Worauf zu erwidern war: Das ist ja schrecklich.

Die restlichen Bilder zeigen zwei Ehepaare in einem Wohnzimmer. Biergläser stehen auf dem Tisch. Eckes Edelkirsch. Lufthansa-Cocktail. Im Hintergrund sind mit Bast umwickelte Chiantiflaschen zu erkennen, in denen Tropfkerzen stecken, welche bizarre Formen gebildet haben. Dem Mann von Lore sieht man auf den Dias nicht an, daß er einmal SS-Mann gewesen ist.

Ich vermag nicht mehr zu sagen, ob euer Besuch ein Gegenbesuch war oder ob Lore mit ihrem Mann, nachdem du mit deinem Mann im Zonenrandgebiet warst, einen Gegenbesuch unternommen hatte. Von dem Besuch des Paares aus dem Zonenrandgebiet in Lores Heimatstadt existieren keine Dias. Ich erinnere jedoch genau, daß Lore mindestens einmal in der Wohnung in der Bergstraße zu Besuch war. Ich weiß nicht zu sagen, ob ihr Mann dabei war. Ich erinnere, daß sie erzählt hat, daß ihr sie nicht habt mitspielen lassen, weil sie zu jung war. Daß deine Mutter gesagt hat: Laßt Lore mitspielen. Ich erinnere, daß ihr gelacht habt, als sie es erzählt hat. Ich erinnere, daß ihr beide gelacht habt, als du sagtest, daß ihr sie gehaßt habt.

Ich erinnere für dich, daß du bei diesem Besuch erzählt hast, wie die anderen Kinder auf der Treppe saßen, als du vom Geigenunterricht nach Hause kamst. Hans, Martha und Lore. Wie du erzählt hast, daß zwei große Jungs dir auf der Straße entgegen gekommen waren, du den Geigenkoffer in der Hand. Wie du erzählt hast, daß die großen Jungen »Judenmädchen! Judenmädchen!« geschrieen haben. Wie du erzählt hast, daß die großen Jungen dich gemeint haben. Du den Geigenkoffer abgestellt, eher weggeworfen. Du auf die großen Jungen los und sie vermöbelt. Martha und Hans zu verblüfft, um dir Beistand leisten zu können. Verblüfft über die Plötzlichkeit und die Stärke deines Ausbruchs, deiner Reaktion. Wie auch die großen Jungens verblüfft waren und sich, ohne sich weiter zu wehren, weggelaufen waren. Ich erinnere für dich, wie du noch beim Erzählen dieser Episode aus deiner Kindheit empört gewesen warst, daß man dich für ein Judenmädchen hatte halten können.

Mehr Erinnerungen von dir als kleinem Mädchen gibt es nicht.

Aufzeichnungen I

2002_04_14

Ja, guten Morgen, ich wollte einmal fragen, was hat das ganze auf sich, daß ich hier Post bekomme, ›Amtsgericht Essen, Vormundschaftsangelegenheiten, Rechtspflegerei‹, etcetera, etcetera, etcetera …, darbringen …, von dem ganzen Wandel …, das zeigt, … Da sind Punkte angegeben, das ist doch ein starkes Stück, da muß ich doch gegen angehen. Ich bin jetzt im höchsten Alter, da muß ich mir sowas noch gefallen lassen. Ich war so bescheiden … und alles war bescheiden. Und jetzt bekomme ich sowas? Was hat das zu bedeuten?

2002_04_14

Ich habe ja eben schon mal zurückgerufen. Ich weiß nicht, was das zu bedeuten hat, daß ich im Alter noch Schreiben bekomme vom zuständigen Amtsgericht. Was ist passiert? Was habe ich getan? Keine Unebenheiten im ganzen Leben. Was hat das zu bedeuten? Was habe ich verkehrt gemacht? Ich versteh' das nicht.

2002_04_15

Ja, guten Morgen. Hast du schon gefrühstückt? Ich wollte dich bitten, mir mal meine Mappen wieder zurückzugeben. Ich kann die nicht finden. Die müssen bei dir sein. Meld' dich bitte mal. Tschö!

2002_04_15

Weiss'e wat? Jetzt habe ich die ganze Zeit auf meinem heiligen Hintern gesessen bzw. was getan und jetzt geh' ich weg. Also der heutige Tag, der ist ja dann beendet. Du hast ja viel zu tun. Tschö!

2002_04_15

Hallo! Guten Abend. Könntest du mich bitte mal zurückrufen? Danke! Bis gleich.

2002_04_15

Hallo, du, ich bin jetzt hier beschäftigt, ich hier mit Unterlagen. Und dann komme ich da unter anderem in Bedrängnis, denn da steht hier unter anderem, daß du berechtigt bist und da mußt du mir noch sagen, was du von mir noch für Gelder zu bekommen hast. Tust du das? Danke. Tschüß! Sprechen wir noch. Ne? Ruf doch an.

2002_04_15 Hallo! Guten Abend. Ich versuche es jetzt schon seit heute früh. Aber der Vogel ist wohl ausgeflogen. Bitte, höre jetzt, und ruf mich einmal an. Ich hätt 'ne Frage. Dankeschön!

2002_04_16

Ja, ich bin das, komme gerade vom Arzt. Ob ich in ein Krankenhaus muß, weiß ich noch gar nicht. Ich möchte dich bitten, du hast doch von mir eine Tasche mitgenommen oder eine Mappe oder Unterlagen oder sonst irgendetwas. Ruf mich mal an und bring' mir das zurück. Hier sind keine Unterlagen. Hier ist kein nix. Und ich meine, daß du das mitgenommen hättest. Sag' bitte Bescheid. Danke!

2002_04_16

Ich bin es noch mal. Du, bitteschön, mach' et nich', ruf nicht noch mal bei Ärzten an, irgendwie und irgendwas wie damals. Es ist ja nicht so, ... so schlimm. Ich möchte jetzt

71

von diesem Arzt zum Orthopäden. Brauchst du nicht zu fragen. Ist schon recht. Ich ruf dich an. Tschüß!

2002_04_16

Ja, guten Abend. Bitte, ruf mich zurück mal. Ja? Ich muß dich mal was fragen. Ich suche hier was und du kannst mir vielleicht dabei helfen. Danke.

2002_04_16

Ich fürchte mich. Ruf mich mal bitte an.

2002_04_17

Guten Morgen. Ich möchte auch noch mal fragen, was das zu bedeuten hat, daß ich in meinem Alter noch so etwas über mich ergehen lassen muß, wie ich es jetzt bekommen habe. Ich weiß nicht, wer mir hilft. Bitte, sei wenigstens nicht so feige und komm und sprich mal mit mir. Ich verstehe es nicht … ohne je einem Menschen was getan zu haben. Hilfe!

2002_04_17

Du, wenn du jetzt nicht zu Hause bist, … Meldest du dich dann bitte einmal bei mir? Danke!

2002_04_17

Du, wenn du noch da bist, dann komm doch bitte mal vorbei, ich wollte dir etwas sagen. Ich, ach Gott ne, die Überweisungs-…, die Überweisungsschecks …, wo sind die bloß? Kommst du dann mal?

2002_04_17

Hallo, guten Abend. Ich wollte dich mal bitten, heute zurückzurufen. Nichts Dringendes oder sonst irgendetwas. Ich muß irgendwann einmal mit dir sprechen. Bitte, sei so lieb.

2002_04_17

Laß doch mal bitte, bitte von dir hören. Ich will nichts Schlechtes, ich will nur mit dir sprechen. Bitte sei so gut!

2002_04_17

Ich wollte mich bei dir entschuldigen. Ich komm da nicht drüber weg. Also: Entschuldige, entschuldige! Weil ich dich so schrecklich lieb hab'. Mehr wollt' ich nicht sagen. Tschö!

2002_04_18

Grüß dich! Ich versuche schon, ich versuche jetzt schon den ganzen Nachmittag das Trudchen anzurufen. Wir haben heute noch nichts voneinander gehört. Weißt du, wo die jetzt stecken könnte? Wird ja nix passiert sein, ne? Na, dann weißt du ja Bescheid. Dankeschön! Und bei dir? Alles ok?

2002_04_18

Grüß dich noch mal. Ich suche immer noch das Trudchen. Weil ich mir richtige Sorgen mache, weil wir seit heute Mittag nicht voneinander gehört haben. Ich kann mir gar nicht vorstellen, wo die sein mag. Weiß du etwas Neues? Dankeschön!

2002_04_18

Ich bin das. Entschuldige bitte, wenn ich störe. Ich habe immer noch nicht das Trudchen erreicht. Ob da was passiert sein könnte oder sonst irgendetwas? Ich glaube, wir haben miteinander gesprochen. Ich weiß gar nicht, was los ist. Man macht sich schon Gedanken! Kannst du mir sagen, ob sie weg ist? Irgendwohin gefahren? In der Verwandtschaft? Sag mir bitte Bescheid. Danke!

2002_04_18

Also noch einmal Entschuldigung wegen meines Anrufes. Aber ich mache mir Sorgen um die Trude oder ... Vielleicht ist sie in falscher Gesellschaft. Ich rufe sie seit Stunden, Stunden, Stunden immer wieder an und kann die nicht erreichen. Ich wüßte nicht, was ich ihr getan haben sollte. Ich mach mir Sorgen, was da passiert sein könnte. Kannst du sie erreichen? Oder weißt du etwas? Bitte sei so lieb. Danke!

2002_04_18

Ich bin es noch mal. Ich rufe immer das Trudchen an und mach' mir Sorgen. Habe ich ihr etwas getan? Ich mach' mir Gedanken. Ich wüßte nix. Also, bitte, bitte, sag mir doch, was mit ihr los ist. Ihr ist doch nichts passiert, oder? Dankeschön!

2002_04_19

Ja, ich bin es, grüß dich! Du, ich habe mal eine Frage an Dich. Ich bekomme schon seit ziemlicher Zeit keine Post mehr. Ich wollte mal fragen, könntest du mir da irgendwas zu sagen? Rufst du mich einmal an? Danke!

2002_04_19

Bitte! Bitte! Ruf mich mal an. Hilf mir! Hilf mir! Daß ich das verstehen kann. Was mir da widerfahren ist. Mit allem drum und dran. Ich weiß nicht, woher es kommt. Ich weiß nicht, wie sowas mit einem alten Menschen in die Wege geleitet wird. Ich weiß es nicht. Amen.

2002_04_19

Hallo? Ist da irgendetwas gewesen? Ruf mich doch bitte mal an.

2002_04_19

Hallo. Es ist schon spät am Abend, aber bitte, bitte ruf mich noch mal an. Ich tu mir was an. Bitte, ruf mal an. Bitte ruf mal an.

2002_04_19

Laß uns aufrichtig zueinander sein. Bitte! Ruf mich noch mal an.

2002_04_19

Bitte! Ich habe noch nicht schlafen können. Bitte, setz dich doch einmal mit mir in Verbindung. Ich bin doch schließlich nicht dumm oder sonst irgendetwas. Nein, an und für sich nicht. Ich habe mich mit den Leuten hier im

Haus auch in Verbindung gesetzt. Bitte ruf mich noch mal an. Mal gucken, was du dazu sagst.

2002_04_20

Ja, guten Morgen. Entschuldige, es ist noch früh. Aber ich weiß dich anders nicht zu erreichen. Bitte rufe mich einmal an. Bitteschön. Danke.

2002_04_20

Hallo? Hallo? Hallo?

2002_04_20

Entschuldige bitte, daß ich es heute morgen bin. Aber ruf mich bitte, bitte mal an. Ja?

2002_04_20

Du ich bin ein bißchen verstört und kann das nicht verstehen, ich würde doch nicht einfach bei dir anrufen und irgendetwas daherreden. Vor allen Dingen muß ich vorausschicken, ich bin doch nicht jemand, der etwas nicht zusammen haben könnte. Das bin ich nicht, so wahr ich hier steh'. Das ist die Wahrheit. Entschuldige, aber ich habe das nicht gemacht. Da komm' ich nicht drüber weg. Tschö!

2002_04_20

Hallo? Hallo? Ich krieg das alles gar nicht in meinen Kopf. Ich habe doch niemals im Leben einem Menschen etwas getan. Und daß ich irgendwie sagen könnte. Was ist das eigentlich? Was will man von mir? Ich bekomme das nicht in meinen Kopf. Was soll ich machen? Ruf mich doch mal an und hilf mir. Danke.

2002_04_20

Ich bin's noch mal. Ich werde damit gar nicht fertig. Ich frage mich sowieso, wie kommt ein Mann überhaupt heute Abend hierher. Warum kommt ein Mann hierher? Ich leb' doch hier so bescheiden und einsam. Bitte hilf mir mal.

2002_04_21

Du, guten Morgen, der Anrufer, der war ich. Ich hatte Schwierigkeiten mit dem Telefon, da habe ich mal versucht, bei dir anzurufen, ob es ankommt. Vielleicht rufst du mal kurz zurück. Tschüß.

2002_04_21

Ja, hier bin ich noch mal. Es ist wegen unseres Gespräches. Ich danke dir immer, wenn ich mit dir reden darf, ... oder reden kann. Und das muß ich noch sagen. Es ist nicht irgendetwas von mir bös' gemeint. Und ich bin auch nicht bekloppt. Ich bekomme das nicht in meinen Kopf. Ach, ich weiß jetzt nicht, soll ich morgen früh mal zu dem Doktor gehen? Mit dem sprechen? Aber solche Gespräche möchte ich dann auch wieder nicht. Naja, weiss'e wat? Schiet drob'!

2002_04_21

Hallo! Ich möchte mal über eine Sache mit dir sprechen. Wenn du kannst, ruf mich mal an. Danke!

2002_04_21

Bei aller Liebe, damit werde ich überhaupt nicht fertig. Ich mache das nicht, nachts irgendwie, irgendwo anrufen. Im guten und auch im gemeinsten Sinne nicht. Ich habe den Abend rekonstruiert. Mein Gott, ich habe da ein Fernsehstück angeguckt, dann habe ich gelesen, mehr war nicht. Ich käm' nie auf die Idee, irgendwo anzurufen. Ich komm' da nicht mit. Ich komm' da echt nicht mit. Und ich glaube nicht, daß ich deppert bin. So stellt man mich hin. Ich krieg' das nicht in den Kopf, ich krieg' das nicht in den Kopf rein. Ich bekomme das nicht in meinen Kopf. Nein.

2002_04_21

Hallo, grüß dich. Ich bin es. Ich möchte einmal nachfragen, ob es in deinem Sinne ist, etwas zu unternehmen.

Etcetera, etcetera, etcetera. Das bewegt mich schon, wenn da mal eine Äußerung kommt. Bitte, meinen Mann kann ich noch stehen. Dankeschön!

2002_04_21

Ich komme noch einmal auf meinen Anruf gerade zurück. Man denkt manchmal über die Dinge nach. Und ich muß sagen, ich bin froh, daß ich mich mit allen Fragen an dich wenden kann. Aber lästig möchte ich nicht werden. Ich möchte einfach gerne deine Denkungsart wissen. Aber bitte schieb mich nicht in den Keller rein. Das ist nämlich nicht drin.

2002_04_21

Guten Tag, ich bin es hier. Ich wollte noch mal nachfragen. Eigentlich hattest du gesagt, am Donnerstag würde ein Herr hierherkommen. Ich frage mich warum, weshalb und wieso. Was bezweckt das, was soll das für mich bedeuten? Ich habe immer versucht, nicht irgendetwas verkehrt zu machen. Bitte ruf mich noch einmal an. Danke!

2002_04_22

Ja, zunächst einmal guten Morgen. Ich rufe heute Abend noch einmal an. Ich hätte da was zu fragen. Ich möchte wissen, was manches für eine Bedeutung hat. Ich ruf dich heute Abend noch einmal an. Bitte gib mir dann eine Antwort.

2002_04_22

Guten Abend. Das ist niemand anderes, das bin ich, die Hauptanruferin. Ich habe mehrfach versucht, dich zu erreichen. Ich wollte was fragen. Und dann wollte ich dir eine schöne Nacht wünschen. Tschö!

2002_04_22

Ja, ich bin es. Ich bin natürlich fix und fertig auf Grund

dessen. Ich weiß gar nicht, was ich verkehrt mache. Ich will niemandem etwas antun, gar nix. Jetzt habe ich eine Frage an dich. Da hat sich doch für heute Nachmittag ein Mann angemeldet, telefonisch. Ich weiß nicht wie, wo, was. Jetzt gib mir doch mal einen Rat. Wer kann das sein und was kann der wollen? Irgendwie auch in die Richtung hinein. Was soll ich da machen. Ruf mal ganz schnell zurück.

2002_04_22

Ich bin's noch mal. Das ist alles für mich nicht angenehm. Und ich krieg's auch nicht in den Kopf. Ich weiß nicht, was ich verkehrt machen sollte. Ich lebe hier so bescheiden. Ruf mich doch noch einmal bitte zurück. Bitte ruf mich noch einmal zurück.

2002_04_22

Ich möchte jetzt einmal bei dem Amt anrufen. Die Frage ist, wer hat denn diese Idee gehabt. Wer hat das alles in die Wege geleitet? Ich komm' da nicht mit. Falls du das gemacht hast, was hast du dir dabei gedacht? Ich habe doch hier so gelebt. Ich krieg das nicht in den Kopf.

2002_04_23

Geh ich richtig in der Annahme, daß du mich gleich abholst? Wieviel Uhr muß ich parat sein? Vielleicht rufst du noch mal an. Tschö!

2002_04_23

Entschuldige bitte vielmals, daß ich bei dir anrufe. Aber ich habe da eine Sache, da möchte ich von dir einen Rat hören.

2002_04_23

Du, ruf doch bitte mal zurück, ich habe da so Schwierigkeiten. … Ich kann gar nicht, ich bin so aufgeregt. Ruf doch bitte, bitte mal zurück.

2002_04_23

Ich bin das. Guten Abend! Entschuldige, wenn ich so spät noch störe. Ich wollte nur einmal fragen. Da kommt einer da irgendwie. Und da wollte doch mal fragen, ob du den Herrn kennst, der sich hier bemüht hat, alles zu erledigen und zu machen. Vielleicht rufst du mich mal an. Ich bin da skeptisch. Ich weiß es nicht. Ich habe da manches nicht verstanden. Danke!

2002_04_23

Ich wollte dich nur mal hören. Danke!

2002_04_23

Entschuldige, wenn ich heute Abend noch angerufen habe. Doch ich versuche die ganze Zeit Trude anzuklingeln. Und die meldet sich nicht. Da kann ich gar nicht schlafen. Und da habe ich mal eben bei dir gedreht. Entschuldige bitte. Bis morgen mal. Ich hab' dich gern!

2002_04_23

Ich habe nur noch einmal gemeldet, weil die Trude sich nicht meldet. Da ist doch nichts passiert? Danke!

2002_04_23

Entschuldige, wenn ich eben schon einmal angerufen habe, aber ich versuche die Trude zu kriegen, aber die muckt sich nicht. Bei dir wollte ich mich nur noch einmal bedanken. Dankeschön!

2002_04_24

Ich bin es. Ich muß dich mal was fragen. Ich will nichts schlechtes. Ich habe so lange nichts von dir gehört. Rufst du mal zurück? Danke.

2002_04_24

Ja, ich bin's noch mal. Hallo? Hallo? Hallo? Rufst du mal zurück? Da habe ich gar nichts von gehalten. Wenn du heute

79

Abend noch mal anrufst, da habe ich mich gar nicht gemeldet. Gar nichts. Ich kann dir viel erzählen. Was ich alles erlebt hab'. Was ich im ganzen Leben erlebt hab'. Bitte ruf mich mal an. Tust du das? Ja? Danke!

2002_04_24

Entschuldige, wenn ich noch einmal störe. Aber ich bin vollkommen fix und fertig. Hast du irgendetwas gegen mich? Habe ich dir irgendetwas getan? Dieses? Jenes? Ruf mich doch bitte mal an. Rufst du mal zurück?

2002_04_24

Ich bin es. Ich guck da gerade in meinem Buch nach und da sehe ich da diese Nummer und denke, ruf' da doch mal an. Denn bei der Nummer, da steht nix bei und da habe ich die mal eben ausprobiert. Entschuldige.

2002_04_24

Ruf mich doch mal bitte eben zurück. Ich habe gerade vergessen, dir was zu sagen.

2002_04_25

Ich bin es. Guten Morgen! Was ist denn los? Ruf mich doch mal an. Das ist doch alles nicht in Ordnung. Ich möchte jetzt wissen, was mit der Trude ist. Es ruft keiner an und sagt mal eben Bescheid. Bitte ruf mich mal an. Ich habe das Telefon hier. Ich habe dieses Telefonbuch hier, wo alles drin steht. Aber da sind alle Seiten rausgerissen. Wo kann ich die denn alle erreichen?

2002_04_25

Ruf mich doch mal an. Ich ruf und ruf und ruf alle an. Und nie meldet sich einer! Man macht sich doch Gedanken. Mein Gott noch mal. Immer dieses Gezerr! Für alle war ich doch da! Das war doch wie eine Familie! Laßt mich doch nicht alle hier hängen! Danke!

2002_04_25

Ich bin das. Was ist mit allen? Bitte gib mir Nachricht!

2002_04_26

Ja bitte, guten Morgen. Man hört nichts! Man hört nicht mal, was mit der Trude ist. Man macht sich so Sorgen. Mein Telefonbuch hier hat jemand ganz auseinandergerissen. Ich bin so unglücklich.

2002_04_26

Ja hallo! Ruf mich … Ruf mich … Ruf mich …

2002_04_26

Grüß dich. Ich … bin … inzwischen in ein anderes … Könntest du bitte morgen früh? Ich muß doch etwas haben. Ich muß doch Geld haben. Kannst du mal anrufen? Dann können wir darüber miteinander sprechen.

2002_04_26

Du das mit dem Zurückrufen. Das geht. Ich bin ja hier. Ich bin ja hier. Hier. Kannst du mir etwas sagen? Ich höre gar nichts. Ich … ich ruf dann morgen früh noch mal an. Ich bin irgendwie so ängstlich.

2002_04_26

Hallo. Morgen kommt der Mann. Was soll das? Da kann ich doch gar nicht. Was will der? Vorhin hat da ein Mann mit mir gesprochen. Ich schaff das doch. Ich gehe raus und ich komm' nach Hause. Und ich mache alles. Warum ruft mich denn keiner an? Wollt ihr mich denn alle allein lassen? Hilf mir doch mal mit Worten. Tschüß. Bitte komm mal! Tschüß!

2002_04_26

Hallo! Warst du vielleicht hier? Und hast die kleinen Teppiche aus dem Wohnzimmer rausgeholt? Ich kann mir das nicht vorstellen. Ich war ja nicht da. Ich versteh' das nicht. Ruf mich mal an. Ich wär dir dankbar.

2002_04_27

Morgen einmal erst! Gib mir doch mal bitte Nachricht, was mit allen ist. Ich ruf und dreh und mach. Mein Gott noch mal, man ist doch auch traurig darüber.

2002_04_27

Hallo! Hallo! Hallo! Bitte, bitte sag mir einmal, was los ist. Das steht mir zu. Ich versuche, alle anzurufen. Das steht mir doch zu!

2002_04_27

Bitte sag mir doch, was mit Trude los ist. Es ist jetzt früh morgens und ich versuche die seit Stunden zu erreichen. Was wollen die mit mir machen? Man macht sich Gedanken. Ich bin so enttäuscht!

2002_04_27

Ich bin es noch einmal. Ich wollte mich nur entschuldigen. Es ist doch noch sehr früh und ich rufe immer wieder an. Du mußt dich nicht von mir belästigt fühlen. Also: Tschüß.

2002_04_27

Ich bin es. Ich wollte nur mal fragen: Warst du gestern oder heute hier in der Wohnung? Ich wollte nur mal fragen. Nichts Böses. Nur einfach fragen: Warst du da? Dann bin ich beruhigt.

2002_04_27

Bist du schon weg? Ich wollte doch nur kurz bei dir anrufen. Niemand ist so richtig da.

2002_04_27

Ich bin in keiner Weise in der Lage zu irgendetwas. Ich wollte nicht zur Last fallen. Und von all den anderen ist keiner da. Ich muß dir das mal alles erzählen. Ich habe mir das alles so gar nicht gedacht. Mann, Mann, Mann.

2002_04_27

Ich habe da noch eine Bitte. Wenn du mal kommst, dann schau doch bitte mal in den Nachttisch. Ich hoffe, daß da noch Geld ist. Sonst muß der Mann mir Geld bringen. Wenn ich mal was bezahlen muß. Aber darum geht es ja auch gar nicht. Ich muß doch Geld haben. Bitte, du weißt, daß ich immer nur meinen Weg gegangen bin. So weit. Als ich noch ein Mädchen war. Bis jetzt. Jetzt bin ich eine Frau.

2002_04_27

Mensch, ich versuche immer, dich anzurufen.

2002_04_27

Moment mal! … [Schritte] … Hallo! Bist du da? Hallo? Hallo? Du.

2002_04_27

Ich bin es. Ich bin ganz traurig. Ganz, ganz traurig … unbegründet. Ich habe dir noch nie etwas gewollt. Ich habe immer so bescheiden gelebt. Es war wie in einer Familie mit allen. Kann ich nun sagen, das war so oder das war so? Das ist alles trügerisch. Und jetzt kann ich niemanden erreichen. Machen die denn alle einen Ausflug? Das ist hart. Ich war immer mit dem Herzen bei dir.

2002_04_27

Guten Morgen! Ich wollte nur mal schnell guten, guten, guten Morgen sagen. Kommst du mal vorbei?

2002_04_27

Was habe ich dir eigentlich getan? Ich habe schon ein paar mal versucht, dich anzurufen. Ich wüßte nicht, was ich dir getan hab'. Ich weiß wirklich, wirklich nicht, was ich getan haben könnte.

2002_04_27

…, …, … [Atmen]

2002_04_28

Entschuldige. Guten Morgen! Entschuldige, wenn ich anrufe. Ich vermisse so sehr, mein persönliches Telefonbuch. Hast du das? Dann gib es mir doch zurück.

Reklame

Werbekampagnen sind Zeitzeiger. Reklamearchive Zeitkapseln. Kollektive Bilder. Kollektive Worte, Sätze, Reime. Kollektive Klangfolgen, Melodien. In den Köpfen. Tief eingegraben. Alltagskulturen. Gemeinsames Gedächtnis.

Ein kleines unglückliches Äffchen voller Angst. An ein Drahtgeflecht geklammert, in dessen Innerem eine Schnuller-Flasche voller handwarmer nahrhafter Milch befestigt ist. Der Nuckel ragt über das nackte Drahtgeflecht hinaus und das Äffchen klammert so lange, wie es zum Saugen benötigt, um nicht zu verhungern. Dann schwenkt es den einen Arm zur Seite und schwingt – die Kamera folgt seinem Körper – zu einem Stück Teppich. Warm, weich, anheimelnd, Sicherheit. Geborgen. – Das Kind, das bei euch gelebt hat, hat bei euch gewohnt.

Der Käfer. Er läuft. Und läuft. Und läuft. Und läuft. Der Motor dieses Automobils lag unter der Heckklappe. Platz für Gepäck, ein Kofferraum, befand sich unter der Fronthaube. Ein weiterer Stauraum lag hinter den Sitzen der Rückbank. Es gab einen Sommerurlaub, den du, dein Mann, deine Mutter und die Mutter deines Mannes, gemeinsam verbracht haben. Dein Mann fuhr, du saßest auf dem Beifahrersitz vorne. Mutter und Schwiegermutter auf den hinteren Sitzen. Das Kind, das zu dieser Zeit schon seit Jahren bei euch lebte, hatte seinen Platz in dem weich ausgekleideten Stauraum hinter der Rückbank.

Die Hin- und die Rückfahrt geschah zunächst noch getrennt, der Länge der Strecke geschuldet. Das Kind und die Frauen waren mit der Eisenbahn gefahren von Essen nach München. Umsteigen nach Rosenheim. Dort in einen Zug, der in Kiefersfelden Halt machte. Dein Mann fuhr den Weg mit dem Gepäck im Auto.

Der Wagen gab Mobilität in den Alpen. Luftgekühlter Motor. Im Gegensatz zu wassergekühlten Motoren kann ein luftgekühlter Motor bei Temperaturen unter dem Gefrierpunkt nicht durch Gefrieren des Kühlwassers bzw. der Kühlflüssigkeit platzen und bei zu hohen Temperaturen nicht überkochen, weil kein Kühlwasser bzw. keine Kühlflüssigkeit vorhanden ist. Ihr machtet Sommerurlaub. Brennerpaß, Brixen, Bozen. Chiemsee. Berchtesgaden. Alles Dias in einem grauen Paximat-Magazin.

Alle reden vom Wetter. Wir nicht. – Luftbildaufnahmen. Flug über einen verschneiten dunklen Wald. Eine Bahntrasse. Schneegestöber. Ein Fernschnellzug mit Höchstgeschwindigkeit auf seinem Weg. Das Bild sehe ich genau. Die dem Spot unterlegte Musik habe ich vergessen. Ich recherchiere. Kann den Spot nicht finden. Nur ein Plakat. Kann man sich so täuschen? Ich bin erleichtert, als ich auf den Hinweis treffe: ›Die Kampagne wurde von verschiedenen schwarz-weißen Werbespots im Fernsehen begleitet. Die Kurzfilme zeigten verschiedene Einstellungen von witterungsbedingten Schwierigkeiten verschiedener anderer Verkehrsträger. Sie endeten stets mit rollenden Eisenbahn-Fahrzeugen bei schlechtem Wetter.‹ Was ich erinnere, sind Fahrten mit D-Zügen. Reservierte Plätze in den sechssitzigen Abteilen. In den ersten

Jahren meiner Erinnerung strukturiertes Kunstledermaterial in einem ochsenblutartigen Farbton, wie man ihn auch zum Streichen von Holzfußböden in der Bergstraße verwandt hatte, später samtartige Sitzbezüge in braun-orange Tönen, herunterklappbare Armlehnen, gleichfalls mit dem samtartigen Stoff bezogene Kopflehnen. Zwei Klapptische an den Fensterplätzen. Ein Abfallbehälter zwischen den Tischen, den man zum Entleeren erst entriegeln und dann gleichfalls klappen konnte. Saß man in Raucherabteilen, rochen diese Abfallbehälter auf eine ganz bestimmte Weise, wie ich sonst nie wieder etwas gerochen habe. Ich konzentriere mich und erinnere unter den Sitzen stehende Fußstützen. Über den Kopflehnen verschraubte Metallrähmchen mit Werbebildern. In der Hutablage, unter der Gepäckablage, fanden sich gedruckte Zugbegleiter, denen die Ankunfts- und Abfahrtszeiten sowie Umsteigemöglichkeiten an den angefahrenen Bahnhöfen zu entnehmen waren. Ich erinnere, daß die Sitze sich ausziehen ließen, so daß aus zwei sich gegenüberliegenden Sitzen eine Liegefläche entstand, auf der das Kind, mit dem du und deine Mutter nach Kiefersfelden oder zurück ins Ruhrgebiet gefahren seid, schlafen konnte, wenn kein Fremder das Abteil mitbelegte. Ich erinnere, daß die Luft sich nicht merklich veränderte auf dem Weg aus dem Ruhrgebiet heraus. In Bayern angekommen empfand man diese als frisch. Fuhr man aber zurück über die links- oder rechtsrheinische Strecke und dann über Köln kommend, sah man, näherte man sich dem Revier, eine Dunstglocke über diesem liegen. Und man roch Kohle.

Bild: links eine bieder aussehende Frau mittleren Alters, rechts ein Mann im Anzug mit einem Mikrophon in der Hand. Im Hintergrund, undeutlich zu erkennen, ein Jägerzaun, Zechentürme und Schornsteine. Ein die Personen überlagernder Schriftzug in Weiß: ›Der OMO-Reporter unterwegs‹. Ein Schwarz-Weiß-Film. Stimme aus dem Off: »Der OMO-Reporter unterwegs spricht mit Frau Hensel in Herne.« Die Frau: »Ich finde OMO einfach prima. Wenn ich meine schmutzige Wäsche in die OMO-Lauge lege, merkt man sofort, daß sich der Schmutz löst.« Der Mann: »Und was ist das Besondere für Sie an OMO?« – »Dadurch, daß ich im Ruhrgebiet wohne, ist unsere Wäsche besonders schmutzig und auch fettig. Darum nehme ich OMO, weil es so wunderbar wäscht.« Stimme aus dem Off: »Ja, OMO hat unermüdliche Waschkraft. Das zeigt sich am Weiß. Das spürt man am Griff. OMO von Sunlicht.«

Ich erinnere den Blick aus dem Küchenfenster heraus in der Bergstraße. Weit hinten die Ruhraue, dahinter Überruhr und Burgaltendorf. Davor die sich lang hinziehenden dunklen Fabrikgebäude der Wisthoff'schen Glashütte. In unmittelbarer Nähe und daher gut zu sehen die Brüllekestraße. Dort wohnten die bösen Kinder. Zur Bergstraße selbst, zum Haus, gehörte, lehnte man aus dem Fenster und blickte nach unten, der Hof, der durch den Keller zu erreichen war. Der Weg führte dann durch die Waschküche. Der Waschkessel, neben ihm an der Wand mehrere Haken mit hölzernen Waschzangen, am Kessel befestigt das Waschbrett, auf der einen Seite. Auf der anderen die Mangel, zwei gegeneinander drückende Holzrollen, die über eine Handkurbel bewegt wurden und mit denen man die erste große Nässe aus der frisch gewaschenen Wäsche pressen konnte. Dich kann ich an diesem Ort nicht erinnern. Ihr hattet, soweit meine Erinnerung reicht, eine Waschmaschine in der Wohnung. Ging man durch die Waschküche, öffnete die Tür zum Hof, kamen ein paar Stufen. Dann befand man sich auf einem mit einer niedrigen Mauer abschließenden Betonboden mit einem Abfluß in der Mitte. Von diesem wieder wenige Stufen, ein breites Stück Rasen zum Bleichen der Wäsche, dahinter ein Streifen Gemüsegarten, abgeschlossen durch eine Reihe von schwarzen, roten Johannisbeeren, Stachelbeersträuchern. Auch die Bleiche wurde von euch nie genutzt. »Aufgrund der Angaben in Ihrem Meldebogen sind Sie von dem Gesetz zur Befreiung vom Nationalsozialismus und Militarismus vom 5. März 1946 nicht betroffen.« Mitläuferin. Mitläufer. ›Persil wäscht so weiß, weißer geht's nicht.‹

Ihr hattet schon früh in der Bergstraße Waschmaschine, Kühlschrank, Fernseher. Du, deine Mutter, dein Mann, das Kind haben alle Werbespots gesehen.

Diaabend

Sollen wir heute abend nicht mal wieder Dias gucken? Diaabende – ein Ritual, das gemeinsam vollzogen wurde. Was sehen wir, wenn wir Dias gucken?

Schon die grauen Paximat-Magazine sind nicht echt. Echt, also wirklich echt, sind nur die schwarzen. Paximat-Magazine aus relativ dünnem, leicht verformbarem, dabei sprödem Kunststoff. Später von grauen abgelöst, sozusagen der zweiten Generation von Magazinen. Nachdem die schwarzen vom Markt genommen waren.

Aus heutiger Sicht habe ich Verrat begangen, als ich das System wechselte, einen anderen Projektor kaufte mit Universalmagazinen, nicht mehr die 36er Kassetten benutzte, sondern die für 50 Rähmchen. Echt wäre: vorsichtig die Kassette ansetzen und von hinten in den Paximat einschieben. Den Metallbügel gezogen, an dessen unterer Achse das Zahnrad für den Transport in die Schlitze der Kassette einrasten mußte. Dann zweimal bis zu spürbarem weiteren Einrasten gedreht.

Natürlich war es später einfacher, auf eine Fernbedienung zu drücken. Noch später eine Infrarot- oder eine Funkfernbedienung zu benutzen.

Natürlich war es professioneller, ein Karusselmagazin zu benutzen. Natürlich war es am professionellsten, einen Kodak Carousel zu benutzen.

Während ich bis heute den Verrat Schritt für Schritt vorantreibe, die Digitalisierung medienrettung.de überlasse, werden die Diapositive immer wahrer.

Während Kuratoren fragen, ob das Foto ein Abzug auf Papier sei, ein .JPG oder ein .TIFF, ob es das Bild sei, das man im Kopf hatte, ehe man den Auslöser drückte, ob es auch ein Bild sein könne, das man nicht machte, weil der Auslöser klemmte, …

Während dessen werden die Dias immer wahrer. Die Dias, die mit ihren immer weiter verblassenden Farben immer klarer werden, bis sie einst alle Bilder der Welt gleichzeitig zeigen werden in einem einzigen glasklaren, jedoch leicht zerkratzten Dia.

Doch so weit sind wir noch nicht. Ein paar Magazine habe ich noch im Schrank. Carousel, Universal und Paximat, sogar schwarze Paximat. Ich nehme sie aus dem Schrank. Stelle sie vor mir auf den Tisch. Sehe sie an. Ich packe alles Falsche wieder fort. Rein will ich die Erinnerung halten. Rein und keusch. Die schwarzen dürfen alle bleiben; wenige graue auch.

Hinter der rechten Tür des altdeutschen Wohnzimmerschranks standen in den beiden oberen Fächern die Vasen. In den unteren beiden befanden sich all jene Dinge, die Fotografie waren. Kleinbildkamera, Metzblitz, Schachteln mit Filtern, welche die Dramatik des Himmels über dem Gebirge zu steigern in der Lage waren. Diaprojektor, dessen mit grauem feinporigem Hammerschlaglack lackiertes Gehäuse auf vier Füßchen stand, von denen zwei zur Justierung herausschraubbar waren. Hellgrau der kartonartige Deckel.

Neben dem Schrank in der Nische zur Wand stand aufrecht die Leinwand. An deren oberen Rand ein schwarz lackiertes Rundholz, an dem sich zwei Stoffbändchen befanden, mit denen man die zusammengerollte Leinwand fixieren konnte. Löste man die Bändchen, konnte man die Leinwand entrollen. Auf dem Schrank stand die große schwere irdene Bowlenschale, die so weit vorgezogen werden mußte, daß ihr einer Fuß die schwarze Rundleiste auf dem Schrank vorm Herabrutschen bewahrte.

Zum Dia-Abend gehörten Bücher, die hinter den beiden butzenbescheibten Glastüren des Wohnzimmerschranks dicht an dicht standen. Ich möchte dir so gerne erinnern, welche Bücher entnommen wurden, um den Projektor zu erhöhen, dessen herausschraubbare Füßchen nicht ausreichten. Auf den Wohnzimmertisch kam ein Bücherstapel, auf diesen der Projektor. Doch ich kann mich nicht entscheiden, ob es Irving Stones ›Der Seele dunkler Pfad‹ war oder die von Bernt von Heiseler herausgegebenen Gesammelten Werke Goethes. Mit Sicherheit möchte ich ausschließen Mika Waltaris ›Sinuhe der Ägypter‹. In späteren Jahren mag es Simmel gewesen sein. ›Liebe ist nur ein Wort‹. ›Der Stoff, aus dem die Träume sind‹. Nicht ›Es muß nicht immer Kaviar sein‹, das als

Taschenbuch quer über den richtigen Büchern lag. All diese Bilder und Bücher und Erinnerungen gehören zu einem Dia-Abend, in den dunkler werdenden Stunden an einem winterlichen Sonntag. Die Entscheidung, welche der frühen Kassetten auszuwählen sind. Die schwarzen, deren Schwärze und deren Verschlossensein im Schrank dem inneren chemischen Verfall nichts hatten entgegensetzen können und deren Inhalt heute zu den wahrhaftigsten gerechnet werden muß, jetzt, nachdem der diapositive Film sich dem Endzustand fast vollständiger Klarheit angenähert hat.

Damals waren die Bilder noch zu erkennen. Fünfzehnmal 36 Bilder waren das kollektive Gedächtnis der kleinen Gruppe von Menschen, die regelmäßig und in Zeiträumen, die Jahre maßen, das Privileg hatten, sie zu sehen. Der innerste Zirkel sah sie natürlich in den Jahren öfter. Je weiter man entfernt war, desto länger die Zeiträume von Besuch zu Besuch. Und längst nicht bei jedem Besuch an dunklen Sonntagswinterabenden wurden Dias gezeigt: Die dicke Christel, glücklich lachend ihre kleine in rosa Decken gebettete Tochter dem Objektiv der Kamera entgegenhaltend, während das Licht im hinter ihr liegenden Fenster einen kalten Wintertag anzeigt. Du selbst in einem schwarzen Badeanzug aus einem schwer trocknenden Frottéestoff im Mittelmeer badend, das ihr, die Berge überwindend und Südtirol durchquerend, als Ausflugsfahrt im Urlaub aufgesucht hattet. Mit am deutlichsten erinnere ich jenes Bild von dir und deiner Cousine, im dunklen Korridor der Wohnung in der Bergstraße gemacht. Der Fall des Lichtes auf eure zum größten Teil im Schatten liegenden Gesichter galt als Beweis des Könnens des Fotografen. Der unschuldige Blick der Cousine. Nicht gespielt. Die Lichtreflexe in deinen Augen, die leicht von oben herab das gerade erwachsen werdende Mädchen betrachten, dazu ein Lächeln in deinem Gesicht.

Wie Paximat, Bowlenschale, Bücherstapel gehören Worte zum Dia-Abend. Archaische Formeln, die sich herausgebildet haben in Jahren gemeinsamen Betrachtens der Dias in familiärem Kreis an dunklen Sonntagabenden. So ist zu diesem Bild in verteilten Rollen zu sprechen: »Was wird da wohl im Schilde geführt?«, worauf zu antworten ist: »Ein Blick wie von Mephistopheles.«

Weitere Kommentare zu Dias lauten: »Wo Herbert da hinguckt?« – »Da ist Trude aber ganz schön schicker.« – »Lenes erhobener Zeigefinger!« Und während ich diese Worte denke, schäme ich mich, je in Erwägung gezogen zu haben, medienrettung.de einzuschalten.

Gaupenwirt

Ein kleiner Junge, der noch nicht zur Schule geht, sitzt zwischen drei Frauen. Er hat Spaß. Die Frauen haben Spaß. Lachen. Sie lachen, weil sie salzigen Kaffee bekommen haben. Was war geschehen? Ich erinnere mich, wie du mit deiner Cousine und deiner Mutter und dem Kind Urlaub machst in dem kleinen Dorf in Bayern. Tagsüber zum See. Zum Bach mit seinen Sitzgelegenheiten. Spaziergänge zu den Cafés. Fahrten zu anderen, ferner gelegenen Seen, die jeweiligen Besuche der dortigen Cafés eingeschlossen. Gegessen wurde abends warm. Beim Gaupenwirt, der zwei Jahre zuvor einen Anbau hat setzen lassen – der Touristen wegen. An der Stelle, wo der Kuhstall seines Großvaters und Urgroßvaters gestanden hatte. So wurden seine Kapazitäten vervierfacht.

Der Junge, der zwischen euch sitzt, lacht. Er lacht als einziger laut, so daß man es auch an den Nachbartischen hören kann. Das Lachen eines Kindes. Unschuldiges Kinderlachen, helles Lachen unter blondem Schopf. »Des is a süaßer Bua. Des is a g'scheiter Bua. Ja mei, is dös a Bua.« Das ist er und lacht fröhliches Kinderlachen.

Den Frauen wurden gerade drei Tassen Kaffee serviert, salziger Kaffee. Auf dem Tablett drei Kännchen, drei Tassen, Milch, Zuckerstreuer. Der Streuer voll Salz. Kaffee, Milch in den Kaffee, dann der Streuer im Einsatz, dann mit den Löffeln gerührt. Dann der Spaß. Das Kind lacht. Sein Lachen fällt nicht weiter auf. Die Frauen haben Spaß. Das Kind lacht, weil die Frauen Spaß haben.

Ich erinnere, daß es die alte Schankstube gab. Den großen alten Kachelofen mit umlaufender Bank, vor welcher der Stammtisch stand, der als solcher nicht gekennzeichnet war. Niemand wäre auf die Idee gekommen, sich dort hinzusetzen, der dort nicht zu Recht gesessen hätte. Auch die anderen Tische in der Schankstube ländlich, derb. Abgetrennt durch eine doppelte Flügeltür in hellem Holz, das so recht nicht zur alten Schankstube paßte, links ein weiterer Raum. Diesen hatte es so beim Großvater des Wirtes noch nicht gegeben, weil er da unnötig gewesen war, beim Urgroßvater gleich gar. Eine doppelte abtrennende Flügeltür, gefärbtes Glas in den Füllungen des Türblattes. Als wenn wer in einem Dorfgasthaus je solche Türen gesehen hätte! Diese zweiflügelige Tür führte freilich in den Frühstücksraum, der Sommer- und Wintergästen vorbehalten war. Auch mittags und abends, wenn dort warme Speisen serviert wurden, hieß er Frühstücksraum. Dann stand er auch Gästen offen, die nicht im Haus abgestiegen waren.

Der Abort hatte zu Zeiten des Groß-, des Urgroßvaters und schon davor draußen hinter dem Haus gelegen. Um dorthin zu gelangen, hatte man die Schankstube ganz durchqueren müssen. Der Abort war neben dem Kuhstall gelegen. Dort, wo der Kuhstall gestanden hatte zu des Großvaters Zeiten, stand nun ein zweigeschossiger Anbau. Unten der neue große Speisesaal, darüber in der ersten Etage Gästezimmer. Toiletten auf beiden Etagen am Ende des Ganges, die oben für die Gästezimmer, die unten für den Speisesaal und die alte Schankstube.

Die drei Frauen hatten das Privileg erworben, im alten Schankraum zu sitzen, an alten Holztischen, nahe dem Kachelofen. Sie waren Stammgäste seit Jahren, gleichwohl sie keine Hausgäste waren. Hatten in dem Schankraum schon gesessen, als der Anbau noch Kuhstall und die Toilette noch Abort gewesen war. Schweinshaxe mit Knödeln und Kraut hatten sie nie bestellt. Schon bei den Besuchen der ersten Jahre Schnitzel, Wiener Schnitzel, da es noch keine Jäger- oder Zigeunerschnitzel gegeben hatte, niemand in einem Dorfgasthof auf die Idee gekommen war, Pilze in eine mehlige Soße zu schneiden und diese über ein Schnitzel zu gießen, niemand in Streifen geschnittene Paprikaschoten auf ein Schnitzel legte. Die drei Frauen hatten das Privileg, auch nach Bau des Speisesaals im Schankraum sitzen und speisen zu dürfen. Sie waren in ihrer Art Stammgäste und hatten miterlebt, wie dann Sträußchen krauser Petersilie auf das panierte Schnitzel, das Wiener Schnitzel, gelegt wurden, auch eine Zitronenscheibe. Die drei Frauen aßen schon so lange beim Gaupenwirt, daß sie miterlebt hatten, wie zu den Zitronenscheiben passende kleine Ausdrücker aus Edelstahl angeschafft wurden. Die drei Frauen waren deine Mutter, deine Cousine und du. Ihr machtet Urlaub und hattet das Kind dabei. Dein Mann, der Lokomotivführer, war zu Hause geblieben und führte seine Lokomotive. Er hätte Schweinshaxe gegessen. Ich kann mich nicht erinnern, woher du wußtest, wie man Urlaub in den Alpen spielt. Die Namen Barrington und Whymper hast du, meines Wissens, nie bewußt gehört, über die Entdeckung des Alpinismus als Sport nie nachgedacht, die Touren spleeniger Engländer nicht verfolgt. Luis Trenker und Leni Riefenstahl waren deine Quellen. Deren Filme hast du sicher gekannt: ›Die weiße Hölle vom Piz Palü‹ und ›Der Berg ruft‹. In diesen jedoch keine Vorbilder für die Auftritte von dir beim Betreten der Schankstube des Gaupenwirts. Ich hatte überlegt, ob es in der Luft des Ortes lag. Immerhin befindet sich dort das älteste Dorftheater Deutschlands. Doch unterscheiden sich deine Auftritte von den dort gezeigten grundsätzlich. Weinhard und Adelise, Siegfried und Ludmilla, Wendelin von Höllenstein gehören nicht zu deinem Repertoire. Die Namen der Darsteller nicht auf den Programmzetteln? Keine Einzelvorhänge für besondere Leistungen auf der Bühne? Der Verzicht auf namentliche Erwähnung? Unvorstellbar für eine Vollblutkomödiantin. Dafür brauchst du keine barocke Dreh-Flügel-Kulissen-Bühne. Der Schankraum des Gaupenwirts reicht dir. Es mag sein, daß nicht das Theaterblut in dir pocht bei deinen Auftritten in der alten Schankstube des Gaupenwirts und anderswo, sondern das blaue Blut derer von Kleve. Anna und Heinrich VIII. als Verbindung zum alpinistischem Dandytum des 19. Jahrhunderts? Und daher dein Wissen, wie man den Urlaub in den Alpen in Szene setzt?

Genug. Du und dein kleiner Hofstaat geben dem Gaupenwirt in meiner Erinnerung die Ehre, bei ihm die abendlichen warmen Speisen einzunehmen. Deine Cousine ist mit dir und deiner Mutter schon hierher gekommen, als sie, die Cousine, noch ein Mädchen war.

Ihr hattet schon Schnitzel, Wiener Schnitzel, statt Kalbshaxe bestellt, als noch keine Petersiliensträußchen auf der Panade drapiert wurden. Zitronenscheibenausdrücker aus Edelstahl noch nicht angeschafft waren. Waren die überhaupt schon erfunden? Ihr nahmt euch aus den im alten Schankraum auf den Tischen stehenden geflochtenen Körbchen Semmeln oder Brezeln. Das gehörte dazu. Im neuen Speisesaal gab es keine solchen Körbchen auf den Tischen. Dein Hofstaat und du gabt euch volkstümlich. Du und deine Cousine tranken Bier zum Essen. Eine Halbe. Nach dem Essen gab es versalzenen Kaffee.

Der alte Gaupenwirt hatte das Mädchen heranwachsen sehen. Sein Sohn, der junge Wirt, kannte euch ebenso lang. In diesem Jahr, dem Jahr des versalzenen Kaffees, war sie erwachsen. Und du eine attraktive Frau. Hätte man die drei Frauen nicht gekannt und ihre verwandtschaftlichen Beziehungen, so wäre es in dieser Zeit unvermeidlich gewesen, daß man dich angesprochen hätte auf die neben dir sitzende, zwanzig Jahre jüngere. Gepflogenheit war, zu sagen: Gnädige Frau, Ihre Schwester? – Das sagte beim Gaupenwirt keiner. Der alte Wirt deutlich älter als du. Der junge Wirt älter als deine Cousine. Was machte es, daß beide verheiratet waren? Ihre Frauen in der Wirtschaft waren? Verantwortlich für die Küche und das Gesinde. Was machte es? Es machte das Salz in den Kaffee.

Bonaventurastrasse

Ich mache dir Erinnerungen, sitze hier am Schreibtisch und fertige dir Erinnerungen. Doch das ist nicht die ganze Wahrheit. Es gibt andere Wahrheiten, weitere Wahrheiten. Eine Wahrheit ist, daß du mir als Nachtalb auf dem Brustkorb sitzt, sitzt und dich schwer machst, sitzt und mir den Atem nimmst. Ich werde naß geschwitzt, in feuchte Laken gehüllt, die mich frieren machen, aufwachen. Ich werde grübeln, ordnen, sortieren, deuten: Tagesrest zu Tagesrest, Erklärliches zu Erklärlichem, und was bleibt, ist eine andere, eine weitere Wahrheit. Es ist die Zeit, in der du noch allein in der Bonaventurastraße lebst, dein Essen von einer Firma bekommst, dein Geld dir der Betreuer bringt, dein Trinken du dir selber holst, von dem Geld, das der Betreuer dir gebracht hat. Er bringt es am Nachmittag, legt es dir auf den Tisch und weiß, daß du am Abend bei ihm anrufen wirst, weil du Geld brauchst. Er sagt: Ich habe Ihnen erst heute Geld gebracht. Er sagt: Das kann noch nicht verbraucht sein. Er sagt: Ich kann Ihnen nicht jeden Tag Geld bringen. Ich habe noch zwölf andere zu Betreuende. Sie müssen sich das Geld für eine Woche einteilen. Er wird mich am nächsten Tag anrufen. Ich kann ihm nicht helfen. Er kann mir nicht helfen. Wir versuchen, dir zu helfen. Wir können es nicht. Du sitzt in deiner Wohnung. Du sitzt im Wohnzimmer. Du schaust auf den Tisch, der bedeckt ist mit Papieren, die zu sortieren du dir vorgenommen hast. Du nimmst die Zettel und Notizen und Rechnungen und Quittungen und Belege und Rezepte und Kopien und Anschreiben und Ausschnitte und Benachrichtigungen und Nachfragen und Aufforderungen und Nachweise, die auf einem Stapel links vorne auf dem

Tisch liegen. Der unterscheidet sich in nichts von den anderen Stapeln mit Papieren, die auf dem Tisch rechts oder mittig oder hinten liegen. Er unterscheidet sich von dem Stapel, der in der elfenbeinfarbenen Porzellanschale mitten auf dem Tisch liegt, insofern, als eben dieser Stapel sich in dieser Schale befindet, die anderen Stapel nicht, sondern direkt auf dem Tisch. Und ist das das Unterscheidungsmerkmal, unterscheidet sich der erste linke Stapel dann doch von den anderen, die rechts oder mittig liegen – weil er links liegt.

Du nimmst jedes Papier, das du in der der einen Hand hältst, in die andere und schaust nach, ob du das Geld zwischen die Papiere gelegt hast. Plötzlich fällt dir ein. Du legst die Papiere an einen anderen Platz auf den Tisch. Du gehst ins Schlafzimmer, weil dir eingefallen ist, daß dein Portemonnaie dort in der oberen Schublade liegt. Das Geld hattest du im Portemonnaie. Das Portemonnaie liegt nicht in der oberen Schublade. Tränen treten in deine Augen. Deine Hüfte schmerzt. Du mußt zum Arzt gehen. Der hat seine Praxis nur zwei Straßen weiter. Die Hüfte schmerzt. Du heulst. Du mußt zum Arzt fahren. Du mußt ein Taxi rufen. Du gehst zum Telefon. Neben dem Telefon liegt das Portemonnaie. Es ist kein Geld darin. Du weinst. Warum gibt dir niemand Geld?

Du warst dein Leben lang großzügig. Du hast nicht nur immer alle Rechnungen bezahlt. Bar. Und sofort. Du hast Trinkgelder gegeben. Du hast nie mit dem Pfennig gerechnet. Das Geld heute sieht anders aus. Pfennig? Wer den Pfennig … Wo ist das Portemonnaie? Warum hilft dir keiner? Die Nachbarn, einige von ihnen wohnen schon seit Jahrzehnten im Haus. Ihr hattet immer ein gut nachbarschaftliches Verhältnis. Sie kennen dich alle als großzügigen und hilfsbereiten Menschen. Gemeinsam seid ihr ins Theater gegangen. Die Frau vom Lehrer Grob hat die Abonnements ... Der Lehrer und seine Frau wohnen nicht mehr hier. Das ist nicht schlimm, denn nur eine Straße weiter wohnte dann der Studienrat, mit dem du und einer deiner späteren männlichen Begleiter sich immer am Stammtisch getroffen haben. Mit ihm und dem Kommissar, der eigentlich Hauptmeister war, den ihr alle aber Kommissar nanntet, und dem Apotheker ... Du weinst. Die Hüfte. Der Schmerz.

Am kommenden Tag. Kurz nachdem dein Betreuer angerufen hat, mit dem ich über deine Geldangelegenheiten gesprochen habe, in denen wir dir helfen möchten, es aber nicht können, rufen mich die Nachbarn an. Erzählen, wie du zunächst versucht hast, mit deiner Hüfte über die Treppe in den ersten Stock zu steigen. Dann hast du den Aufzug genommen und bist nach oben gefahren. Du hast in den Etagen angehalten, in denen die wohnten, die dich als großzügigen und hilfsbereiten Menschen kennengelernt hatten, und bist ausgestiegen. An deren Wohnungstüren hast du dann minutenlang den Finger auf den Klingelknopf gedrückt. Dann hast du mit den Fäusten gegen die Türen geschlagen. Dann hast du gegen die Türen getreten. Dabei hast du laut »Arschlöcher!« geschrien und »Ihr seid alle Arschlöcher! Arschlöcher!« Am Telefon sagen mir deine Nachbarn, daß sie das nicht möchten.

Ich besuche dich und du freust dich. Du jammerst. Du jammerst zu recht, deine Hüfte tut weh. Zum Arzt willst du nicht. Ich sage, daß du die Nachbarn nicht beschimpfen darfst, nicht gegen deren Türen treten und nachts nicht minutenlang schellen. Du sagst empört: »So etwas tue ich nicht, jeder kennt mich als freundlichen und großzügigen und hilfsbereiten Menschen. Wer hat das gesagt?« Geduldig spreche ich mit dir und du gehst auf einen Vorschlag ein, den ich mache. Schon lange beobachte ich bei meinen Besuchen den Zustand einiger deiner Möbel mit Sorge. Sesselbezüge sind teilweise verschlissen, was nicht weiter schlimm ist, doch sind auch vereinzelte Rund- und Kanthölzer aus dem Leim. Ich führe das auf Stürze zurück, von denen ich nichts weiß und auch nichts wissen soll. Gelegentlich leime ich nach, was nachzuleimen ist. Jetzt schlage ich dir vor, die Wohnung umzugestalten. Wir beginnen gemeinsam, und mit meiner Hilfe gelingt es dir, eine Art Nest zu bauen aus Polsterung und Vlies, Kunststoffen und Samt. Ist der Samt auch verschlissen, wir verarbeiten ihn mehrlagig. Mit Rund- und Kanthölzern des Gestells arbeiten wir die äußere Form des Nestes, die dem Ganzen Halt gibt. Mit Kissen und Decken werden die Ecken des Raumes ausgepolstert. Auf die Teppiche war schon längst mein Blick gefallen. Für mich waren sie potentielle Stolperfallen, ganz und gar unangebracht in der Wohnung einer Person, die nicht mehr sicher ist auf den Beinen und die sich in eben dieser Wohnung die Hüfte schon gebrochen hat. Ich zerteile sie und kann verfolgen, wie du sie mit einer Geschicklichkeit, die ich dir in dieser Sache nicht zugetraut hatte, verwendest, um im Wohnzimmer eine dir zuträgliche und angenehme Topographie zu formen. Während du sichtlich zufrieden scheinst, da du eine Aufgabe gefunden hast, die dich ausfüllt und dir eine deutliche Verbesserung deines Lebens bringen wird, stehe ich vom Boden auf, wo ich dir behilflich war, vor allem mit den Hölzern und sperrigen Teilen. Ich trete an das Fenster und schaue auf den Balkon. Dort stehen und liegen angehäuft die Tannenbäume der letzten Jahre, abgenadelt und kahl. Die hätte man doch längst entsorgen können. Jedes Jahr nach den Feiertagen bieten die städtischen Entsorgungsbetriebe das als kostenlosen Service an. Am Straßenrand liegende Weihnachtsbäume werden abgeholt und mitgenommen. Wie nachlässig, von diesem Angebot keinen Gebrauch gemacht zu haben. Du bemerkst von meiner Verärgerung nichts und bist noch immer damit beschäftigt, dir eine Welt zu modellieren auf dem Boden des Wohnzimmers, in der du nicht fällst, nicht aneckst, die weich ist und anschmiegsam.

Ich brauche etwas frische Luft und verlasse die Wohnung. Vor dem Haus stehend wende ich mich nach rechts und folge der Krümmung der Straße. Vor einigen Häusern liegt Sperrmüll ordentlich gestapelt zur Abholung am Folgetag bereit. Hätte ich davon gewußt, wäre es durchaus möglich gewesen, die Reste deiner Möbel, die du nicht mit verbaust, rechtzeitig gemeldet zu haben, so daß auch sie zeitnah abgeholt worden wären. Ich sehe die Straße entlang, die zunächst am Haupteingang des Friedhofs vorbeiführt. Ich erinnere mich, im Zusammenhang einer Recherche vor ein paar Jahren gelesen zu haben, daß dies der größte Friedhof der Stadt ist. Mit seinem Bau wurde in dem Jahr begonnen, in dem du geboren wurdest. Du bist jetzt so alt wie dieser Friedhof. Ich schaue im Vorbeigehen durch die schmiedeeisernen Gitter des Haupttores, unter deren abplatzender Farbe Rost sichtbar wird, auf die Architektur der alten Trauerhalle, und erinnere mich, welche Faszination diese Architektur auf mich früher ausgeübt hat. Eine Architektur, die Macht und Untergang und Unumkehrbarkeit zeigte, ein Reichsparteitagsgelände des Todes, ohne daß mir als Kind das Wort Reichsparteitag schon zur Verfügung gestanden hätte. Ich habe das

Tor passiert. Mein Blick wieder geradeaus. Die Straße wird klein und eng, als seien Wege, die am Tor des Friedhofs vorbeigeführt haben, danach bedeutungslos und unwichtig. Auch führt die Straße jetzt bergab und zwar, hat man die gesamte Länge der massiven Außenmauer des Friedhofseingangs abgeschritten, steil bergab. Auch hier wieder Sperrmüllhaufen, und mir fällt auf, nach der Strenge der Friedhofsmauer aus eng gefügtem Bruchstein, wie lebendig die Sperrmüllhaufen aussehen. Alle sind durchwebt mit Resten einfarbiger Seidentücher, die sich bewegen, wenn ein Wind durch die Straße geht. Zuvor hatte ich die Tücher, die in jeden der Müllhaufen geflochten scheinen, gar nicht bemerkt. Ich bin nun fast am Grund des kleinen Tales angekommen, durch welches die Straße führt, und drehe mich um, meine Vermutung über die seidengeschmückten Haufen zu verifizieren. Wahrscheinlich war meine Aufmerksamkeit auf die Steinmauer fixiert. Wie hätte ich sonst die lang herunterhängenden, sich leicht im Wind bewegenden Seidenfahnen übersehen können, die an den hohen Fahnenmasten hängen? Das Licht und mein Blick von unten herauf zu den Fahnen läßt ihre dunkelbunten Farben leuchten. Der gesamte Friedhofsvorplatz ist mit ihnen geschmückt. Plötzlich höre ich laute Sirenen. Einsatzwagen der Polizei in allen umliegenden Straßen! Bei meinem Gang an der frischen Luft hatte ich dich ganz vergessen. Hast du, nachdem die Umgestaltung des Wohnzimmers abgeschlossen war, etwa wieder die Nachbarn besucht? Schweißgebadet wache ich auf. Eine weitere Wahrheit.

Bergvagabunden

Wenn wir erklimmen schwindelnde Höhen, steigen dem Gipfelkreuz zu …

Ein weiterer Versuch, zu rekonstruieren, was geschah. Anmarsch. Um nach Hinterbärenbad zu gelangen, gehe ich zunächst durch die Kohlstatt. Schwaighoferweg, quere beim Gaupenwirt einen kleinen Bach, Kaiser-Franz-Josef-Allee. Kaiser-Franz-Josef-Allee, der Name ruft Bilder vor Augen, die die Erinnerung nicht bestätigen kann. Die Allee ist eher ein schmaler Weg, vorbei an Gemüse- und Blumengärten, mit Obstbäumen bewachsenen Wiesen, und dazugehörigen Einfamilienhäusern mit davor stehender Bank, grünen Fensterläden, Schnitzwerk an Giebeln. Hier wohnen keine Köhler mehr, sondern Arbeiter, die in den Steinbrüchen beschäftigt sind. Die Steine werden über eine Schmalspurbahn transportiert, die dem Lauf des Kieferbachs folgt und an der Kohlstatt vorbeiführt zur Verarbeitung zum Zementwerk, das fast unten am Inn liegt. Ich gehe durch einen kleinen Park, vorbei an der Skulptur, die den Heiligen Franziskus beim Füttern der Vögel zeigt, quere die Rosenheimer Straße, Siedlerweg, Heimstättenweg, treffe wieder auf die Bahn, Unterer Römerweg, Kaiserblickstraße. Der Zahme Kaiser liegt während der gesamten bisherigen Strecke vor meinen Augen. Der Inn. Die aus einem an einem Seil geführten Nachen bestehende Fähre. Der Fährmann stakt mich über den Fluß. Gasthaus Zur Schanz. Fuß des Zahmen Kaiser. Vor mir die steilen, mäandernd den Pfad markierenden zweihundertachtundsiebzig Stiegen des Aufstiegs. ›In unsern Herzen brennt eine Sehnsucht, die läßt uns nimmermehr in Ruh‘.‹ Der Weg teilt sich, links nach der Vorderkaiserfelden-

Hütte, rechts mein Weg, Pfandlhof, Antoniuskapelle im Kaisertal. Man sieht den Wilden Kaiser, Richtung Hinterbärenbad. Ich bin auf einem der Rabenwanderwege unterwegs, die der Tourismusverband Kufstein ausgewiesen hat.

Da sehe ich sie vor mir. Eine groteske Gestalt. Ein scheinbar auf dem Kopf stehender, dann wohl doch eher verwachsener, expressiv aus Holz geschnittener, bunter, dämlich grinsender Rabe. Darunter der Schriftzug ›Sagenweg im Ferienland Kufstein‹. Ist das ein schlechter Scherz, unpassend, als sei Balu, der Bär, mit Basträckchen eine Bananenstaude auf der Tatze balancierend, aus einem Zeichentrickfilm in die Hinterbärenbadhöhle eingedrungen? Oder ist es eine geniale Tarnung in einer Region, in der Rafting den hölzernen Ruderkahn auf dem Hechtsee ersetzt hat. Das Bergwandern zum Trekking mit Geo-Caching geworden ist.

Mit Seil und Haken, den Tod im Nacken, hängen wir in steiler Wand …

Etappe I. Emilio Meier bestieg den Llullay-Yacu mit nur einem Bein, und zwar mit links, gründete auf dem Gipfel in Argentinien sein Kameradenwerk und half den Bedrängten und Verfolgten. Ich kaufe bei meiner ersten Rast einen Stocknagel. Ein Viertel des Verkaufserlöses geht an das Werk. Der Nagel zeigt einen schwarzen Husaren. Die dazugehörige Sage. Es gab, so erzählt man, eine Gruppe von jungen Burschen, die tollkühn waren und verwegen. Und wenn die Gewitterhexen auf ihren Besen ritten in wilder Jagd über Totenkirchl, Fleischbank, Kopfkraxn, und die Menschen in den Dörfern rund ums Kaisergebirge in ihren Herrgottswinkeln knieten, Weihrauch anzündeten und Gebete murmelten, gingen diese Burschen aufs freie Feld und machten Wetterschießen, um den dunklen Gewitterwolken zu zeigen,

104

wer das Sagen hatte in den Bergen. Und ihre Vermessenheit wuchs über die höchsten Gipfel der Tiroler Alpen hinaus. Sie wollten es den Hexen gleich tun, nein, sie wollten die hinter sich lassen. Die Burschen stiegen in ihre Flugmaschinen und flogen aus nach Polen, nach Griechenland und an die Ostfront. An die Krim, den Kaukasus und das Schwarze Meer. Und dort, wo die Menschen die Burschen fliegen sahen, fingen sie an zu beten. Den Burschen stieg der Erfolg zu Kopf und sie dachten, Burschen wie wir, die können fliegen. Was brauchen wir noch Beine. Gehen und kriechen auf der Erde, das sollen die anderen. Und sie machten einen Plan, sich die Beine abschießen zu lassen. Sie hatten einen Anführer und er war es, der als erster eins seiner Beine abgab, um zu zeigen, daß er es nicht mehr brauchte, sein rechtes. Das Beten der einfachen Menschen aber half. Viele der Burschen fielen vom Himmel nieder auf die Erde, wo sie starben oder kriechen mußten auf blutigen Knien, so sie diese noch hatten, heim ins Reich. Ihr Anführer aber blieb, wie er gewesen war: stolz, herrisch und unbeugsam. Und bezwang den Llullay-Yacu mit links.

Fels ist bezwungen, frei atmen Lungen, ach, wie so schön ist die Welt ...

Etappe II. Ich habe Blut geleckt und steige weiter. 1386 Meter höher. Kaufe den nächsten Stocknagel. Der zeigt einen Donnerkeil und eine Glocke. Ein Viertel des Verkaufserlöses geht nicht an den Dalai Lama, sondern an die Amnesie-Stiftung. Die dazugehörige Sage. Es wohnte ein fleißiges und ordentliches Volk im Land. Doch obwohl das Volk immer alles getan hatte, was man ihm anordnete, hatte es den Krieg verloren. Und obwohl es arbeitsam war, ging es ihm wirtschaftlich schlecht, sehr schlecht. Da sagten die Fürsten und

Oberen im Land, dies sei eine Schmach. Diese Schmach
könne man nicht länger tragen. Man wolle zeigen, in welche
Höhe man sich hinaufschwingen könne. Und sie suchten den
höchsten Berg auf Erden, um ihn zu besteigen. Der höchste
Berg auf Erden gehörte ihnen jedoch nicht. Die, denen der
Berg gehörte, verwehrten ihnen den Aufstieg und ließen sie
nicht einmal am Fuß des Berges kampieren. Das fleißige,
ordentliche, zudem auch strebsame Volk suchte sich einen
anderen Berg. Nanga Parbat. Im ganzen Land wurde ver-
kündet, das sei der von der Vorsehung bestimmte Schicksals-
berg. Wer ihn besteige, würde eine schöne und kluge Frau
sein eigen nennen, einen verborgenen Schatz voller Gold
und Edelsteine finden sowie, und das wurde als die größte
der Belohnungen angesehen, eine Blume. Diese Blume sei
von solch unvorstellbarer Bläue, daß der Sommerhimmel
fade wirke gegen diese Blume und die Farbe des tiefen
Meeres stumpf gegen ihre Farbe. Viele junge Burschen aus
dem Volk versuchten, den Berg zu besteigen. Sie trugen die
Farbe der Blume in ihrem Herzen und das gab ihnen die
Kraft, es wieder und wieder zu probieren. Was sie jedoch
nicht bemerkten, war, daß die Blumen in ihren Herzen längst
verwelkt waren über die Jahre. Zwei Burschen waren kurz
vor dem Gipfel, als wieder Krieg kam über das Land. Sie
konnten den Gipfel nicht mehr erreichen, setzten sich ins
Gras und sahen sich an. Trauer umflorte ihr Gemüt. Erst jetzt
sahen sie, daß die Blume braun geworden war. Da gruben
sie ein tiefes Loch und legten die Blume hinein, denn die
Welt sollte nicht sehen, daß sie einem Wahn gefolgt waren.
Doch als sie das Loch gegraben hatten und die Blume hinein-
gelegt, kamen Berggeister aus den Höhen, die von den Burschen geweckt worden waren. Die Geister nahmen die

106

beiden Menschen mit in ihr Reich und hielten sie sieben Jahre gefangen. Erst nach dieser Zeit durften sie zurückkehren in ihre Heimat und zu den anderen Menschen. Von ihrem Leben bei den Berggeistern erzählten sie dann immer wieder und sagten, daß sie es gut gehabt hätten bei diesen Wesen.

Handschlag, ein Lächeln, Mühen vergessen, alles auf's Beste bestellt.

Etappe III. Mein imaginierter Höhenflug führt weiter. Mir wird klar, was es war, das dich in die Berge zog. Nicht alle Bergwanderungen sind ausgeschildert. Ich verlasse die von der Tourismuszentrale angelegten Wege. Es gibt andere sagenhafte Touren. Es sind geheime Höhenwege, die, wie echte Sagen, im Volk mündlich überliefert werden. Diese völkischen Pfade führen tiefer hinab, höher hinauf, als ich es mir hätte träumen lassen. Fünf Phantom-Jäger steigen in den Himmel. Mit 940 Stundenkilometer steigen sie auf 18.000 Meter. Die 1. Staffel des Aufklärungsgeschwaders 51 ›Immelmann‹ gibt die letzte Ehre.

Wir kommen wieder, denn wir sind Brüder, Brüder auf Leben und Tod. Lebt wohl, ihr Berge, sonnige Höhen, Bergvagabunden sind treu.

Zahnprothesen

Die Menschheit hat Fortschritte gemacht. Das ist unabweisbar. Zwar gibt es solche, die sagen, früher sei alles besser gewesen. Diese sollte man fragen, ob sie wirklich lieber früher gelebt hätten. Und man sollte auf eine ehrliche Antwort bestehen. Sollte darauf drängen, Beispiele genannt zu bekommen. Nicht nur in der zahnmedizinischen Versorgung hat man Fortschritte gemacht. Auf allen Gebieten hat die Menschheit immer wieder Fortschritte gemacht.

Ich kann mich genau an den Arzt erinnern, den ich aufsuchte, wenn ich Schmerzen in den Zähnen hatte. In einer kleinen baumbestandenen Straße parallel zum Stadtgarten lag seine Praxis, die über einen Gartenweg zu betreten war, der durch eine Tür direkt in das Wartezimmer führte, welches immer leer war. Der Arzt verfügte über keine Helferin. Daher war es geboten, vor dem Besuch telefonisch einen Termin auszumachen. Waren Schmerzen akut, bekam man einen Termin über die Mittags- oder in den Abendstunden. Licht fiel von außen nicht viel in die Praxisräume. Diese lagen im Souterrain. Im Garten standen hohe, Schatten spendende Bäume. Das Haus war mit Efeu dicht bewachsen. Der Arzt erwartete den Patienten und öffnete die Tür zwischen Warte- und Behandlungszimmer unmittelbar, nachdem man in die Praxis eingetreten war. Der Patient begrüßte den Arzt mit den Worten: »Guten Tag, Herr Doktor.« Damit hatte das Ritual begonnen, denn der Arzt war kein Doktor und freute sich, so begrüßt zu werden. Das Platznehmen auf dem Zahnarztstuhl, der genauso altmodisch war wie der gesamte Rest der Praxis, die Untersuchung, die Behandlung liefen nach einem erprobten Muster ab, das sich über die Jahre nie verändert hatte. Röntgenaufnahmen, die, sollten sie notwendig sein, vom Arzt selbst erstellt wurden mit einer kleinen an Kardangelenken beweglichen Röntgenkamera, deren Gehäuse eine Kugel war und der ein Kegel aufsaß, welcher die Strahlung abfeuerte. Während der Aufnahme zog der Arzt eine Bleischürze über oder verließ den Raum. Gespräche, die geführt wurden, waren naturgemäß recht einseitig, saß man als

Patient doch mit geöffnetem Mund im Behandlungsstuhl. Zuweilen sogar mit Klammern in den Mundwinkeln, die den Mund offen hielten, oder Wattetampons in den Backen, die Blutungen stillen sollten. Die Äußerungen des Arztes sollten vermitteln, daß er humanistisch gebildet und des Lateinischen mächtig war, verschworene Gemeinsamkeit mit dem Patienten herstellend, wenn dieser ebenfalls über Kenntnisse dieser Sprache verfügte. Verfügte er nicht, war die Sprache Zeichen des überlegenen Wissens des Arztes. Des weiteren wurde um das Vertrauen des Schmerz Leidenden gebuhlt mit der Behauptung, daß die narkotisierende Spritze, die jetzt verabreicht wurde, ein ganz besonderes Narkotikum enthielte, so daß man annehmen mußte, die Droge, die man jetzt bekam, würde nur in dieser einzigen Praxis verabreicht und zum Einsatz gebracht. Desgleichen galt für den ›Spezialzement‹, der bei der Füllung des Loches zum Einsatz kam, welches nach Einsetzen der Wirkung der Spritze mit dem laut kreischenden Bohrer, der wohl auch schon bessere Tage gesehen hatte, gebohrt worden war.

Weshalb erzähle ich das alles? Der Zahnarzt war auch dein Zahnarzt. Und der deiner Mutter. Ich erinnere. Und ich kann mich erinnern, daß ihr beide, deine Mutter und du, Zahnprothesen gehabt haben müßt, seit ich euch kannte. Kann das wirklich sein?

Kauwerkzeuge sind wichtige Hilfsmittel zur Aneignung von Welt. Die Zufuhr von Nahrung ist überlebensnotwendig. Und das dem Körper Zugeführte muß gut gekaut werden. Die Verdauung beginnt in der Mundhöhle. Oft denkt man, denkt man an Nahrung, nur an stoffliche Nahrung, die dem Körper zugeführt werden muß. Doch gibt es auch geistige Nahrung. Diese muß ebenso zugeführt werden wie die stoffliche Nahrung, will man einen geistigen Tod vermeiden. Die Verdauung geistiger Nahrung beginnt im Kopf. Es ist darauf zu achten, die Kauwerkzeuge zu pflegen.

Kauwerkzeuge sind wichtige Hilfsmittel zur Aneignung von Welt. Und so sehe ich euch beide, deine Mutter und dich, jedesmal, wenn nach einem Zahnarztbesuch von einem Labor ein neues Gebiß angefertigt worden war nach dem Abguß, den der Arzt von euren Gaumen angefertigt hatte, beschäftigt mit der dann notwendigen und unmittelbar einsetzenden Feinarbeit. Schon in der Wohnung in der Bergstraße gab es drei Orte, an denen Werkzeug aufbewahrt wurde, sehen wir einmal von der Laube im Schrebergarten ab, die natürlich ebenfalls Werkzeug beherbergte, eher Gartengerät und eben nicht direkt zur Wohnung gehörte. Zur Wohnung gehörte der Keller, in dem die große eichene Werkbank deines Mannes stand. Ebenso die schweren Kisten, die er teilweise auf Maß selbst gebaut hatte und in denen zum Beispiel die Schraubenschlüsselsätze aufbewahrt wurden, die zum Handwerkszeug eines Lokomotivführers gehörten und die wohl nur selten, wenn überhaupt, zum praktischen Einsatz im Keller kamen. Werkzeug, das regelmäßig in Gebrauch war, hing wohlgeordnet nach Funktion und Größe sortiert an der Holzplatte, die dein Mann an der Wand hinter der Werkbank angebracht hatte. Dann gab es in der Wohnung einen Schuhkarton mit Bindfaden, Draht, Schrauben, Schraubenzieher, einen mittlerem – oder doch besser klein zu nennenden – Hammer. Schon die Aufzählung zeigt, daß dieses Werkzeug nicht aufgeräumt im Karton lag und daher nicht das deines Mannes sein konnte, der in der Tat, war in der Wohnung etwas von ihm zu reparieren, immer zuvor in den Keller stieg, um mit Plan und Vorbedacht das Werkzeug hochzuholen, das er für die Reparatur benötigte. Das Innere des in der Wohnung aufbewahrten Werkzeugschuhkartons war nicht richtig dreckig. Doch wären deine Mutter und du nie auf die Idee gekommen, die kleinen Flachfeilen und das Schmirgelpapier, die ihr für das Nachbearbeiten eurer Zahnprothesen bereit hieltet, in dem Karton aufzubewahren. Ich sehe euch beide, wie ihr in den Tagen und Wochen nach Anpassen der Zahnprothesen durch den Arzt immer wieder Feilen und Schmirgel zur Hand nahmt. Das Entnehmen der Prothese. Diese in der linken Hand haltend mit der Zunge den eigenen Gaumen abtastend, um nachzufühlen, wo der unbequeme Sitz zu verorten sei. Dieses Bild des Gaumens innerlich umsetzend in die Bewegung der rechten Hand, die Feile und Schmirgel führte. Abspülen der Prothese unter fließendem Wasser, dann Wiedereinsetzen, in sich hineinfühlend, ob der Sitz sich verbessert habe.

So nähertet ihr euch in dem Werk mehrerer Tage der Paßgenauigkeit, die einige Jahre hielt, bis altersbedingte Veränderungen des Gaumens oder sonstige Gegebenheiten des Mundraums es notwendig machten, wieder den Zahnarzt aufzusuchen. Dies zeigt, wie sehr ihr darauf bedacht wart, die Kauwerkzeuge zu pflegen und zu optimieren zur Aneignung von Welt. Dies zu erzählen war notwendig, auch wenn ich mir darüber bewußt bin, Unappetitliches angesprochen zu haben, um verständlich zu machen, wie sehr ich mit dir leide, wenn ich dich heute sehe. Diese in sich verdrehte Figur aus Haut und Knochen, leidend an den Folgen eines nicht behandelten Beckenbruchs, deren Haare auf dem Kopf längst nicht mehr rassig schwarz sind und schütter geworden. Schlimmer jedoch, stelle ich mir vor, ist die Tatsache, daß längst keine Zähne mehr in deinen Mund passen. In deinen gekrümmten Fingern hältst du einen Schnabelbecher aus Plastik und führst mit seiner Hilfe deinem Körper die breiig-flüssige Nahrung zu. An guten Tagen führst du mit der rechten Hand einen Löffel zum Teller mit dem Brei und benutzt dieses Besteck, den Brei auf Tischplatte, Wand, deiner Kleidung und deinem Gesicht zu verteilen, während du mit der Linken versuchst, die Teile des Breis, die in deinem Gesicht gelandet sind, dir in den Mund zu schieben. Ich könnte dir den Löffel entwenden. Ich könnte dich füttern. Doch weiß ich, daß dies keine Lösung wäre. Befreien könntest du dich aus der Situation, brächte dir jemand Zähne, Feilen, Schmirgel. Vielleicht ist es das, was du meinst, wenn du rufst: Mutter! Mutter! Hilf!

Eigene und fremde Kinder

Wer sind Sie? Hauen Sie ab! Sie Arschloch.

So wurde ich heute von dir begrüßt. Du erkennst mich nicht. Ich fürchte, ich werde dir heute eine gute Erinnerung machen müssen.

Ich sitze dir gegenüber an einem der Tische im Aufenthaltsraum, einem der Tische aus geschreddertem Holz mit einer Oberfläche aus Kunststoff, die das Aussehen von Buche imitiert. Ich sehe in dein Gesicht. Deine Augen scheinen mich zu beobachten. Was sehen sie? Was kannst du erkennen? Was von dem, was du siehst, wiedererkennen, erinnern?

Seit Monaten schon schaffe ich für dich nun schon Erinnerungen. Ich arbeite Erinnerungen. Deine Erinnerungen. Ich leiste Erinnerungsarbeit. Ich gebe mir Mühe. Die Erinnerungen, die ich dir schreibe, sollen sein wie echte Erinnerungen. Nicht besser. Ich habe nicht nur schöne Ereignisse aufgeschrieben. Ich habe nicht nur schlechte Erlebnisse festgehalten. Mein Anspruch ist, daß die Erinnerungen, die ich dir mache, wahr sein sollen. Genau so wahr, wie die, die du hattest, als du dich selbst noch erinnern konntest. Deine Augen beobachten mich.

Mein Blick fällt auf die Tischplatte. Sie besteht aus geschreddertem, verleimtem und mit einem Kunststoff überzogenem Holz. Die Oberfläche sieht aus wie Buche. Auf ihr kleben Speisereste, die du ausgehustet hast, ausgespien. Kuchenkrümel mit Speichel, Sahnesprengsel, vom Kaffee bräunlich verfärbt. Nachmittags. Kaffeezeit. Hauen Sie ab! Sie Arschloch!

Ein Mensch ist die Summe seiner Gedanken. Ein Mensch ist die Summe seiner Erfahrungen. Ein Mensch ist die Summe seiner Erinnerungen.

In der Bergstraße war häufig deine Cousine zu Besuch. Sie war die Tochter des gelähmten Metzgers Willi, der mit spitzer Nase und bläulich verfärbtem Gesicht Operetten hörend und frierend in einem Sessel in seiner Küche saß und sich ohne Hilfe nicht bewegen konnte.

Ich erinnere, daß deine Cousine später dann, wenn sie über die Wohnungsverhältnisse ihrer Kindheit und Jugend sprach, sagte, sie haben »in den Hötten« gewohnt. In Wuppertal überschneiden sich Benrather, Uerdinger, Westfälische und Wupper-Linie – ein sprachgeschichtlich hochinteressanter Raum. Interessant auch für solche, die Erinnerungsarbeit leisten. Deine Cousine kam aus Elberfeld. Was sie sagen wollte, war, daß ihre Eltern mit ihr in einer ärmlichen Straße in der Enge des Wupper-Tals wohnten in einem Mehrfamilienmietshaus, dessen Eingang auf der Hofseite lag. Ich erinnere den ungepflasterten Hof, die Pfützen, die sich dort bei Regenwetter bildeten, und den leicht schlammigen Grund bei solchem Wetter. ›Wuppertal is dem Häärgott sein Pisspott.‹ sagte man, kann ich erinnern. Die Aborte des Hauses lagen auf dem Hof. Drei kleine Holzhäuschen in einer Reihe.

Eine Eisenbahnlinie führte direkt vom Elberfelder Bahnhof zum damaligen Steeler Hauptbahnhof. Die Cousine besuchte euch gerne in der Bergstraße, dich, deine Mutter, ihre Tante. Wochenends kam sie, denn zu Zeiten, als sie schon allein von Elberfeld nach Steele fahren durfte, war sie bereits in der Lehre, später in festen Arbeitsverhältnissen, als Buchhalterin in kleinen Handelsgeschäften in den engen, dunklen Straßen Elberfelds, die teilweise heute noch so wirken, als könne Friedrich Engels einem dort entgegen kommen, biegt man von der Hofaue in die Zollstraße.

Fuhren deine Mutter, das Kind und du in die Alpen, Sommerfrische, Winterurlaub, nahmt ihr die Cousine manchmal mit. Manchmal war dein Mann dabei, manchmal nicht, das hing vom Dienstplan des Lokomotivführers ab.

Schon in den Zugabteilen, beim Umsteigen im Münchener Kopfbahnhof, in den Cafés des Luftkurorts und auch beim Gaupenwirt hielt man deine Cousine und dich für Schwestern. Deine Cousine war die zwanzig Jahre jüngere, und die Diva, die du spieltest, hat es sichtlich genossen, daß die Schätzungen des Diven-Geburtsjahrs nicht in die Weimarer Zeit zurückreichten.

Wer sind Sie? Hauen Sie ab! Sie Arschloch.

Eigene Kinder hattest du zwei. Es waren Mädchen. Beide

114

kamen zu früh zur Welt. Fehlgeburten. An mehr kann ich mich nicht erinnern. Darüber wurde nicht gesprochen.

Was wollen Sie von mir? Sie Arschloch! An mehr kann ich dich nicht erinnern.

Du hast nicht nur deine Cousine mit nach Oberbayern genommen. Du, deine Mutter, dein Mann haben auch die Tochter der Tanngrubers eingeladen, euch in Steele zu besuchen. Die Resi war die Tochter der Tanngrubers. Bei den Tanngrubers habt ihr gewohnt in dem Luftkurort in Oberbayern, der dir zur zweiten Heimat geworden war mit den Jahren, den Jahrzehnten. Die kleine Resi in der großen Stadt. Ich erinnere eines der grauen Paximat-Magazine mit sechsunddreißig Beweisphotos für eure Ausflüge. Die Diapositive zeigen die Resi neben dem Bronze-Reh von Fritz Paul Zimmer im Grugapark. Ein Photo, wie es hunderte und aberhunderte geben wird, ein schüchternes kleines Mädchen, das eine Hand auf den Kopf des Rehs legt. – Ich prüfe nach, ob meine Erinnerung zutrifft. Ich besuche den Park. Ich finde das Reh im Rosengarten. Kopf, Hals und Ohren des Bronzetiers sind glatt poliert. Kinderhände haben es gestreichelt seit 1927, das greift an. – In dem Magazin fehlen Photos von Zechen, Kokereien, Industriegebäuden, die das Stadtbild prägten in den Jahren, in denen die Resi euch besuchte. Was der Farbumkehrfilm zeigt, sind Bilder von einem Mädchen im Dirndl und weißen Strümpfen auf einem der weißen Ausflugsdampfer auf dem Baldeneysee.

Ich erinnere. Du schmücktest dich mit Kindern. Du warst keine Mutter. Du warst große Freundin. Vertraute. Dir erzählte man Geheimnisse, die man sonst niemandem verraten konnte. Als die Resi Jahre später schwanger wurde mit siebzehn. In einem oberbayerischen Luftkurort, Ende der sechziger Jahre. Die Aufklärungsserien von Kolle waren schon erschienen in Quick und Neuer Revue. Sein erster Film lief in den Kinos. Nicht in einem oberbayerischen Luftkurort, Ende der sechziger Jahre. Die Resi erzählte ihrer Mutter nichts, nichts ihrer Großmutter, ihren Freundinnen nichts, nichts dem Herrn Pfarrer. Keine Beichte. Keine Vergebung der Sünden. Keine Absolution. Dir erzählte die Resi von ihrem Unglück. Du wurdest Vertraute, du warst die große Freundin, die helfen konnte.

Was wollen Sie von mir? Hauen Sie ab! Sie Arschloch.

Ich erinnere. Luischen. Luischen war die Tochter Magdas. Magda gehörte zu den großen Kindern in dem Haus, in dem du, als du klein warst, gewohnt hast. Magda war katholisch. Du hast trotzdem mit ihr gespielt als Kind. Ihr, deine Mutter und du, hattet die Erfahrungen noch nicht gemacht mit den Kaderbachs, die ihre katholischen Nägel aus der Wand gezogen hatten in der Wohnung, die ihr als evangelische Ausgebombte für zwanzig Jahre mitbewohnt haben werdet, so daß ihr ein wirklich vollkommen leeres Zimmer vorgefunden habt, als ihr einzogt in die Bergstraße.

Magda bekam später Kinder, zunächst die vier älteren und dann noch das Luischen als Nachzügler. Magda und du bliebt in Kontakt, als du in der Bergstraße wohntest, als ihr in die Bonaventurastraße umzogt. Magda wohnte weiter in Bergeborbeck. Magda und du habt euch besucht über all die Jahre. Das Luischen hatte niemanden. Das Luischen war allein. Schwester und Brüder arbeiteten schon, als das Luischen zur Welt kam. So wurdest du zur großen Schwester für das Luischen, wie man eine bessere nicht hätte haben können.

Was wollen Sie von mir? Hauen Sie ab! Sie Arschloch.

Und dann war da noch das Kind, das schon in der Berg-

116

straße im Gitterbettchen in eurem Schlafzimmer genächtigt hat, das morgens von Oma Kaderbach geweckt wurde. »Omma poppt Eier.« Und das Angst hatte, immer ängstlich war – Angst hatte vor dem Nachtraben.

Gemüseplatte vital

Essen ist ein Ritual. So oder so.

Ich sitze neben dir. Schaue beim Essen zu. Das Pflegepersonal hat mich darüber aufgeklärt, daß nicht die effektive Aufnahme der Nahrung das einzige und Hauptziel sei. Es kommt nicht darauf an, daß der Teller leer ist zum Schluß. Das Wetter ist schön heute. Wäre es nicht schön, wäre es auch egal. Der Speisesaal liegt im wintergartenähnlichen Anbau. Die Bewohner können das wechselnde Wetter sehen und hören, ihr seid den Unbilden jedoch nicht ausgesetzt. Es kommt beim Essen nicht darauf an, ein möglichst hohes Maß der auf dem Teller befindlichen Speisen dem Mageninhalt hinzuzufügen. Das Gefühl, allein essen zu können, baut dich, baut euch psychisch auf.

Ich sehe also deinen Versuchen zu, das auf dem Teller Befindliche mit Hilfe einer Gabel und deiner Finger zunächst in die Nähe deines Mundes zu bringen und dann in diesen hinein. Nur wenig kleckert auf den dir umgebundenen Latz. Was macht es, daß du dich hin und wieder ein wenig verschluckst? In der Folge kleine Hüsterchen machst und mit diesen Teile des Essens auf der abwaschbaren, freundlich gemusterten Tischdecke verteilst? Ungläubig schaust du die Speisereste an, legst die Gabel beiseite und langst mit den Fingern der rechten Hand zum Tisch. Ist die Konsistenz der

117

Speise nicht zu weich, gelingt es dir, ein wenig zu ergreifen und wieder Richtung Mund zu bewegen. Stolz hältst du mir ein Achtel Kartoffel mit brauner Sauce hin.

Erst spät in meinem Leben habe ich Menschen kennengelernt, die mich ahnen ließen, was Eßkultur sei, und ich verstehe diese Leute bis heute nicht. Ich bedaure das nicht. Ich zelebriere kein Essen. Trinke, was mich trunken macht. Und habe ich etwas gelernt als Kind über das Trinken, so ist es das: Ein Faß voll Branntwein, Marke Drachengurgel, ist der einzige Schnaps auf der Welt, der scharf genug ist für meinesgleichen. Daher ist es das Faß Drachengurgel, nach dem ich mich sehne und lieber aus Verzweiflung abstinent lebe, als mich mit Minderwertigerem zufrieden zu geben.

Essen ist eine Form des Miteinanders. Oft höre ich: Wir müssen mal wieder essen gehen. Oder: Wir laden dich zum Essen ein. Ich dränge dann mein Erschrecken nach innen, so daß es niemand, der eine solche Einladung aussprach, bemerkt. Niemand weiß, mit welchem Abscheu mich gemeinsames Essen erfüllt. Niemand weiß, wie sehr ich mich sehne nach den einfachen Worten: »Hier ein Faß Drachengurgel, komm, Freund, laß uns saufen.« Diese Sehnsucht wurde bislang nicht erfüllt. Ich erinnere Einladungen durch dich zum Beginn des Frühlings, im Sommer, in der Weihnachtszeit und in der Spargelzeit. Immer und immer wiederholte Rituale, die Gemeinsamkeit symbolisieren sollten und gemeinsam verbrachte Vergangenheit. Und Macht. Wurden du und ich gemeinsam von anderen eingeladen, so erinnere ich Rivalitäten, die darüber ausgetragen wurden, wohin es zum Essen ging. Ich weiß, daß du immer siegtest. Wolltest du zum Kötterhusen, gingen alle zum Kötterhusen, wolltest du nach Rottensaal, kehrten wir bei Rottensaal ein, und stand dir der

Sinn nach dem Zipferkeller, trafen wir uns alle im Zipferkeller. Ich erinnere lächerliche kleine Aufstände deines Hofstaates. Erinnere, wie eine deiner Freundinnen sagte, sie sei neulich mit ihren Kegelschwestern im Herzegowina essen gewesen. Ich brauchte dir gar nicht in die Augen zu schauen. Kannte deine Gedanken. Kegeln ist zwar einfach, aber nicht leger. Herzegowinisch, das hieß zu dem Zeitpunkt noch jugoslawisch. Solches Essen kann dem Gaumen eines Mitglieds des Klever Fürstenhauses nicht zuträglich sein. Schlimmer noch. Die Behauptung, herzegowinisch, d.h. herzoglich, zu sein, konnte von dir nur als Anmaßung verstanden werden. Kleve wurde in den Stand erhoben. Stjepan Vukcic Kosaca, welch ein Name, nahm den Titel an. Ich brauchte dir gar nicht in die Augen zu schauen. Es galt, ein Exempel zu statuieren: Wir gingen ins Herzegowina. Es begann damit, daß niemand dort die mondän schreitende Frau mit der getönten dunklen großen Brille erkannte. Scheinbar waren in jugoslawischen Kinos andere Filme gelaufen. Die Kellner waren nicht flink genug, die Küche nicht sauber und das Essen zu scharf. Es gab kein vegetarisches Gericht für den Jungen, der mittlerweile an die dreißig war und versicherte, genügend Auswahl auf der Speisekarte zu finden. Es war das einzige Mal, daß wir dieses Lokal besuchten. Deine Freundin gedemütigt; du sagtest: »Das nächste Mal gehen wir aber wieder zu Rottensaal«, und niemand widersprach.

Ich erinnere Gemüseplatte vital. Fades, in kochendem Wasser erhitztes Grünzeug aus der Tiefkühltruhe, übergossen mit Hollandaise aus Tetrapacks. »Das hast du doch immer so gerne gegessen. Ich habe einen Tisch bestellt. Ich komme wieder mit dem Vegetarier. Der Küchenchef sagte, dann machen wir die Gemüseplatte vital.« Wir betreten das Lokal.

Die Hand zur getönten Brille. Huldvolles Nicken zum Personal. Eine Speisekarte wird nicht benötigt, für mich die Gemüseplatte. Dazu trinke ich Coca-Cola. Ich beweise, was ein Verdauungstrakt auszuhalten in der Lage ist. Diarrhöisch schon seit dem Morgen des Tages, an dem wir uns abends zum Essen treffen. Kohletabletten, die den Kot färben werden noch nach Tagen. Es sind die Nerven, die wissen, daß man abends gesellig sein wird. Es sind die Magenschleimhäute, die die Gemüseplatte vital nicht vergessen haben. Es ist die Unwilligkeit, die Einladung abzuschlagen. Die Unfähigkeit, sie abzuschlagen. Die Einnahme der Kohle-Compretten hilft laut Information des Herstellers nicht nur bei Durchfall, sondern auch bei Vergiftungen. Es ist nicht immer alles nur schön.

Wie die Gemüseplatte vital ins Spiel kam, kann ich nicht erinnern. Angefangen hatte es wohl damit, daß du dir den Fuß gebrochen hattest. In einem Winter, wieder einmal in Bayern. Du kamst ins Krankenhaus. Das Krankenhaus jenseits der Grenze. Du benötigtest Hilfe. Hof mußte gehalten werden, die Besuche am Krankenbett organisiert. Mutter! Mutter hilf! Deine Mutter konnte helfen. Damals noch. Mutter hilf! Deine Mutter half und fuhr zu dir. Das Kind war klein. Das Kind war groß. Klein, so daß es sich nicht selbst versorgen konnte über den Tag, sich nicht selbst versorgen konnte, wenn es aus der Schule kam und niemand da war, es zu bekochen. Das Kind war groß. Groß, so daß es in der Lage war, den Tag allein zu verbringen. Schulsachen machen, mit Freunden spielen, Fernsehen gucken. Ein Schlüsselkind. Für vier Wochen ein Schlüsselkind. Ein Schlüsselkind, das, kam es aus der Schule, zu Rottensaal essen ging. Gerne wüßte ich, was das Kind dann immer gegessen hat bei Rottensaal.

Ich kann mich nicht erinnern. Wiener Schnitzel vielleicht oder Gulasch oder Frankfurter Würstchen. Zu dem Zeitpunkt war das Kind noch kein Vegetarier. Gerne würde ich hier jetzt mit dem Gefühl der Bestimmtheit schreiben: Gulasch mit Kartoffelklößen. Ich weiß es nicht! Sicher ist, daß Gemüseplatte vital damals nicht auf der Karte stand. Daran kann ich mich erinnern.

Dies war, und das ist sicher, der Beginn der Einladungen zum Essen. Ich höre für dich die Worte aus deinem Mund: ›Wir müssen mal wieder essen gehen.‹ Ich höre die Worte: ›Wo sollen wir denn mal hin?‹ Ich höre die Worte: ›Was hältst Du von Rottensaal?‹ Und diesen Worten folgte unweigerlich: ›Ich bestelle dir eine Gemüseplatte vital, die ißt du doch so gerne.‹ Ich erinnere diesen Satz jetzt gegen dich.

Die schönen Künste

»Die Frau war nackt! Oben herum. Also fast ganz nackt! Und sie lief zwischen den Bäumen durch.«

Nachdem ihr in die Bonaventurastraße gezogen wart, hattest du ein Abonnement für das Schauspiel. Gespielt wurde im Grillotheater und in der Aula eines Innenstadt-Gymnasiums, die als zweite Spielstätte der Städtischen Bühnen diente. Sechs Mal im Jahr bist du mit der Frau des Lehrers und der des Apothekers, von denen eine auch in der Bonaventurastraße, die andere zwei Querstraßen weiter wohnte, abends in die Stadt gefahren. In guter, dem Theaterbesuch angemessener Kleidung. In jeder Vorstellung, die im Grillotheater gezeigt wurde, lief eine der Schauspielerinnen einmal nackt über die Bühne. Das war in dieser Zeit so. In der

Schulaula leistete man sich diese Art aufrührerischer Nackt-heit nicht. Wahrscheinlich aus der Sorge heraus, daß solch ein Tabubruch am Abend die Luft verpestet hätte und daß diese bis zum darauf folgenden Morgen, an dem wieder Kinder und Jugendliche das Gebäude betraten, das Gebäude noch nicht verlassen haben könnte.

»Die Frau war nackt! Und das in einem Stadt-Theater. Da hätten ja auch Kinder in der Vorstellung sein können!« empörte sich die Frau des Lehrers dann mehrere Tage lang und nahm ihre heranwachsende Tochter in diesen Jahren nicht mehr mit ins Theater.

Du warst modern und leger. Du bedauertest, daß das Kind, das bei euch lebte, noch nicht alt genug war, um ins Theater mitgenommen zu werden. Es wäre eine gute Gelegenheit gewesen, deine Einstellung offen zu demons-trieren.

Du kauftest den Stern. Du kauftest die Quick. In der ver-öffentlichte Kolle. Du warst Vertraute, Ansprechpartnerin der Töchter benachbarter Familien, der Töchter deiner Jugend-freundinnen, der ungewollt schwanger gewordenen, minder-jährigen Tochter der langjährigen Zimmervermieter in Kie-fersfelden. Eine Frau, weltoffen wie du, solch eine Frau war durch eine nackte Schauspielerin auf der Hinterbühne eines Stadt-Theaters nicht zu schockieren.

Das Kind, welches ihr in der Bergstraßenwohnung zu euch genommen hattet und das nach dem Umzug immer noch bei euch wohnte, war noch zu jung, um mit ins Theater zu gehen, in einer Zeit, in der in jedem im Grillo gezeigten Stück eine völlig nackte Schauspielerin über die Hinterbühne lief. Schade! Ich fertige dir schreibend erstklassige Erinne-rungen, die nicht schlechter sind, als deine eigenen waren.

122

In der zweiten Hälfte der sechziger Jahre bis in die siebziger Jahre erinnere ich für dich jährlich sechs Besuche des Grillo-Theaters. Immer eine nackte Schauspielerin über die Hinterbühne laufend. 1973 machte das Erste Deutsche Fernsehen Klimbim, was nackte Schauspielerinnen auf der Hinterbühne unnötig machte.

Erinnere ich für dich Theater, erinnere ich auch die Ritterspiele in Kiefersfelden. Ich erinnere das älteste Bauerntheater Deutschlands. Ich erinnere die von Hand geklappten Seitenkulissen, gemalte Bühnenbilder. Den Blick in den Bühnenraum, Landschaften, Innenräume sechsfach nach hinten gestaffelt. Das Leuchten in den Augen der Zuschauer, ob einheimisch, zugereist, Tourist – wie die Augen von Kindern auf eine Kaschperl-Bühne gerichtet. Zwischen den Gassen der Auftritt von Akteuren in Kostümen und Masken, die zeigen: Wir sind Kostüme, prächtig. Unsere Gesichter so bunt wie die Farbe früher massenproduzierter Stummfilme, wenn diese schon Farben gezeigt hätten. Erschrecken, Liebe, Verzweiflung: die Augen groß. Blutrünstig und herzzerreißend. Wie anders könnte man Stücke beschreiben, die Titel tragen wie ›Ezzelin der Grausame‹? ›Wendelin von Höllenstein‹? ›Helena, Tochter des mächtigen Kaisers Antonius von Griechenland‹? Ich erinnere, nicht nur zur Spielzeit, ich erinnere unter'm Jahr, Abende beim Gaupenwirt, im Zipferkeller. Torkelnde Briefträger, Maurer, Knechte – alles Ritter, die die Tische der Wirtshäuser bestiegen und, Rotwein im Leib oder Starkbier, dort mit schwerer Zunge deklamierten. »Kämpfe, wenn du Mut hast!« – »Mein Schwert dürstet nach Blut!« Ich erinnere den Kieferer Hanswurst.

So sehr ich mich anstrenge. Erinnerungen an Lichtspieltheater gibt es nur wenige. ›Ich weiß, es wird einmal ein

Wunder geschehen‹ und ›Davon geht die Welt nicht unter‹ und eine völlig zerstörte Innenstadt. Schutt und Asche. Wenige hundert Meter neben der Waffenschmiede des Deutschen Reiches. Am Rande der Innenstadt ein Bunker, in den ein junges Mädchen flüchtet, das in der Lichtburg einen Film mit Zarah Leander gesehen hatte. Ich strenge mich an, kann dir jedoch keinen Film mit Marlene Dietrich erinnern. Was ich erinnere, ist ein Foto in einer Zeitung, unter dem stand: ›Die deutsche Filmschauspielerin Marlene Dietrich hat so viele Jahre bei den Kino-Juden in Hollywood verbracht, daß sie nun amerikanische Staatsbürgerin geworden ist. Auf dem Bild sehen wir sie, wie sie in Los Angeles ihre Papiere entgegennimmt. Was ein jüdischer Richter von diesem feierlichen Akt hält, zeigt seine Haltung: in Hemdsärmeln nimmt er der Dietrich den Eid ab, mit dem sie ihr Vaterland verrät.‹ Ich recherchiere und stoße auf eine kurze Sequenz aus einer tönenden Wochenschau. Da war diese Frau, eine Berlinerin, die sagte dann: »Na, woll'n wer uns ma' wieder vertragen?« Doch nicht alle Deutschen waren so tolerant. An diese Wochenschau kann ich dich nicht erinnern. Ich vermute, daß Marlene und du, daß ihr euch in einigen Zügen zu ähnlich wart.

So sehr ich mich anstrenge. Erinnerungen an Museumsbesuche gibt es keine. Die Bilder, die in der Bergstraße an den Wänden hingen, waren ausnahmslos von Konrad Ochs. Ein Portrait eines Fischers, das im Hintergrund die Takelage seines Schiffes zeigt. Ein Buntspecht in leuchtenden Farben. Eine Alpengebirgslandschaft mit in organgerotem Himmel untergehender Sonne. Eine naturalistisch gemalte Vase mit naturalistisch gemalten Sonnenblumen. Ein alter Mann mit Trachtenhut und Gesteckpfeife mit Porzellankopf in einem

Gasthaus sitzend. In der Bonaventurastraße die gleichen Bilder, das gleiche Bildprogramm. Ich strenge mich an. Kunstmuseen fehlen in der Erinnerung. Historische Museen ebenfalls. Das alte Heimatmuseum in der Feste Kufstein mit dem Skelett eines Höhlenbären aus Hinterbärenbad mag ich nicht gelten lassen. Keine Museen. Meine Anstrengungen führen zu fünf Bildern. Fischer, Buntspecht, Alpen, Sonnenblumen, Mann mit Pfeife und Trachtenhut.

Keine Konzerte. Ich erinnere eine Geige aus schwarz gebeiztem, porigem Holz, die dein Mann dir bei einem Aufenthalt in Belgien gebaut hat. Ich erinnere repräsentative Schmuckboxen mit Langspielplatten. Neun Symphonien Beethovens, Brandenburgische Konzerte, Die schönsten Melodien der Klassik. Diese Schallplattenboxen brachten deine Liebhaber als Kulturgaben dar. Ich erinnere nicht, die Schallplatten gehört zu haben bei dir. Ich erinnere sie auf dem Plattenteller liegend, die dazugehörige Box neben dem Abspieler liegend. So wie ich Bücher erinnere, die aufgeschlagen oder mit Lesezeichen auf einem der Beistelltische im Wohnzimmer der Bonaventurastraße oder auf deinem Nachttischschränkchen liegen. Ich erinnere, daß die Bücher ausgetauscht wurden nach einer angemessenen Zahl von Tagen oder Wochen, gegen andere Bücher, die wiederum aufgeschlagen wurden oder mit einem Lesezeichen versehen. Ich erinnere den Bertelsmann Leseclub. Die beiden Türen des altdeutschen Wohnzimmerschranks mit den Butzenscheiben. Goethe. Bertelsmann Buchclub. Dostojewski. Bertelsmann Buchclub. Hemingway. Bertelsmann Buchclub. Einige Jahre später. Studienausgaben der Werke Sigmund Freuds. Fischer Taschenbuch Verlag. ›Heller als tausend Sonnen‹ von Robert Jungk. Irving Stones ›Der Seele dunkler Pfad‹. Und

125

wieder ein paar Jahre später. Johannes Mario Simmel. Bertelsmann Buchclub.

Ich erinnere. Keinen Film mit Marlene Dietrich. Ich erinnere Filme mit Zarah Leander. ›Davon geht die Welt nicht unter‹. Wehrmacht und SS – untergehakt, mitgerissen schunkelnd. Zarah – ein Gift, das die Nazis erlaubt hatten. Damals, ihr letzter für die UFA gedrehter Film. 1942 verläßt sie Deutschland und kehrt nach Schweden in ihr Gutshaus zurück. 1948 wieder auf einer deutschen Bühne. ›Ich bin eine Frau mit Vergangenheit. Ich hab viel erlebt und ich hab' nichts bereut.‹ Keine Spur von schlechtem Gewissen. Weder auf der einen, noch auf der anderen Seite.

Zarahs Vergangenheit ist nicht das Handicap. Sie ist der Schlüssel, ihr Schlüssel zum Publikum. – Ich will, daß ihr mich liebt, und wenn ihr mich liebt, geht es euch auch besser. Dies ist das Tauschgeschäft. – Mehr noch. Zarah ist Erlöser. Soter. Befreit ihr Publikum von seiner Sünde, indem sie selbst gesündigt hat.

Die Erfindung der Telefonie

Ich kann mich an eine Zeit vordigitaler Telefonie erinnern. »Das Pferd frißt keinen Gurkensalat.« Mit diesem Satz beginnt das Zeitalter des Fernsprechens. Soll ich ihn als Blüte einer surrealen, im Märchengarten meines Kopfes wachsenden Staude erinnern, als dadaistischen Versuch, die Naturgeschichte neu zu erzählen oder als Quatsch mit Sauce?

»Kille, kille, Weihnachtsstille.« Auch dies ein Satz, der in meiner Erinnerung untrennbar mit der Telefonie verbunden ist. Ich sehe den schwarzen Wählscheibenapparat W 48, in dessen Gabel der Hörer wie ein Knochen liegt. Ein schwarzes textilummanteltes Kabel verbindet Gehäuse und Hörer. Kam deine Cousine aus Wuppertal zu Besuch, konntet ihr albern werden. Das heißt, bei dir war es nicht albern, sondern Zeichen legeren Verhaltens. So leger, wie sich nur wirklich vornehme Leute geben konnten. Ihr setztet euch dann auf zwei Schemel im dämmrigen, dunklen Korridor der Wohnung in der Bergstraße, wo auf einem kleinen hölzernen Regal an der Wand der telefonische Apparat stand. Es mußte dieser abgedunkelte Korridor sein, ein Raum zwischen den anderen Räumen und damit nicht den Regeln unterworfen, die für Wohn-, Schlafzimmer oder Küche galten. Ein Ort, der je nach Grad der Dunkelheit mehr oder weniger nachtrabenhaft war. Ort auch des Photos, das als Dia an einem Sonntagnachmittag im Kreise der Befugten und Eingeweihten gezeigt, von diesen ›Ein Blick wie von Mephistopheles.‹ als Responsorium erforderte, das im Chor zu sprechen war.

In den Bergstraßenjahren suchtet ihr die Namen der Anzurufenden aus einer kleinen Kladde mit angestoßenen Ecken, deren Einbandpappen mit Wolkenmarmorpapier bezogen war. Zum Ritual gehörte die Suche nach der für den jeweiligen Tag, die jeweilige Stunde, die jeweilige Stimmung geeigneten Person, die dann zu eurem Opfer werden sollte. Ein Auswahlverfahren. Zu nahe Bekannte kamen nicht in Frage, denn diese hätten Stimmen, auch verstellt, erkannt. Fremde kamen nicht in Frage, denn wesentlich für das Spiel war, sich die Verstörung, Sorge, Angst, die Reaktionen des Angerufenen vorstellen zu können. Anrufe durften sich nicht bei einer Person häufen, es galt, Verdacht gar nicht erst aufkommen zu lassen. Viel gab es zu beachten, um Vergnügen und Vorfreude, Spannung über einen Nachmittag, einen

Abend zu halten. Waren die Namen der zwei, drei gefunden, die angerufen werden sollten, wurde der Hörer abgenommen von der, deren Stimme wahrscheinlicherweise nicht würde identifiziert werden können. Die Wählscheibe betätigt. Mit dunkler Stimme in den Hörer geraunt: Kille, kille, Weihnachtsstille.

›Kontakt mit seinen engsten Freunden sollte man über das INTIMSTE und exklusiveste aller Medien haben – das Telefon.‹ Andy Warhol.

Es konnte auch böse sein. Beispiel: Saserdorf. Der Saserdorf hatte als Kind ein Gymnasium besucht, dies nach der Oberprima mit dem Abitur verlassen und ein Studium der Theologie aufgenommen. Saserdorf hatte auf Wunsch seiner Eltern Priester werden sollen. Er folgte dem elterlichen Willen. Priesterseminar, Diakonat, Zölibat. Dann traf er Wilma. Wilma war schwarzhaarig, dunkeläugig, ein rassiges Weib, wie man in jener Zeit sagte. Saserdorf und Wilma heirateten. Saserdorf wurde Versicherungsvertreter. Saserdorf versuchte, einfach und normal zu leben. Wohlanständigkeit in sein Leben und das seiner Frau zu bringen. Saserdorf benötigte dazu Geld. Saserdorfs Verdienst blieb in Grenzen.

Er und seine Frau gehörten im weitesten Sinne zu deinem Hofstaat. Bedienstete in unteren Rängen. Saserdorf wurde zum Fahrer für dich und deine Mutter. Saserdorf erhielt entsprechende Zuwendungen, die ihn, neben seinen Provisionen für von ihm vermittelte Assekuranzen, über Wasser hielten. Wilma kam, wurde sie gerufen, und putzte. Sie putzte gut, sie war einfältig, sie litt unter Eifersucht und verfolgte Saserdorf über die Ehejahrzehnte damit. Eifersüchtig auf die anderen Mädchen, ebenfalls niederen Ranges, im Hofstaat. Eifersüchtig auf die Hausfrauen, die Saserdorf im

Zuge seiner Vertreterbesuche traf, um ihnen Unfall- und Hausratversicherungen zu verkaufen. Eifersüchtig auf Verkäuferinnen hinter den Ladentheken in den Geschäften, die Saserdorf aufsuchte, um deren Besitzer über privat abzuschließende Kranken- und Arbeitsunfähigkeitsversicherungen zu beraten.

An bösen Tagen war Wilma das ideale Opfer. Dein Gesicht im dunklen Korridor zur Wand gedreht, damit deine Cousine nicht über den Anblick des verkniffenen Lachens anfangen würde, Kontrolle zu verlieren. Wählscheibe betätigt. Heute die Nummer von Saserdorf. Heute ein böser Tag. Mit dunkler, verruchter Stimme: »Hier ist die Hilde. Ich möchte gerne den Joseph sprechen. Hilde. Er weiß dann schon.«

In der Bonaventurastraße war es dann das graue Standardmodell FeTAp 611. Auch dies stand im Korridor, doch war die Leitung so lang, daß man es in die Küche oder das Wohnzimmer mitnehmen konnte. Auch war der Korridor in der Bonaventurastraße nicht dunkel. Die dunklen Orte verschwanden.

Hier trügt mich die Erinnerung. Richtig wäre: Die Dunkelheit verschwand. Das Böse bleibt. Das Geheimnis bleibt. Es wird nur als solches nicht erkannt. Wir haben über Jahrzehnte und Jahrhunderte gedacht, Licht in das Dunkle zu bringen sei eine Errungenschaft. Aufklärung, enlightenment. Der Vergleich der Korridore der Bergstraße und der Bonaventurastraße zeigt jedoch, daß das Licht das Dunkle nur überdeckt. Nichts verbirgt Wissen besser, als es allen zugänglich zu machen. Mephistopheles, der das Licht nicht liebt, als Auslaufmodell. Die Zukunft gehört Luzifer. Die Zukunft gehört Prometheus – und zwar in alle Ewigkeit, denn er ist unsterblich.

1972 war es möglich, den FeTAp 611 in Hellrotorange und Farngrün zu erhalten. Als erstes in der Bundesrepublik Deutschland verfügbare Festnetz-Tastentelefon war der FeTAp 751 ab November 1976 erhältlich. Mehr Licht. Am 21. September 1983 kam das Dynatac 8000X auf den Markt, knapp unter 4000 Dollar, knapp unter einem Kilo. Mehr Licht. Handys, mobile phones, enlightenment. Smart Phones. Square Root of Enlightenment in a Binary system.

Nach einer anderen Legende lautete der erste durch einen Fernsprecher übermittelte Satz: »Mr. Watson, come here, I want you.« Und dieser Satz stimmt.

Spargelessen

Es ist nicht immer alles nur schön.

Essen ist ein Ritual.

Übergeben auch.

Es war nicht immer alles nur schön. Wir gingen nicht immer zu Rottensaal. Ich erinnere für dich, wie wir im Stadthof Spargel essen waren. Ich erinnere dich als elegante, mondän wirkende Frau, die sich beim Betreten des Stadthofs bewegt wie eine Schauspielerin, die befürchtet, nicht erkannt zu werden. Männer drehten sich um. Sie dachten, erinnere ich für dich: Wo hat sie noch mitgespielt? Du schienst das nicht zu bemerken. Du schrittest zu einem Tisch.

Das Personal: Die Karten. Darf ich den Herrschaften schon etwas zu trinken bringen? Rhabarbersaft und Aperol mit Jahrgangssekt als Aperitif. Das kennst du nicht. Dazu bist du zu leger. Weißburgunder. Ich nehme eine Coca-Cola. Du bestellst mit einem Blick über deine getönte Brille die große

Spargelplatte. Du bestellst: Wein, Weißwein. Dein Begleiter trinkt Bier. Wir warten. Dein Begleiter unterhält uns mit dem Aufzählen der verschiedenen Betreiber des Restaurants in den zurückliegenden zehn Jahren. Ich taste in der Jackettasche nach den vier Kohle-Compretten, die ich in Blisterverpackung zur seelischen Stabilisierung mitgenommen habe. Zwar bin ich hier sicher vor der Gemüseplatte vital, doch Nerven und Schleimhäute haben sich geweigert, das zur Kenntnis zu nehmen. Ich bestelle ein zweites großes Glas Coca-Cola. Eisstücke. Zitronenscheibe. Auf Tage verfärbter Kot. Ich sehe die Kellner mit dem Servierwagen hinter eurem Rücken. Sehe, wie einer die Haube der silbernen Servierplatte abhebt. Mit Hilfe der Spargelzange werden die Stangen auf Tellern vorgelegt. Zerlassene Butter. Die Teller auf den Tisch. Das Personal noch in Hörweite, dein noch leise dahin gemurmelter, doch deutlich hörbarer Kommentar: Die Portionen sind zu klein! Dein Begleiter: Da sag ich Bescheid! Das hätte es beim Vorbesitzer nicht gegeben. Da sag ich Bescheid! Du sagst: Da mußt du Bescheid sagen. Viel zu klein. Wird der Junge davon überhaupt satt? Da kann man ja nicht satt von werden. Willst du noch was bestellen? Ich: Nein, danke. Es ist genügend da. Und keine Miene verziehen. Gegenseitig versichert ihr euch, die Portionen seien zu klein. Beim Vorbesitzer sei so etwas nicht möglich gewesen und beim Vorvorbesitzer auch nicht. Deine Stimme jetzt schon lauter. Du sprichst mit deinem Begleiter. Du weißt, Kellner ankrakeelen ist nicht fein. Maulen ist nicht fein. Das weißt du nicht. Ich: Wie durch eine Scheibe zusehen, wie von euch weitere Getränke bestellt werden, mit der unterschwelligen Drohung in der Stimme, sich über die kleinen Portionen zu beschweren. Du trinkst Wein. Er trinkt

Bier. Dann trinkst du auch Bier. Und der Kellner kommt und fragt, ob er nachlegen darf. Und du schämst dich. Hattest dich geschämt, zu den zu kleinen Portionen eingeladen zu haben. Den zu kleinen Portionen, die nicht zu der großen dunklen Brille hatten passen wollen. Und schämst dich jetzt wegen der zu großen Fresse, die auch nicht hatte passen wollen zu der großen dunklen Brille. Jetzt keine Miene verziehen. Geordneter Rückzug. Es ist auch schon spät. Und ich muß morgen wieder früh raus. Besten Dank, es hat großartig geschmeckt, lüge ich, während ich mich nach Schnaps, Marke Drachengurgel, sehne, weil der die Schleimhäute direkt zerfrißt. Mehr als das, der auch die Nerven direkt angreift und das Gehirn. Doch bin ich abstinent und werfe euch beim Verlassen des Stadthof noch einen Blick zu, wie ihr weiteres Bier bestellt.

Bier auf Wein, das laß sein.

Ich erinnere mich dann für dich, wie ihr später, kurze Zeit später das Schämen vergessen habt. Wie ihr ein Taxi bestellt. Wie ihr nach Hause fahrt. Wie Du im Taxi deine Handtasche vollkotzt. Einfach weil du kotzen mußt.

Es ist nicht immer alles nur schön.

Essen ist ein Ritual.

Übergeben auch.

Hechtsee

Ich habe die kleine Stelle am Ufer, mit Bank umstanden von Bäumen, vor Augen. Erinnere ich die Badesaison am Hechtsee, sehe ich sie vor mir. Der Hechtsee war der bevorzugte Badeort. Nicht Egelsee, nicht Luegsteinsee. Dieser war zu klein, zu flach, jener klang wahrscheinlich einfach zu egelig. Der Baggersee mit dem Wasserskilift war noch nicht ausgehoben zu dieser Zeit, die Autobahn nach Innsbruck noch nicht gebaut. Morgens nach dem Frühstück packte man. Man packte Taschen mit Proviant. Äpfeln, Butterkeksen, Butterbroten, Schokolade, die schmelzen wird. Getränke wird man an der Trafik kaufen, die am anderen Ende des Sees gelegen ist und zu der man bei Bedarf hinlaufen wird über den Weg, der um den See führt. Mehrmals am Tag wird ein Eismann vorbeikommen, um aus der vor seinen Bauch gehängten Box Langnese-Eis zu verkaufen. Oder war es das der Marke Schöller? Das habe ich vergessen. Man packte Badesachen. Man packte Kleidungsstücke zum Wechseln. Hand- und Badetücher. Man packte Zeitschriften mit Kreuzworträtseln ein, ein Buch zum Lesen für dich, mehrere Bücher für das Kind. Man packte eine Tasche voller Tiroler Nußöl, das einen schützen sollte vor den schädlichen Strahlen der Sonne. Mehr aber noch bewirken sollte, daß die Haut braun werde, ein attraktives Braun annehmen solle, wie es einem südländischen Typ eben zukomme. Der Reiz des Südlichen, ja des Orients, war in diesem Zusammenhang ein durchaus nicht unerwünschtes Ziel. Zudem trug man eine zusammenklappbare Liege, deren Aluminiumgestänge einrastete in verschiedenen Stellungen. Klappliegestühle aus Holz waren aus der Mode, man hätte einen solchen sperrigen Liegestuhl auch schlecht transportieren können. Denn deine Mutter, du und das Kind machten sich zu Fuß auf den Weg. Zunächst die Straße hinunter zum Geröllbett des Baches, dann an diesem entlang auf dem Pfad, der parallel zu Bach und Straße lief. Bis zum Parkplatz, der von denen genutzt werden konnte, die mit dem Wagen anfuhren bis zum steilen, in Serpentinen sich durch den Wald windenden Aufstieg zum Hechtsee. Samt eurem Gepäck stiegt ihr hinauf, das stürzende Wasser des kleinen Falls mal rechts, mal links neben euch.

Oben quertet ihr die feuchten Wiesen, die unter dem Einfluß der Sonne trockener werden würden über den Tag. Sie werden dann durch die später Kommenden bevölkert, die dann dort auf ihren Decken liegen. Ihr gehörtet zu den Frühaufstehern. Nicht, weil ihr das Frühaufstehen schätztet, sondern weil ihr eure kleine Stelle erreichen wolltet, ehe andere die Bank belegt haben würden, die etwas abseits gelegene, unter dem Niveau des Weges um den See. Für dich würde die moderne Aluminiumliege aufgeklappt werden. Deine Mutter würde auf der Bank sitzen und in den Zeitschriften blättern, vor allem aber über den See blicken, in den Wald und auf die Gipfel der umliegenden Berge. Das Kind würde im Wasser sitzen, was an dieser sandigen, seichten Uferstelle möglich war, und dieses nur kurz verlassen auf Ermahnung, es möge sich jetzt einmal auf das Badetuch bewegen. Dort würde es dann lesen, bis es von der Sonne genügend durchwärmt war. Dann wieder ins Wasser. Du würdest auf dem stoffbespannten Alu-Gestell bräunen. Ein- oder zweimal, an einigen Tagen öfter, würdest du ›deine Bahnen machen‹ und quer über die kleine Bucht schwimmen, die der See an dieser Stelle bildet.

Man weiß, daß der See anschwoll in den Jahren 1755 und 1761. Gurgelnd und aufschäumend sein Wasser ergoß. Braun und stinkend über die Ufer trat, als hätten Mächte der Unterwelt die Schleusen geöffnet und ausgespült die Gifte und Abwässer, die in der Küche der Großmutter des Teufels anfallen, wie in anderen Haushalten auch. Hausputz, Großreinemachen. Das sauerstofflose und schwefelwasserstoffhal-

134

tige Wasser des Sees verwies auf seinen Ursprung. Übel riechende und brennbare Gase entstiegen ihm in Blasen und Strudeln. Kampf des unterirdischen Sinnes für Sauberkeit hin und wieder, der Notwendigkeit, auch beim Teufel zu Hause auszumisten gelegentlich und den Dreck zu entsorgen, gegen die Ordnung der überirdisch schönen Bergwelt rund um den See. Die passende Sage: Einst legte ein Hahn ein schwarzes Ei in einen See, wo es von der Sonnenwärme und der Wärme, die aufsteigt vom Grund des Sees, ausgebrütet wird. Sieben mal sieben Jahre muß es liegen im Wasser des Sees, und das Hausgesinde der unter dem See liegenden Küche muß Sorge tragen für eine gleichbleibende Temperatur, die gedeihlich ist der Brut. Denn Höllenbrut entsprang dem Ei, wälzte sich durch die Klamm, verbreitete Gestank und Getös', ehe sie gehört und gerochen werden konnte. Wandte sich nach links, nach rechts, nahm Witterung auf, einen angemessenen Wohnort zu suchen, den die Brut schließlich auch fand, unweit des Sees. Der Wurm kroch zunächst bachabwärts, das Wasser zum Kochen bringend an der Stelle, wo er sich gerade befand. Kroch Richtung Fluß, welcher sich gebildet hatte im Tertiär. Der Wurm bewegte sich, die rudimentären Gliedmaßen nutzend, zunächst flußab, und kurz darauf, einem einmündenden Bach folgend wieder Höhe nehmend, bergauf. Schwer ist es, sich in die Gründe hineinzudenken, die einen Tatzelwurm treiben. Schließlich in der Gumpe eines Wasserfalls nistete er sich ein. Im Grunde seines Wesens scheu, verließ er diesen Ort nur selten, um Nahrung zu suchen, zu finden, zu verschlingen.

Erinnere ich dir das Baden im Hechtsee, ist der Ursprung des schwefelstoffhaltigen Wassers für mich so klar, wie eben undurchschaubar, trüb und dunkel das Wasser des Hechtsees vor den Augen des Betrachters liegt. Rückblickend finde ich Erklärungen. Sehe sie vor mir, deine Zehnägel, wie ich sie kannte über all die Jahre, zerfressen, gelb, brüchig und durch und durch marode. Keinem menschlichen Nagel gleich, sondern eher dem Ansatz einer Kralle, die sich den Weg sucht. Ich sehe deine Krallen vor mir und bin mir des Unterschieds bewußt zwischen der anasodactylen Zehen-anordnung der Singvögel – ja, der Rabe gehört zu den Sing-vögeln – und deinem fünfstrahligen Knochenbau. Du kannst dich nicht mehr daran erinnern. Aber du hast immer erzählt, es sei ein Pilz, der deine Nägel befallen habe. Du hast immer erzählt, Angst gehabt zu haben davor, daß man ›die Nägel ziehen‹ müsse. Ich erinnere mein Grausen bei der Vorstel-lung, daß Nägel gezogen werden. Heute vermeine ich zu wissen, daß die von mir erinnerte Badesaison nicht deine erste im Hechtsee gewesen sein kann. Heute finde ich die mögliche Erklärung, daß ein Bad im Abwaschwasser der Küche der Großmutter des Teufels dich infiziert haben mag. Daß das Schwimmen im Wasser, in welchem der Tatzelwurm ausgebrütet wurde, die Nachtrabenhaftigkeit in dir verur-sacht haben könnte. Ich erinnere, wie ihr – deine Mutter, das Kind und du – in jener Badesaison zum Heimatabend gegangen seid, nach dem Abstieg vom Hechtsee hinunter. Ich erinnere mich an das Lied, das dort gesungen wurde: »Oba des is no gor nix, in der Hüttn dort drob'n, da huckt a kloans Manderl ganz kloa drunt im Graben. A ganz a kloan's Gang-gerl mit kohlschwarze Augen, ja. Da siagst bald an Himmel, bald die Höll aussi schaugn. Da Ruaß und der Hexenschuss, ja des war nu a leichts, hat die des in d' Krolln, ja dann hüft da nix Gweicht's. Vor olle besen Weiber und besen Geister und sölches Zeug was ummanandlaft, verschon uns in Ewigkeit. Amen.«

Nicht alle werden verschont. Nicht durch Gebet. Nicht durch Gesang. Der Nachtrabe lebt.

Kontakt mit engen Freunden

Ich erinnere die Telefonanrufe. Ich erinnere sie nicht für dich. Ich erinnere mich. Ich erinnere sie, um Grenzen zu finden beim Schreiben. Ich erinnere, daß du zwanzig, dreißig, vierzig Mal am Tag angerufen hast. Manche Menschen jeden Tag. Trude, deine Cousine, Kiefersfelden, Bochum. Erinnere ein böses Krächzen in der Leitung, das man für eine technische Störung halten konnte. Es war aber das Krächzen eines Rabenartigen.

Ich erinnere diese Telefonanrufe, erinnere andere Telefonanrufe. Ich erinnere, daß ich angerufen wurde aus Kiefersfelden, Bochum, Wuppertal. Die Nachbarn aus der Bonaventurastraße riefen mich an, um mir zu sagen, daß du sie angerufen hättest, zehn Mal, zwanzig Mal. Sie berichten, daß nachts ein schwarzes vogelartiges Tier Aufzug fährt im Haus in der Bonaventurastraßestraße. Von Stockwerk zu Stockwerk fährt, die Tür des Aufzugs aufdrückt. Ein Krächzen ist zu hören, die Nachbarn sagen »schaurig hallend« im gesamten Treppenhaus. Das Tier zieht sich zurück, wieder im Aufzug, doch nur eine Etage höher gefahren, wieder die Tür aufgedrückt. Krächzen. Schauer und Grauen verbreitend. Das muß ich mir anhören, wenn die Nachbarn anrufen.

Ich erinnere einen Telefonanruf. Ein jung klingender Mann, der sich als Familienvater vorstellt, Vater zweier klei-

137

ner Kinder, die nicht mehr schlafen können, weil das Telefon klingelt. Tags. Nachts. Ist er am Apparat, sagst du ihm, er habe solch eine interessante, männlich markante Stimme. Seine Frau wird, greift sie zum Hörer, von dir beschimpft. Geschickt versucht er, dich in ein Gespräch zu verwickeln, du weichst ihm aus, nicht minder geschickt, immer wieder aus. Einmal fällt bei einer solchen Gelegenheit mein Name, er geht diesem Hinweis nach. Ruft mich an. Ich versuche zu helfen, zu klären, zu erklären. Ein Zahlendreher in einer der von dir immer und immer wieder angerufenen Nummern. Und da du diese Nummern wieder und wieder abschreibst, auf Zettel überträgst, manisch Papierschnipsel füllst mit den ewig gleichen Ziffernkombinationen, ist er in das geschlossene System der von dir Angerufenen geraten. Ich erinnere für ihn Charly Chaplin mit Schraubenschlüsseln hantierend im Räderwerk der Maschinen in den modernen Zeiten. Eine Hilfe ist das für ihn nicht. Er legt auf. Er wird den Vertrag kündigen. Er wird, stelle ich mir vor, eine neue Nummer beantragen.

Ich erinnere Telefonanrufe, weiß aber im Nachhinein nicht mehr genau zuzuordnen die Anzahl, die Reihenfolge. Die Gaststätten, in denen du regelmäßig verkehrtest. Kötterhusen, Rottensaal, Stadthof meldeten sich bei mir. Ob ich die Reservierungen unterbinden könne. Anfangs sei es ein Tisch gewesen. Gelegentlich. Doch war dann auch die Rede von Gesellschaftsräumen zur Ausrichtung runder Geburtstage, Familienfeierlichkeiten. Ich verstehe das nicht. Die kannten dich alle.

Ich erinnere eine Telefonaktion der Lokalredaktion. Die Frage, die gestellt wurde, war, ob die Raubvogelvolieren abgeschafft werden sollten im Gruga-Park. Die Diskussion war jedoch nur ein zweiter Aufguß der Diskussion, die geführt worden war anläßlich der Abschaffung des Vogelparks der Stadt zwischen Franken- und Eichenstraße. Im Gespräch mit der Lokalredaktion meldeten sich Tierfreunde und Tierschützer zu Wort. In der Debatte sprach niemand vom Nachtraben und dessen Rückzugsorten.

Ich erinnere ein Gespräch mit Christel aus Bochum, die ich zufällig in Steele traf. Sie erzählte, daß sie den Kontakt zu dir völlig abgebrochen habe, den Hörer sofort auflege, wenn sie deine Stimme höre, und danach sofort den Stecker ziehe. Die zahllosen Telefonanrufe von dir zuvor habe sie ertragen, sich auf sie eingelassen oder sie abgebrochen, je nach den Umständen. Das sei über Wochen, Monate, Jahre gegangen. Aber sie habe es nicht nötig, sich von dir beleidigen zu lassen. Ich fragte nach. Du habest in mehreren aufeinander folgenden Telefonaten gesagt, sagt Christel, daß sie so häßlich und dumm gewesen sei, daß sie nur deshalb einen Mann bekommen habe, weil du diesem geraten hättest, sie zu heiraten.

Ich erinnere einen Telefonanruf. Du berichtetest mir von einer Vorladung, die dir zugestellt worden sei. Es hatte geklopft morgens an deiner Wohnung und ein Mann war eingetreten, den du noch niemals vorher gesehen hättest. Er war schlank, gut gebaut, hattest du mir am telefonischen Apparat erzählt. Du seist vor Gericht geladen. Ich bin sofort zu dir gekommen und habe mir die Sache darlegen lassen. Dann habe ich sie bedacht und dir geraten: »Es gibt drei Möglichkeiten, nämlich die wirkliche Freisprechung, eine scheinbare Freisprechung und die Verschleppung. Die wirkliche Freisprechung ist natürlich das Beste, nur habe ich nicht den geringsten Einfluß auf diese Art der Lösung. Es gibt meiner Meinung nach überhaupt keine einzelne Person, die auf die wirkliche Freisprechung Einfluß hätte. Hier entscheidet nur die Unschuld des Angeklagten. Da du unschuldig bist, wäre es wirklich möglich, daß du dich allein auf deine Unschuld verläßt. Dann brauchst Du aber weder mich noch irgendeine andere Hilfe. Jedoch gibt es auch noch die scheinbare Freisprechung und damit Verschleppung des Aktes. Es ist merkwürdig, aber wahr, die Leute sind damit zuversichtlicher als nach dem Freispruch. Sie treten aus dem Gericht und sind frei. Aber nur scheinbar frei oder, besser ausgedrückt, zeitweilig frei. Die untersten Richter nämlich haben nicht das Recht, endgültig freizusprechen, dieses Recht hat nur das oberste, für dich, für mich und für uns alle ganz unerreichbare Gericht. Wie es dort aussieht, wissen wir nicht und wollen wir, nebenbei gesagt, auch nicht wissen. Das große Recht, von der Anklage zu befreien, haben also unsere Richter nicht, wohl aber haben sie das Recht, von der Anklage loszulösen. Das heißt, wenn Du auf diese Weise freigesprochen wirst, bist du für den Augenblick der Anklage entzogen, aber sie schwebt weiterhin über Dir und kann, sobald nur der höhere Befehl kommt, sofort in Wirkung treten. Von außen gesehen, kann es manchmal den Anschein bekommen, daß alles längst vergessen, der Akt verloren und der Freispruch ein vollkommener ist. Ein Eingeweihter wird das nicht glauben. Es geht kein Akt verloren, es gibt bei Gericht kein Vergessen. Eines Tages – niemand erwartet es – nimmt irgendein Richter den Akt aufmerksamer in die Hand, erkennt, daß in diesem Fall die Anklage noch lebendig ist, und ordnet die sofortige Verhaftung an.«

Umzug

Ich erinnere das Ende der Enge. Ich erinnere Lebensqualität. Ich erinnere das Ende des Krieges.

1964. Die Stadt war nicht mehr zerstört. Das Provisorium in der Bergstraße war vorbei. Ihr zogt aus. Oma Kaderbach kam ins Heim. Oma Kaderbach weinte. Oma Kaderbach hatte mit ihrem Mann die Nägel aus den Wänden des Zimmers gezogen, in das Ausgebombte eingewiesen worden waren. Es mögen katholische Nägel gewesen sein, Steele war katholisch. Die zugewiesenen Ausgebombten waren evangelisch. Ihr wart evangelisch. Die einen gönnten den anderen nichts. So war das damals. Jetzt zogt ihr aus und Oma Kaderbach weinte. »Werden Sie mich einmal besuchen im Heim?«

An solche Besuche kann ich mich nicht erinnern. Das Kind wurde nicht mehr geweckt durch das Schlagen eines rohen Eies in einer Tasse, kein Wein, kein Zucker. Omma poppte keine Eier mehr.

Ich erinnere für dich, wie die Welt weit wurde und hoch. Ihr zogt in eine moderne Siedlung. Der Möbelwagen kam, die Packer packten, was mitzunehmen wert war. Es war gut, daß das Ende des Krieges sich über Jahrzehnte gestreckt hatte. Jahrzehnte, in denen es den Menschen besser und dann noch einmal besser ging. Ihr hattet sparen können. Ihr hattet keinen Verzicht geleistet. Und hattet sparen können. Alte Möbel zogen mit. Neue Möbel wurden gekauft. Es galt, Zimmer zu füllen. Man betrat die Wohnung und stand in einem langen Korridor. Rechts das Bad. Das Bad! Waschbecken mit fließendem kalten und warmen Wasser. Badewanne. Toilette mit einem Spülkasten aus Kunststoff, der nicht oben fast unter der Decke hing, nicht über eine Kette bedient wurde, sondern über einen Druckknopf. Platz genug im Badezimmer für eine Waschmaschine mit eingebauter Schleuder. Zentralheizung in der gesamten Wohnung. In der gesamten Siedlung. Das Kind hatte im Möbelwagen mitfahren dürfen. Blond, lachend, aufgeregt. Was es verließ, erzählte es den Möbelpackern. Den einen Freund, konnte man das überhaupt Freundschaft nennen? Den einen Freund in der Bergstraße. Es erzählte von den bösen Jungs in der Brülleckestraße. Das Kind war bis zu diesem Zeitpunkt vor allem mit Erwachsenen zusammengewesen. Der Möbelwagen bog von der Steeler Straße in das hinterliegende Land. Brachen, Kleingärten, der Friedhof in einiger Entfernung. In diesem Land die Siedlung, umgeben von einer einzigen Straße. Die neue Wohnung im Parterre eines der achtstöckigen Häuser. Ein eigener Balkon. Ein eigenes Zimmer für deine Mutter, wo sie zukünftig würde schlafen können, nicht mehr auf der Couch in der Küche. Diese hattet ihr nicht mehr mitgenommen, sondern eine moderne Liege in Auftrag gegeben in einer Polsterei. In der Küche ein Elektroherd. Der Erwerb neuer Töpfe war notwendig geworden. Ein Heißwasser-Boiler über dem Spülbecken, welches samt Abtropffläche aus Nirosta gefertigt war. Eingebaute Hängeschränke und unter diesen solche mit Arbeitsfläche. Als der Möbelwagen hielt vor dem Haus in der Bonaventurastraße, kamen Neugierige zusammen. Kinder, die in dem Haus und in den umliegenden wohnten. Die Möbelpacker waren von dir und deiner Mutter mit Bier und Wasser versorgt. Die Möbelpacker suchten in ihren Taschen nach fünf Tacken. Sie riefen den größten der Jungen, die herumstanden, zu sich und fragten: »Hier is' doch bestimmt 'ne Bude?« Sie gaben dem Kind, das sie im Möbelwagen mit hierher gebracht

142

hatten, die Tacken und sagten dem Jungen: »Dann zeigt ihm doch mal, wo die is', und von dem Geld kauft ihr für euch alle ein paar Klümpkes.«

So lernte das Kind den Weg durch das die Siedlung umgebende Brachland, vorbei am Altreifenhaufen, über die Tankstelle, an Tapetengeschäft, Apotheke, Fahrschule vorbei zum Lebensmittelladen, dessen Inhaber über einen Straßenschalter dem Kind in den folgenden Jahren Süßigkeiten verkaufen wird, wie man sie nur an einer Bude erwerben kann. Während das Kind Salinos, Veilchenpastillen und Prickel-Pitt kauft, mit den anderen teilt und so die Kinder kennenlernt, mit denen es in den nächsten Jahren spielen wird in der Siedlung, auf der Brache und an den Teichen am Friedhof, sagen du und deine Mutter den Möbelpackern, daß der Wohnzimmerschrank aus der Bergstraße mit der abgesteppten Kunststoffbespannung an der Rückseite der Vitrine und den gespreizten Beinen der 50er Jahre in das kleine Zimmer kommt, wo deine Mutter zukünftig schlafen wird. Auch der ausziehbare ehemalige Wohnzimmertisch mit der runden Platte, die ausgezogen dann zum Oval wird, und die dazu passenden Stühle kommen ins kleine Zimmer. Die Liege deiner Mutter war schon geliefert worden in der Zeit, in der dein Mann mit deiner Hilfe nach seinen Schichtdienstzeiten Tapeten geklebt hatte. So war vieles im Vorfeld schon vorbereitet worden. Kleinere Improvisationen in den ersten Wochen nahmt ihr gerne in Kauf nach dem jahrzehntelangen Provisorium in der Wohnung der Kaderbachs. Das eichene Ehebett und die Schränke des Schlafzimmers standen dicht an der Wand. Für den Nachtraben gab es jetzt keinen Platz mehr. Für das Kind wurde ein Klappbett gekauft, welches tagsüber in der Ecke, nachts am Fußende eures Bettes aufge-

143

stellt wurde. Zu den Dingen, die der neuen Wohnung ange-
paßt werden mußten, gehörte die Fernsehtruhe. Den Fernseher hattet ihr mitgenommen aus der alten Wohnung. Dort
hatte er im Wohnzimmer gestanden, welches, ich erinnere es
für dich, im Schick der 50er Jahre eingerichtet worden war.
Das neue Wohnzimmer war altdeutsch. Du wirst späterhin
eine Reihe von Männern haben, die ich für dich erinnern
werde. Dein Bestreben wird sein, standesgemäße Männer zu
finden. Doch was entspricht deinem Stand, dem einer Nachfahrin einer Prinzessin vom Niederrhein? Aus der Erinnerung
heraus sehe ich dich vor mir sitzen, heute, an dem Tisch mit
der Buchenholz imitierenden Holzplatte, auf der ein Schnabelbecher aus Plastik steht, aus dem du deinen Sprudel trinken kannst. Eine Infantin, des Sprechens nicht mehr fähig,
nur noch des Krakeelens. Nicht mehr in der Lage, dich
deiner selbst zu erinnern. Wann hätte das Wort von der
Infantin besser gepaßt? Doch die Infantin wird, bis es zum
Heute kommt, das weiß ich, eine Reihe von standesgemäßen
Männern an ihrer Seite haben im Verlauf der Zeit. Ingenieure
zumeist. Doch keiner dieser Akademiker wird handwerklich
so geschickt sein wie dein Mann, welcher früh gestorben ist,
um Platz zu machen für seine Nachfolger. Dein Mann nämlich legte den Fernseher frei. Befreite ihn von seinem
Gehäuse und gab ihm ein neues aus Eiche, passend zum Altdeutsch des Wohnzimmers. Altdeutsch fernsehen, was so einfach nicht war, denn es ragte ein Knopf heraus zur rechten
Seite, mit dessen Hilfe man von dem einen Programm zum
anderen schalten konnte und dann auch zum dritten. Mit
dem handwerklichen Geschick eines Lokomotivführers, der
nicht nur mit Schraubenschlüsseln, 60 aufwärts, umzugehen
verstand, paßte er die altdeutsche Truhe der zeitgemäßen

144

Technik an, welche jedoch drei Jahre später schon überholt sein wird. Denn dann wird ein Farbfernseher gekauft. Dieser Fernseher und alle ihm folgenden bis zu den mit Flachbildröhren ausgestatteten Modellen werden in der altdeutschen Truhe stehen. Und das etwa sieben Zentimeter große kreisrunde Loch an der rechten Seite der Truhe wird Zeugnis ablegen von der Geschicklichkeit deines Mannes. Ich erinnere es genau, bin mir jedoch nicht sicher, ob du selbst in späteren Jahren daran noch gedacht hast, beispielsweise beim Staubwischen im Wohnzimmer, wenn du die Öffnung sahst in der Seitenwand der Truhe. Solltest du nicht daran gedacht haben, so habe ich jetzt für dich diese Erinnerung gemacht.

Männer

Die Männer. Männer waren immer wichtig für dich. All deine Auftritte waren immer nur an ein männliches Publikum gerichtet. Sicher, auch Frauen haben gesehen, wie du ein Lokal betratest, haben dich ins Theater gehen sehen, haben dich schwimmen gesehen im See oder im Hallenbad. Doch, wenn ich dir das einmal erklären darf, waren diese Auftritte vor Frauen entweder Proben oder hatten die Funktion, den Frauen zu zeigen, wie man auftritt. Beschämen wolltest du sie. Wie jede Diva duldetest du keine zweite neben dir. Frauen an deiner Seite. Natürlich gab es Frauen an deiner Seite. Diese mußten unansehnlich sein oder ein wenig dumm. Dein Verhältnis zu anderen Frauen war ein funktionales. Die Frauen um dich herum hatten die Aufgabe, dich noch charmanter erscheinen zu lassen, noch attraktiver, noch unwiderstehlicher. Natürlich gab es auch jüngere Frauen an deiner Seite, die hübsch waren, die Esprit zeigten. Auch deren Aufgabe war fest umrissen. So wie das Funkeln eines Brillanten notwendig Licht voraussetzt und wie der Glanz gesteigert werden kann durch geschickt gesetzte Hilfslichter. In einem Collier verarbeitet, gewinnt ein Edelstein durch das Licht, das andere, kleinere Steine auf ihn werfen. So umgabst du dich mit jüngeren Frauen, die längst noch nicht über deine Ausstrahlung verfügten. Intellektuelle Frauen. Es gab auch solche in deiner Nähe. Begabte Frauen. Frauen, deren Orgelspiel die Seele berührte. Studierte Frauen. Diese waren Referenz dafür, daß Intellektuelle und Begabte deine Nähe suchten. Intellektuelle und begabte Frauen sind unansehnlich. War eine Frau intellektuell und sah dabei auch noch gut aus, war sie in deiner Nähe nicht zu finden. Denn deine Auftritte hatten nur ein Publikum. Die Männer.

Der erste Mann war dein Mann. Ein Lokomotivführer noch. Er hatte Glück, dich so früh zu treffen. Er hatte einen Vater, der dich gesehen hatte in der Kantine des Bahnhofs, in der deine Mutter gearbeitet hatte. Auf dem Bahnsteig stehend hatte er dich gesehen durch die beschlagenen Scheiben auf seinem Weg zu dem Wirsinggemüse, das auf dem Speiseplan stand. Er hatte seine unter dichten, buschigen Brauen gelegenen Augen auf dich gerichtet, hat dich beobachtet, kannte deine Mutter schon lange, wußte, daß die dort kochte, daß sie Witwe geworden war, noch ehe du auf die Welt gekommen warst, daß ihr beide bei deinem Großvater wohntet, dem Vorsteher des Bahnhofs einer ehemals eigenständigen Stadt. Diese war jedoch 1915 schon eingemeindet worden. Der Vater deines späteren Mannes, dein späterer Schwiegervater sah dich in der Kantine stehen und dachte:

146

Das paßt alles. Als er nach Hause kam nach der Schicht, sagte er zu seiner Frau, deiner späteren Schwiegermutter: »Du, ich hab' da eine gesehen.« Als sein Sohn, dein späterer Mann, auf Heimaturlaub kam, wiederholte er den Satz. Und es paßte alles. Für eine Halbwaise, deren Mutter Wirsinggemüse in einer Bahnhofskantine kocht, ist ein angehender Lokomotivführer eine gute Partie, selbst wenn in ihren Adern blaues Blut aus dem Hause des Herzogs von Kleve fließt. Dein Mann hatte Glück, dich so früh zu treffen. Auch sah er gut aus, war stark und handwerklich geschickt. Ihr habt geheiratet. Kriegstrauung. Nach der Trauung kehrte er zurück zur Front. Später dann wurde er nach Belgien gefahren, wo er Zeit hatte, für dich eine Geige zu bauen und ein Schachspiel zu schnitzen. Danach kam er wieder nach Hause in eine zerstörte Stadt. Die Stadt wurde wieder aufgebaut. Er fand Unterkunft in der Wohnung, in der du und deine Mutter auch schon Unterkunft gefunden hattet. Der Aufbau der Stadt ging langsam vonstatten. Er fand wie ihr Unterkunft in der Wohnung der Kaderbachs. Zuerst wurden die Bahnhöfe wieder aufgebaut und die Fabriken. Lokomotivführer wurden gebraucht. Lokomotivführer, das hatte er gelernt, bevor er und seine Kameraden Polen, Paris, Griechenland und Stalingrad besuchten. Er wohnte mit dir und deiner Mutter in Zimmern der Wohnung der Familie Kaderbach. Im Nachbarhaus wohnten deine Schwiegereltern, auch in der dritten Etage, auch in einer Wohnung, die sie mit der Familie teilten, die ursprünglich allein in dieser gelebt hatte. Der Aufbau der Stadt ging langsam vonstatten. Ihr wohntet in einer Wohnung, in der euer Schlafzimmer vom Zimmer der Oma Kaderbach nur durch eine Tür getrennt war. Es war eine glückliche Ehe, auch wenn euer Kinderwunsch unerfüllt blieb. Zwei Fehlgeburten. Zwei Töchter, die nicht zur Welt kamen. Du hattest Glück, daß dein Mann früh starb, so wie er Glück gehabt hatte, dich so früh zu treffen. Später würde er deinen Ansprüchen nicht mehr genügt haben. Deine Ansprüche waren nicht materieller Art. Interessant mußte ein Mann für dich sein, und interessant hieß, standesgemäß mußte ein Mann für dich sein. Interessant konnte auch heißen, daß der Mann verheiratet war. Das schloß sich nicht aus, es war aber auch nicht die Voraussetzung. Eine akademische Ausbildung war auch nicht die Voraussetzung. Akademiker wurden jedoch bevorzugt. Es gibt akademische Titel, nichtakademische Titel, Adelstitel, Ehrentitel und berufsspezifische Ehrentitel. Letztere gibt es in Österreich, aber nicht in Deutschland. Das macht nichts. Du wirst später an Stammtischen verkehren, an denen die Menschen keine Namen tragen. Du wirst dort den Studienrat treffen, den Oberstudienrat, den Apotheker, den Kommissar, auch wenn dieser eigentlich Hauptmeister ist. Und du wirst immer wieder mit Ingenieuren verkehren. Mit einem Bauingenieur fing es an, den du beim Tanztee auf den Terrassen der Großen Ruhrländischen Gartenausstellung treffen wirst drei Jahre nach dem Herzinfarkt deines Mannes. Der Ingenieur wird Kanarienvögel züchten. Er wird dir einen Kanarienvogel schenken für das Kind, das immer noch bei dir lebt, bei dir und deiner Mutter. Der Vogel wird wegfliegen. Der Ingenieur wird dir noch einen Kanarienvogel schenken für das Kind. Das ist nett von dem Ingenieur. Überhaupt ist der Ingenieur nett zu dir. Und er hat einen so interessanten Beruf. Da kommen Gespräche auf, da kommt man auf Themen. Das sagt dir zu. Gespräche und Themen und Nettsein. Da stört es nicht, daß der nette Ingenieur eine Frau hat zu Hause. Ob die auch nett ist, kann ich dir wahrhaftig nicht erinnern. Die Stadt, in der du wohnst, ist eine Messestadt. Die Messe liegt gleich neben der Großen Ruhrländischen Gartenausstellung. 1938 war dies das Gelände der Reichsgartenschau. Die Bundesgartenschau 1965 hast du noch mit deinem Mann besucht. Ich weiß es; es gibt ein graues Paximat-Magazin. Du vor dem Gruga-Turm mit ausgestelltem türkisfarbenen Kleid, weißer Handtasche und weißen Handschuhen. Die Dahlien-arena. Das Rhododendrontal. Du liebst Dahlien, Rhodo-dendren und Azaleen. Nach dem Tod deines Mannes besuchst du weiter die Gruga. Drei Jahre nach seinem Infarkt gehst du zum Tanztee, das Ehepaar aus dem Zonenrand-gebiet ist zu Besuch. Lore mit ihrem Mann kommen zu dir und deiner Mutter. Sie wollen auch in den Gruga-Park, sie wollen zum Tanztee. Sie nehmen dich mit. »Geh' ruhig. Kommst du auch mal raus,« sagt deine Mutter. Und der Nach-mittag wurde nett, ein netter Nachmittag mit Lore und deren Mann und einem netten Mann. Dieser hatte, als du die Ter-rassen betreten hattest, gedacht: »Wie eine Schauspielerin. Woher kenne ich sie? Wo hat sie mitgespielt?«

Messebesucher besuchen nicht nur Messen. Sie gehen in nahegelegene Parks, um sich zu entspannen. Sie besuchen die Parkterrassen, sonntagsnachmittags, wenn dort zum Tanztee geladen wird. Eine Messe wendet sich oft an ein Fachpublikum. Ingenieure darunter, die Reifenmessen besuchen, Baumessen oder Sicherheitsmessen. Diese Inge-nieure triffst du beim Tanztee. Da ist doch nichts dabei. Die Vorstellungen über das Schickliche haben sich verändert in diesen Jahren. Die Moral hat sich verändert in diesen Jahren. In der Quick und in der Neuen Revue schrieb Kolle Serien, die gerne gelesen wurden. ›Das Wunder der Liebe‹. Du erin-

149

nerst dich? In den Kinos liefen jetzt keine Filme mit Hans Albers mehr. Zarah Leander. Viktor de Kowa. Keine UFA-Stars in der Lichtburg, sondern ›Die Frau, das unbekannte Wesen‹. Du erinnerst dich? Dann Schulmädchen- und andere Reports. Nackte Brüste auf dem Titelbild des Stern. Weswegen ich das für dich erinnere? Um in Erinnerung zu rufen, daß es eine andere Welt geworden war in diesen Jahren. Die Vorstellungen von Schicklichkeit und Moral mögen sich verändert haben, deine Vorstellung von dem, was standesgemäß ist, nicht. Ingenieure. Es entwickelten sich Beziehungen. Ein Beziehungsgeflecht über ganz Deutschland. Promiskuität ist die Praxis sexueller Kontakte mit relativ häufig wechselnden verschiedenen Partnern oder parallel mit mehreren Partnern. Das Adjektiv promiskuitiv oder promisk wird auch verwendet für sexuell freizügig oder offenherzig. Promiskuitives Verhalten ist in der geltenden Rechtsordnung und nach dem allgemeinen Verständnis der Menschenwürde eine Art der Selbstbestimmung im Rahmen eines möglichen autonomen Verhaltens von Personen. Manisch, gar erotomanisch war dein Verhalten nicht zu nennen. Es ging um Themen.

Der nächste war ein Ingenieur der Abwasserbeseitigung. Auch er ein Besucher der Terrassen. Als die Entsorga ihre Pforten schloß, reistest du ihm nach an die Küste Schleswig-Holsteins. Eure Treffen fanden in kleinen Hotels auf nordfriesischen Inseln statt. Kampen habt ihr nicht besucht, die Gefahr zu groß, gesehen zu werden. Auch mit diesem Mann Gespräche und Themen. Dann ein Anlagenbauer. Kam mehrfach zu dir. Als Gastgeschenk Frankenwein. Und Schallplattenboxen. Die neun Symphonien Ludwig van Beethovens. Die Brandenburgischen Konzerte. Die beliebtesten Melodien der Klassik. Händel, Bach, Vivaldi, Mozart, Haydn, Mendelssohn, Beethoven, Grieg, Tschaikowsky, Chopin, Rachmaninoff. Das Klavierkonzert No. 2. Gespräche über Musik. Du zeigst dem Mann eine schwarz gebeizte Geige. Zeigst ihm verblichene Schwarz-Weiß-Fotos, auf denen du diese Geige spielst. Ihr kommt auf Themen.

Eine Folge von Beziehungen, ein Geflecht von Rendsburg bis Kufstein, ein selbstbestimmtes Leben, das du über ein Jahrzehnt geführt hast. Erinnerst Du dich? Es war eher das Bauingenieurwesen, speziell der Hochbau, als die Regelungstechnik. Eher Maschinenbau als Elektro. Anlagenbau wurde der Antriebstechnik vorgezogen. Hochbau. Und noch einmal Hochbau. Themen, Themen, Themen.

Vogelfänger

›Willst du im Keller nicht Gespenster – dann kauf bei Meinrich Kellerfenster‹. Mit größerer Kompetenz hätte ein Händler sich nicht vorstellen können. Ich sehe die Kleinanzeige und denke nach. Meine Fähigkeiten glaube ich realistisch einzuschätzen. Ich bin sicher, daß es dumm wäre, auf den Rat ausgewiesener Fachleute zu verzichten. Eine halbe Stunde später. Ich stehe vor dem Schaufenster. Drinnen Beschläge, Schlösser, Kleintresore. Im Halbdämmer des Ladenlokals Regale voller Schrauben, Riegel, Nägel. Die Nägel, die Schrauben auch stückweise nach Gewicht in Tüten erhältlich. Ich betrete das Geschäft.

Vor mir auf der Theke verschiedene Modelle von Schlagfallen. Viktor. Das klassische Holzbrett mit zwei Zugfedern, Spannung aufzubauen und zu halten. Auslösen. Zack. So hoffe ich, Erinnerungen zu fangen. Ein guter Eisenwarenfachverkäufer muß ein hervorragender Psychologe sein. Ich habe mein Unterfangen nur kurz skizziert und der Mann wußte Bescheid. Kam mit den Fallen, demonstrierte, führte vor. Entscheiden muß letztendlich ich. Rattenfalle, Mausefalle. Ich konnte feststellen, daß ein Eisenwarengeschäft auch Tellereisen führt, was mir bis dahin nicht geläufig war.

Ich meine, vor mir zu sehen, wie Gedanken an einer Mauer entlang huschen, einen Rattenschwanz nach sich ziehend. Wie könnte ein passender Köder aussehen? Auslösen. Zack. Der Händler kennt sich mit Stahl und Eisen aus. Die Wahl des Köders liegt bei mir, hängt von der erwarteten Beute ab. Hinweise kann er mir geben. Entscheiden muß letztendlich ich. Er zeigt Bereitschaft, mit mir zu diskutieren, ob eine Schlagfalle die beste Wahl ist. Der Metallbügel schnellt nach dem Auslösen mit großer Kraft. Zerbricht das Rückgrat. Meistens. Ist durch den schnellenden Bügel nur Blut- und Sauerstoffzufuhr unterbrochen, führt dies zu langsamem Ersticken. Die Entscheidung, ob eine zerschmetterte, eine erstickte Erinnerung meinen Zwecken nützt, liegt bei mir. Gibt es Alternativen? Gift. So ließe sich vermeiden, daß Erinnerungen zukünftig Wege scheuen, auf denen tote Artgenossen lagen. Gift führt zu inneren Verblutungen. Vermieden wird, Misstrauen aufzubauen bei den Erinnerungen. Der Nachteil für mich liegt auf der Hand. Der zu betreibende Aufwand für die Suche nach den erjagten Erinnerungen ist größer. Demgegenüber, so gebe ich zu bedenken, käme ich mit der Verwendung von Arsen, Strychnin und weißem Phosphor näher an die Vergangenheit heran. Doch ist klar, auch vergiftete Erinnerungen sind tote Erinnerungen. Also: Lebendfallen. Verschiedene Modelle, vor mir auf der Ladentheke ausgestellt, scheinen eine gute Wahl zu sein. Zunächst.

Doch der Gedanke, diese Drahtbehältnisse nicht als filigrane Metallkonstruktionen zu betrachten, sondern vor Angst rasende, vor Verzweiflung tolle Lebewesen in ihnen zu sehen, sie anfassen zu müssen, sicherlich nur mit dicken, vor Bissen schützenden, ledernen Handschuhen, läßt Zweifel in mir wachsen. Ungeklärt die Frage, was mit den Gefangenen nach dem Fang mit einer Lebendfalle geschieht. Ich muß weiter ausholen, um dem Fachverkäufer nähere und mehr Informationen geben zu können. Ich erwähne den Nachtraben. Er lächelt wissend. Bisher war ich, so erklärt er mir, auf der völlig falschen Spur. Geht ins Lager und kehrt mit diversen Netzen zurück, in verschiedenen Größen, unterschiedlichen Materialien. Neben solchen aus starken Garnen liegen Metallgewebe. Kleinvogelfallen neben Fangkörben für Greifvögel, was wieder die Frage in den Mittelpunkt rückt, welchen Zweck ich verfolge. Mir wird deutlich, daß ich Zweifel in mir trage, diese Entscheidung selbst noch nicht gefällt habe. Der Berater bringt Leimruten ins Gespräch. Auch diese in der Metallwarenhandlung vorrätig, wenngleich aus anderem Material, komplettieren sie einfach das Warenangebot. Wirst du mir auf den Leim gehen?

Zu meinem eigenen Schutz will ich auf die Jagd gehen. So wie Kanarienvögel vor Ort den Bergmann schützten unter Tage vor bösen Wettern, so sollen mich meine Beutetiere schützen vor Gefahren, lange bevor ich selbst in der Lage wäre, diese zu bemerken. Denke ich. Doch das ist falsch.

Warum wird die Beute gejagt? Gefahr geht aus von dem zu jagenden Wild. Die Beute, das Opfer schützt den Jäger nicht.

Ich bevorzuge den Kauf im Fachgeschäft. Die dort erhältliche persönliche Beratung schlägt den Preisvorteil gegenüber dem Kauf im Internet. Noch einmal verschwindet der

Eisenwarenfachverkäufer im Lager. Schließlich legt er ein Krähen- und Elsterneisen auf die Theke. Für Elstern, Häher, Krähen, Rabenvögel, mit Rollenlager und starker Spiralfeder, Bügelweite 28 × 24 cm, Gewicht 0,8 kg. Kaufpreis 49,95 Euro.

Hofstaat

Männer leben nicht lang. Viele sind im Feld geblieben, wie man so sagt. Das war ein Problem der Frauen nach dem Krieg. Das war nicht dein Problem. Nach einem Aufenthalt in Belgien, wo er eine Geige und ein Schachspiel baute, kehrte dein Mann zu dir zurück. Zwanzig Jahre später stirbt er und du bist nicht die einzige Frau in dieser Zeit, die zur Witwe wird. Ich versuche, mich zurückzuerinnern, und mir fallen einige ein. Vielleicht haben eure Männer eine Sollbruchstelle erhalten im Feld. Vielleicht muß man nicht fallen, um im Feld zu sterben.

Auch eine deiner Freundinnen verliert den Mann, nur wenige Jahre vor dir. Du kümmerst dich um sie und hilfst, wie du kannst. Auch deine Mutter hilft, und dein Mann hilft, so lange er kann. Dann kann er nicht mehr. Deine Mutter findet ihn eines Morgens tot neben dem Bett liegen. Neben dem Bett in der Bonaventurastraße. Sekundenherzinfarkt. Auch der Mann deiner Freundin drei Jahre zuvor: Herzinfarkt.

Tote Männer sind traurig. Aber das Leben geht weiter. Da ist es gut, wenn man eine Freundin hat. Deine Freundin hat es gut, denn sie hat dich, und du kümmerst dich um sie, auch nachdem dann dein Mann gestorben sein wird. Und du hast es gut, denn du hast sie, und sie ist eine der Frauen, die du an deiner Seite duldetest, eine der Frauen, die unansehnlich waren oder ein wenig dumm oder beides. Die Frauen um dich herum hatten die Aufgabe, dich charmanter erscheinen zu lassen, noch attraktiver, noch unwiderstehlicher. Und deine Freundin machte ihre Aufgabe gut. Sie gehörte zu einem Hofstaat, der klein, aber hinreichend war. Es kommt nicht auf die Größe eines Hofstaates an, sondern auf dessen Effektivität.

Auch deine Mutter gehörte zum Hofstaat. Sie war nicht Prinzessin-Mutter, sondern sie war Hofstaat. Das hatte ungeheure Vorteile. So kann man sich als Nachfolgerin der Prinzessinnen aus dem Hause des Herzogs von Kleve stets der Loyalität seines Hofstaates gewiß sein. Die einen sind unansehnlich oder eine wenig dumm und daher dankbar, in der Nähe der Sonne verweilen zu dürfen. Die anderen können Verwandte sein, die zum inneren Zirkel gehören, der die Sonne umkreist. Zu deinem Hofstaat gehörte deine Mutter. Und dann gibt es Hofnarren in einem Hofstaat. Gehört man zu denen, die nicht nur unansehnlich sind, sondern auch noch ein wenig dumm, ist das eine Rolle wie auf den Leib geschrieben. Ein Mythos, daß man kleinwüchsig sein muß als Hofnarr oder verkrüppelt – unansehnlich reicht. Es ist auch ein Mythos, daß man gewitzt sein muß als Hofnarr und Spötter. Dumm sein kann durchaus reichen. Es kommt auf die Ansprüche des Herrschers an. Es gibt solche und solche. Unter den Herrschern und unter den Narren. Die meisten Herrscher bevorzugen einen bestimmten Typen des Narren.

Es gab den ›Ball der einsamen Herzen‹ in deiner Stadt, ein ›Lokal für die reifere Jugend‹. Solche Lokale gab es in Hamburg, Frankfurt, Mannheim, München, Kiel und Essen. Zur Anregung wurde den Gästen Sekt und Likör serviert – Hausmarke ›Ball der einsamen Herzen‹. Deine Freundin berichtet: »Es gibt eine Tanzkapelle. Die spielt Rheinländer, Walzer, schon mal mal einen Foxtrott. Anständig – alles, alle. Und nette Herren. An Tischen. Und auf allen Tischen steht ein Telefon. Und die Tische haben Nummern. Und man kann anrufen an allen Tischen – und angerufen werden. Sehr nette Herren. Und ich habe getanzt.« Ihr lacht. Zur Anregung habt ihr vor dem Erzählen Martini getrunken. Es war das Jahr, in dem ihr Martini getrunken habt. Deine Freundin hatte eine halbe Flasche Martini getrunken, mehr als eine halbe Flasche. Ihr habt gelacht. »Und ich habe getanzt.« Du hast sie ausgelacht. Sie merkt das nicht. Du würdest nie zu einem Ball der einsamen Herzen gehen. Du würdest gerne zu einem Ball der einsamen Herzen gehen. Ihr lacht. Du lachst über die absurde Vorstellung, zu einem Ball der einsamen Herzen zu gehen. Nachdem du auch einige Gläser Martini getrunken hast, stellst du dir vor, daß eine charmante und attraktive Frau mittleren Alters unter all den Frauen, die einen Ball der einsamen Herzen besuchen, die Königin wäre. Du bist klug. Du willst nicht Königin des Balls der einsamen Herzen sein. Du bist Nachfolgerin der Prinzessinnen aus dem Hause des Herzogs von Kleve. Solch einen Ball hast du nicht nötig. Du hast einen eigenen Hofstaat. Du gehst nicht auf solch einen Ball. Du läßt gehen. Du läßt dich nicht gehen.

Das Jahr, in dem ihr Martini getrunken habt, war auch das Jahr, in dem Ermisch der Prozeß gemacht wurde. Sonntags wurde zu der Zeit, wenn ihr euch gegen Abend keine Dias angeschaut habt, über Ermisch gesprochen an deinem Hof. Deine Freundin war zu Besuch, wie jeden Sonntag, fast jeden

156

Sonntag. Je nach Hoflage gab es auch andere Besucher. Das Mittagessen wurde von deiner Mutter gekocht. Danach sah das Kind, das immer noch bei dir wohnte und das von deiner Mutter versorgt und erzogen wurde, fern. Sonntags gingen Kinder selten raus zum Spielen. Weil sonntags selten Kinder rausgingen zum Spielen, waren wenige Kinder draußen zum Spielen. Und deshalb ging man eben nicht raus. Kinder schauten Fernsehen nach dem Mittagsmahl. Das Kind schaute Fernsehen und hörte, was ihr euch erzähltet. Dann gab es Kaffee, selbstgebackene Torte. – Ich habe nie verstanden, weshalb selbstgebackene Torte besser sein soll als die vom Konditor. Der Konditor hat Tortenbacken gelernt. Mit dem Seehandel kamen größere Mengen an Gewürzen und Zucker aus dem Orient in die Hafenstädte Genua und Venedig. Der Zucker übte eine unglaubliche Anziehungskraft aus, blieb aber den Reichen vorbehalten. Der Beruf der Zuckerbäcker und Apotheker, nur sie durften mit exotischen Kostbarkeiten Handel treiben. Privileg und Kunstfertigkeit sollen hausfraulicher Tugend unterliegen? Auch in deinem Haus? – Eigentlich hätten Produkte einer Zuckerbäckerei einem Hof einer Prinzessin aus dem Hause des Herzogs von Kleve angemessener sein müssen als Selbstgebackenes. Ihr versichertet euch jedoch sonntags gegenseitig, daß nur Selbstgebackenes mit guter Butter gebacken sei. Deshalb gab es sonntags Frankfurter Kranz und Buttercremetorte. Nach dem Kaffee gab es ein Gläschen Likör. Das blieb in dem Jahr, in dem Martini getrunken wurde, das einzige Likörchen, danach kam dann der Martini in diesem Jahr. Es gab andere Jahre. Das Lufthansa-Cocktail-Jahr. Das Eierlikör-Jahr.

Nach dem Kaffetrinken setzte das Kind sich wieder vor den Fernseher und hörte zu, wie ihr über Ermisch geredet habt. Friedrich Wilhelm Ermisch. Als er im Jahre 1924 im Herzen des Ruhrgebiets, in Essen, geboren wurde, standen die Chancen schlecht, daß er einmal reich, berühmt oder gar beides werden könnte. Mit 44 Jahren wurde er zum Gesprächsthema, nicht nur am Hof der Prinzessin aus Kleve. Im Martini-Jahr sitzt er in Haft. Die Anklage wirft ihm vor, rund 11,2 Millionen Mark Steuergelder erschwindelt zu haben. In Düsseldorf wird ihm der Prozeß gemacht, über den Zeitungen, Radio und Fernsehen berichten. Die unansehnliche und etwas dumme Hofnärrin, die du Freundin nennst in ihrer Funktion, kennt den Ermisch. Er hat in Steele eingekauft. Dein Hofnarr darf erzählen, wie Ermisch war. Was Ermisch getan hat, kann man in den Zeitungen lesen. »Er hat unter Vorspiegelung falscher Tatsachen die Bundesrepublik Deutschland um zusammen 11,2 Millionen Mark geschädigt.« Gefälschte Zolldokumente. Briefkastenfirmen in Düsseldorf und Essen. Das Finanzamt Düsseldorf-Nord betrogen durch Umsatzsteuerrückvergütungen für Exporte, die er lediglich auf dem Papier tätigte. Das interessiert euch nicht. Euch interessiert: ›Don Ermico‹ und die Frauen. Der Traum eines Ermisch von der großen weiten Welt ist nicht vollständig ohne sie. Träume müssen gelebt werden, dachte Ermisch. Aber seine erste Frau ließ sich von ihm scheiden. Er sei, so fand sie, in seinen Geschäften – und wohl auch sonst – nicht hart, nicht rigoros genug. Die Ansprüche der Dame an die Härte Friedrich Wilhelms müssen überdurchschnittlich gewesen sein. Immerhin stand er in dieser Zeit in einer Mordsache vor Gericht. Indes, er wurde freigesprochen, da sein Vater darauf bestand, den tödlichen Schuß abgefeuert zu haben. Seine zweite Frau – auch von ihr ist er geschieden – ist eine rassige Spanierin mit melodischem Namen. Jetzt lebt sie wieder daheim in Iberien, dort, wo die Welt für Don Ermico nicht nur schön, sondern auch noch heil ist. Müßte er sich entscheiden zwischen Gentleman und Caballero, nicht einen Augenblick würde er zögern. Niemals, so hatte Ermisch nach seiner Rückkehr aus Mexiko den skandalgierigen Reportern versichert, werde er seine Geliebte verlassen, die wenige Tage nach der Rückkehr einem gesunden Jungen das Leben schenkte, dessen Vater zu sein er nie bestritten hat.

Dein Hofnarr gerät unter dem Einfluß des Martinis ins Schwärmen. Dieser Mann. Er hat einmal in Steele eingekauft. Der Hofnarr kennt Don Ermico und darf davon erzählen. Dir sind andere Sachen wichtig. »Die Träume und Wünsche des Deutschen Friedrich Wilhelm Ermisch waren und sind deutsch. Die Richtung des Dranges nach oben unterscheidet sich in nichts vom Wunschzettel eines Kleingärtners, der nachts von bunten Gartenzwergen träumt. Nur, Ermischs Gartenzwerge sollten aus purem Gold sein.«

Oberst Rudel

Manchmal kann ich mich nicht auf mein Gedächtnis verlassen. Ich telefoniere herum und versuche, Zeugen zu finden. Oder ich lese nach in Chroniken, benutze Handbücher, besuche Archive. Nutze das Internet, das große kollektive Gedächtnis. Obwohl ich weiß, daß das gelogen ist. Ich lese: ›Wassertemperatur im Außenbecken: 34° / jeden Mittwoch Kindernachmittag.‹ Ich lese: ›Ausstattung und Service: Umkleiden und Toiletten.‹ Ich lese: ›Barrierefrei / Kategorie E: für Rollstuhlfahrer, für sehbehinderte und blinde, gehörlose und schwerhörige Gäste. Behindertengerechtes WC vorhanden. Personal ist beim Einstieg ins Wasser behilflich.‹ Und ich erinnere mich.

Ich erinnere mich, wie du schwimmen gegangen bist. Nicht das Schwimmen im Hechtsee in jenem bestimmten Sommer fällt mir jetzt ein. Auch nicht das Planschen im Luegsteinsee. Luegsteinsee, ein Tümpel nur, klein, flach. Zum Luegsteinsee ging man nicht, konnte keine Bahnen ziehen dort. Auch nicht zum Egelsee. Zu moorig trüb das Wasser. Zum Hödenauersee ging man, jedoch nicht zum Schwimmen, sondern um den Wasserskiläufern zuzusehen. Den Wasserskiläufern, die sich an einem Seilumlauf durchs Wasser ziehen ließen. Wie in modernen Zoos in den Gepardengehegen ein Stück rohes Fleisch zu den Fütterungszeiten einen elektrischen Parcours entlanggezogen wird. In immer ein und demselben kleinen Rund. Ich habe es nie verstehen können. Und doch erinnere ich, daß ihr nach Fertigstellung der Inntalautobahn zu der ausgebaggerten Kiesgrube gepilgert seid wie all die anderen, die so teilhaben konnten an dem modernen Leben. Ein Wasserskilift bedeutete den Einzug von Raumfahrttechnik in die mentalen Einöden oberbayerischer Dörfer. So wie auch eine Diskothek an der Zufahrtstraße zur Autobahn eröffnet wurde, welche Nachtleben simulierte.

Ich erinnere, wie die privaten Zimmervermieter zu Indikatoren wurden eines für diese Jahre typischen Optimismus, daß die Zukunft besser werden würde. Wände wurden aufgestemmt, Rohre verlegt, die zu vermietenden Zimmer mit Wasser versorgt, mit aus der Wand in Handwaschbecken fließendem Wasser, das dann, da der Fortschritt nicht aufzuhalten ist, kurze Zeit später warm und kalt floß. Toiletten

160

wurden auf den Etagen gebaut, Badezimmer, Duschen. Sanitäranlagen für jedes einzelne Zimmer. Einhandmischbatterien, Wellness-Armaturen. Bodengleiche Duschen. Ein Ende ist nicht abzusehen. All das erinnere ich.

In prosperierenden Großstädten einer reichen Republik war jedes Jahr ein Bad im Bau. In Luftkurorten wurden Freizeitbäder mit Heißwasseraußenbecken, Panoramaschwimmhallen, Saunabereichen geplant und realisiert.

Es lag auch schon mal ein Bein am Rand des Spaßbades, dessen Wasserniveau mit der Höhe des Beckenrandes abschloß. Eine orthopädische Prothese, die ein im Krieg zerfetztes Bein ersetzte, auf der Blickhöhe der Badegäste.

Das erinnere ich bei einem meiner Besuche im Heim. Ich öffne die Tür zu dem Bad, das von den Bewohnern jeweils zweier Zimmer genutzt wird. Ich sehe unterfahrbare Waschtische, barierrefreie Griffsysteme, bodengleiche Duschen mit schwenkbaren Türen, vertikal und horizontal verstellbare WCs und Hubsysteme. Und denke an die Beinprothese, gerade weit genug vom Beckenrand entfernt liegend, daß sie nicht naß gespritzt wurde bei heftiger Wellenbildung oder munteren Spielen im Wasser.

Ich erinnere: Die Gemeinde machte Werbung mit Geocaching, Lama-Trekking, Wildwasser-Rafting, Hydrospeed und Canyoning. Und dann liegt da ein Bein am Beckenrand. Keine der modernen schnittigen in lustigen Farben lackierten Prothesen. Auch keine der diskreten, eine Gliedmaße täuschend echt imitierenden Prothesen, mit schmutzunempfindlichen, temperaturunempfindlichen Silikonüberzügen. Kein solide geschnitztes Holzbein voller Seeräuberromantik. Nein, eine gute alte Beinprothese, häßlich und verstörend darauf hinweisend, daß im Krieg Beine zerfetzt werden, Krieg ein blutiges Geschäft ist und daß man seine Wunden wie Auszeichnungen vor sich herträgt. Da lag also am Beckenrand des Spaßbades das prothetische Bein, welches dem höchstdekorierten Soldaten des Zweiten Weltkriegs, dem einzigen Träger des Goldenen Eichenlaubs mit Schwertern und Brillanten zum Ritterkreuz des Eisernen Kreuzes gehörte. 800 Landfahrzeuge vernichtet, mehr als 150 Flak- und Pak-Stellungen, vier Panzerzüge, zahlreiche Bunker, Brücken und Nachschubverbindungen, 519 Panzer, 70 Landungsfahrzeuge, die Ermordeten wurden nicht gezählt. Kein anderer erreichte mehr als die von ihm geflogenen 2530 Einsätze. Da konnte man schon mal ein Bein verlieren.

Ich erinnere, wie du immer erzählt hast, wie Rudel reagierte, wenn andere Badende sich beim Bademeister beschwerten über die Prothese. Ich erinnere, wie du erzählt hast, wie der Bademeister reagierte auf solche Beschwerden. Manchmal verlasse ich mich nicht auf mein Gedächtnis. Ich nutze das Internet, das große kollektive Gedächtnis. Obwohl ich weiß, daß das gelogen ist. Ich lese ›die hilfreichste positive Rezension‹: ›Mit seiner Beinprothese als Bergsteiger, wird auf 136 Seiten beschrieben, wie die jeweiligen Touren liefen, sicherlich nicht uninteressant, aber wer Rudels Kriegstagebuch gelesen hat, wird wahrscheinlich etwas enttäuscht sein, die Thematik ist halt auch eine andere.‹ Ich lese: ›Ich kann mich meinem Vorgängerrezensenten nur anschließen: Ein kurzer aber spannender Abriss über die dreimalige Besteigung des 6.920 Meter hohen Berges Llullay-Yacu. Das stimmt. Die Stukas kamen in dem Buch etwas zu kurz, aber das macht nicht allzu viel. Es sollte wohl auch eher ums Bergsteigen gehen und ich muss sagen, das Buch ist diesbezüglich ganz in Ordnung. Der Pilot Hans-Ulrich Rudel hat mit diesem Buch gute Arbeit geleistet, trotzdem gebe ich nur 4 Sterne, weil es doch etwas dünn ist. Nicht vom Inhalt, nur von der Seitenmenge. Aber es ist trotzdem ganz gut und recht empfehlenswert.‹ Ich stoße bei meinen Recherchen auf die Information, daß nationale Kräfte im Landkreis der Geocacher, Wildwasser-Rafter und Hydrospeeder zweiundzwanzig Prozent der Stimmen erhalten haben. Ich weiß, daß ich das schwefelwasserstoffhaltige, stinkende, braune Wasser des Hechtsees dem Baden im Spaßbad vorgezogen habe. Bis heute Caching, Trekking, Rafting sowie Luftschlachten auch in der ›remastered‹ Edition meide.

Aufzeichnungen II

2004_12_03
Ich bin das. Ich habe diese Nummer gewählt. Bist du zu Haus? Hör mal, ich wollt' dich herzlich grüßen. Mach es gut. Unverhofft. Tschüß!

2004_12_03
Das bin ich. Guten Abend! Ich hatte gerade schon mal gerufen. Da ist dieses Alleinsein. Da habe ich an dich gedacht. Bis dahin!

2004_12_04
Ich bin es. Ich sag' dir nur Guten Morgen.

2004_12_04
Das bin ich. Ich check' das nicht. Daher habe ich versucht, bei dir anzurufen. Bei dir bin ich angekommen. Irgendwo anders geht niemand dran. Dann weißt du Bescheid. Tschüß!

2004_12_04
Ich bin das noch mal. Ich bitte um Entschuldigung. Aber

ich weiß niemanden in unmittelbarer Nähe, den ich erreichen kann. Da habe ich es noch mal bei dir versucht. Danke!

2005_12_04

Ich bin es noch mal. Dies ist meine Stimme. Ich hatte es bei dir versucht. Und du warst da. [Pause] Wenn ich irgendwie anders war, das stimmt alles nicht. Ich weiß nicht, was ich da machen soll. Ich wollte noch sagen, wenn ich es bei dir noch mal versuche und ich komme durch, dann mache ich das. Danke!

2005_12_04

Ja, ich bin das noch mal. Ich habe 484561 gewählt. Mit meinem Apparat da stimmt etwas nicht. Ich kann anrufen. Aber ich weiß nicht, was ich machen soll. Entschuldige.

2005_12_04

Ich bin das noch mal. Da stimmt irgendetwas nicht. Wenn irgend jemand anruft oder ich versuche das mit dem Anrufen. Ob da jemand nicht richtig eingehängt hat. Ich weiß nicht, was das soll. Auf jeden Fall kann ich nicht überall anrufen. Dankeschön.

2005_12_04

Ich bin es. Ich bin so fertig. Das Telefon. Ich wollte mal fragen, bei dir komme ich an. Ich bin so durcheinander. Ich weiß gar nicht, was ich machen soll. [Pause] Ist es möglich, daß irgendjemand hier angerufen hat und hat nicht eingehängt? Ist das so passiert? Ich weiß es nicht. Dankeschön!

2005_12_05

Guten Morgen! Ich bin das noch mal. Da ist ein Problem. Ob da wohl jemand hier angerufen hat und hat den Hörer nicht richtig eingehängt? Oder den Apparat nicht richtig eingesetzt. Ich weiß es nicht. Nur jetzt kann ich nicht mehr weiter telefonieren. Das geht nicht. Tschüß.

2005_12_05

Das bin ich noch mal. Aber nicht absichtlich. Ob da jemand etwas mit meinem Telefon gemacht hat? Ich weiß es nicht.

2005_12_05

Ich bin das noch mal. Ich kann jetzt nicht.

2005_12_05

Ich bin das noch mal. Ich habe noch mal deine Nummer gewählt. Bin aber nicht durchgekommen. Hier habe ich so viel Gedöne. Deswegen rufe ich noch mal an, damit du Bescheid weißt. Entschuldige.

2005_12_05

Ich bin es. Ich versuche es jetzt schon zum dritten Mal. Ich wollte nur mal hören. Tschüß. Bis dann.

2005_12_05

Ich bitte um Entschuldigung. Wenn ich immer wieder deine Nummer … Da versteht man manches nicht. Und dann habe ich versucht, bei dir zu schellen. Entschuldigung! Ich versuche es immer wieder.

2005_12_05

Das war ich mal wieder. Ich habe eine falsche Nummer gewählt. Entschuldige bitte.

2005_12_05

Das bin ich nochmal. Ich habe eben schon mal gedreht. Das ist schon ein Gedöne. Ich ruf' nicht noch mal. Ich ruf' nicht noch mal.

2005_12_05

Das bin ich. Ich wollte dich mal sprechen. Manchmal hat man das Bedürfnis, irgendetwas zu fragen. Dankeschön. Habe ich dir schon gesagt, daß du so eine schöne Stimme hast. Eine männliche Stimme. … Ich hab' doch nur dich.

165

2005_12_05
[Atmen]
2005_12_06
Guten Morgen. Das bin ich. Ich habe die Nummer gedreht. Und dann konnte ich nicht reden. Ich weiß nicht, was ist. Ich habe das Gefühl, das ist gar nicht mein Apparat. Und sonst geht es gut? Wir können ja nachher noch ein bißchen reden. Tschüß!

2005_12_06
Ich bin das noch mal. Ich weiß nicht. Was ist das für ein Apparat? Ich mein, mich kann man nicht hören. Ich habe doch schon mal versucht, bei dir anzurufen. Eben. Würdest du mal von hier anrufen. Ich weiß nicht, ob mir jemand was will. [Schluchzen] Das funktioniert nicht mehr, was immer funktioniert hat. Das ist schmutzig. Das ist ein alter Apparat, glaub ich. Das gab es bei mir nie.

2005_12_06
Guten Morgen. Möchtest du mal anrufen? Ich weiß überhaupt nichts. Ich weiß nicht, was ich machen soll.

2005_12_06
Ich bin das noch mal. Ich komme mir beim Sprechen so komisch vor. Ich bin schon froh, wenn ich deine Stimme höre. Habe ich dir schon gesagt, daß du so eine angenehme Stimme hast? Tschö.

2005_12_06
Was war eigentlich. Warum sind alle so zu mir? Da geh' ich dran ein. Ich brauche dich. Tschüß.

2005_12_06
Was habe ich dir getan.? Warum sind alle so zu mir? Da geh' ich dran ein. Arschloch! Ich war immer nur gut zu dir. Und jetzt das!

166

2005_12_06

Ich freu mich so, deine Stimme zu hören. Ich freu mich. Ich freu mich. Ich mag dich. Amen.

2005_12_06

Das bin ich. Ich habe mal diese Nummer probiert. Hallo?

2005_12_06

Ich bin das noch mal. Ich fühl mich so ... Habe ich irgendetwas verkehrt gemacht?? Ich weiß es nicht. Sag' mir, was ich getan habe.

2005_12_06

Habe ich dir etwas getan? Irgendetwas?

2005_12_06

Ich habe nie irgendjemandem etwas Böses getan. Ich fühle mich so ... ich weiß es nicht ... und jetzt wird mir etwas weggenommen. Warum? Ich habe jetzt diese Nummer gedreht. Ich wußte aber effektiv nicht, daß du das warst. Ich habe nichts getan. Nichts getan!

2005_12_06

Ich bin das noch mal. Es tut mir so furchtbar leid. Ich wäre so gerne mitgegangen. Es tut mir leid, ich bin immer gerne mit dir zusammen. Entschuldige.

2005_12_06

Ich bin es noch mal. Ich wollte nur sagen. Ich will nichts Böses. Ich wollte nur sagen, ich mag dich.

2005_12_06

Ich bin das. Ich bin froh, daß ich dich erreicht habe. Ich wollte nichts Böses. Ich habe nichts gemacht. Du darfst nichts Böses von mir denken. Es tut mir leid, wenn ich irgendetwas gemacht haben sollte.

2005_12_07

Es tut mir alles furchtbar leid. Ruf mich doch einmal an.

167

2005_12_07

Es tut mir schrecklich leid. Ich habe nichts getan. Die sollen mich mal anrufen. Ich habe keinem Menschen etwas getan.

2005_12_07

Ich bin froh, daß ich noch mal angerufen habe. Das ist alles nicht so einfach.

2005_12_07

Du Arschloch!

2005_12_07

Ich muß dir sagen, daß ich nie irgendetwas Bösartiges tun würde. Oder sonst irgendetwas. Nichts Verletzendes. Ich wollte nur sagen … [Pause] Das ist falsch. Das sollst du nicht denken.

2005_12_07

Du, das bin ich noch mal. Ich komme irgendwie nicht zur Ruhe. Habe ich dir was getan? Ich meine nicht. Nichts Böses und auch nichts Dummes. Dankeschön.

2005_12_08

Guten Morgen. Das bin ich. Habe ich dir was getan? Ich glaube nicht. Das ist nicht mein Apparat. Das mußt du wissen. Niemand geht ran. Ich weiß nicht. Tschüß!

2005_12_08

Ich habe dir mein Leben geopfert. Alles, alles habe ich getan. Und jetzt muß man sich das bieten lassen. Das habe ich nicht verdient. Daß du dich nicht um mich kümmerst. Das hätte ich nie von dir gedacht! Ich habe doch immer nur für dich.

2005_12_08

Ich bin es. Und ich muß dir sagen, das bin ich nicht, so wie man mich hinstellen möchte. Das kann ich mir nicht vorstellen. Nein, nein. Ich wollte nur sagen. Habe ich etwas getan? Bin ich dir zu nahe gekommen? Ich kann mir das nicht vorstellen. Weil du ein so wertvoller Mensch bist. Da sind wir froh. Tschüß!

2005_12_09

Guten Morgen. Ich bin es. Ich wollte dich nur fragen. Die haben alle so viel Gedöns mitgebracht. Und jetzt liegt das hier. Und ich weiß nicht, was ich damit machen soll. Soll ich nicht besser alles zurückgeben. Ich bin da ja nicht für. Ich glaube, ich habe mich vertan mit deiner Nummer. Entschuldige bitte.

2005_12_09

Das bin nur ich. Das bin nur ich. Das bin nur ich. Guten Morgen! Tschüß!

2005_12_09

Guten Morgen! Das bin ich! [Atmen]

2005_12_09

Guten Morgen! Ich finde nichts. Bis nachher.

2005_12_09

Guten Morgen. Ich bitte vielmals um Entschuldigung, wenn ich anrufe.

2005_12_09

Ich bin das nur.

2005_12_09

Das war nur ich. Das war nur ich. [Schluchzen]

2005_12_09

Das bin nur ich. Tschüß.

2005_12_09

[Atmen]

2005_12_09

[Atmen]

2005_12_09

Das bin nur ich. Ich habe schon mal angerufen, wollte aber nicht reden. Tschüß. [»Ihre Verbindung wird gehalten.«]

2005_12_09

Das bin ich. Ich will nicht stören. Ich bin so ängstlich geworden. Das ist nicht mein Apparat!

2005_12_09

Eine Frage nur. Weißt du, wo mein Apparat ist? Das ist nicht mein Apparat!

2005_12_09

Das ist was. Diese Nummer zu wählen. Wer ist da? Habe ich etwas verkehrt gemacht? Ich meine jetzt nicht mit dem Telefon. Habe ich dir gegenüber irgendetwas verkehrt gemacht? Ich mache mir so meine Gedanken. Ich habe Ängste.

2005_12_10

Das bin ich. Ich habe eine Nummer gedreht. Und jetzt eine andere Nummer gedreht. Das ist nicht mein Apparat.

2005_12_10

Ich bin es noch mal. Ich möchte etwas sagen. Ich ruf' noch mal an.

2005_12_10

Ich bin es. Ich habe so komische Schwierigkeiten. Mit meinem Telefon. Kannst du mal von hier anrufen, wenn du mal hier bist?

2005_12_10

Ich bin es noch mal. Ich weiß nicht warum, weshalb und wieso. Hallo? Was ist mit meinem Telefon? Was ...

2005_12_10

Ich ... Warum machst du das mit mir? Ich habe immer ... Und jetzt, jetzt ... jetzt? Du riesengroßes Arschloch!

2005_12_10

Ich bin das. Ich bin lästig. Heute.

2005_12_10 Hallo. Ich habe das Gefühl, ich werde bestohlen. Ich versuche, objektiv zu sein.

2005_12_10

Ich bin es noch mal. Ich habe das Gefühl ... mit dem Telefon. Ich rufe später noch mal an.

2005_12_10

Ich versteh' das nicht. Ich habe jetzt diese Nummer angerufen. Melde dich.

2005_12_10

Das bin ich. Aber nicht absichtlich. Entschuldige.

2005_12_10

Das bin ich. Das soll nicht noch mal vorkommen.

2005_12_10

Das bin ich. Ich habe vorhin schon mal angerufen. Ich habe mit dir sprechen wollen.

2005_01_02

Ja, ich bin das noch mal. Ich habe da so ein Gespräch gehabt mit jemandem. Ich soll in ein Heim rein. Da kann man mal sehen. Tschüß!

2005_01_03

Guten Morgen! Ich bin das. Ich bin ein bißchen ängstlich. Aber ich war nie dominierend. Ich muß da etwas wissen. Ich muß wissen, was ich machen soll. Da wollte ich mit dir einmal drüber sprechen.

2005_01_06

Ja? Hallo! Hallo? Warum meldest du dich denn nicht? Wer sind Sie denn überhaupt? Da war doch gerade noch lalalalala. Sie müssen mich doch nicht für dumm halten! Hallo? Wer ist denn da?

2005_01_07

Ich bin das. Ich fühle mich so alleine. Da habe ich gedacht, ich rufe dich mal an. Ich muß dich einfach mal anrufen. Ist alles so weit in Ordnung. Ich will dich nicht aufhalten. Ich will mit dir reden.

2005_01_11

Ich bin's. Ich habe mich verwählt. In der Nummer. Statt der, die ich rufen wollte, habe ich deine gewählt. Entschuldige bitte.

2005_01_12

Ich bin's nur. Ich hatte deine Nummer gewählt. Ich kann jetzt nicht.

In die Stadt

Einmal in der Woche in die Stadt. Ich weiß nicht, wann es mit dieser Regelmäßigkeit anfing. Aber als ich dich kennenlernte, bist du einmal in der Woche in die Stadt gefahren. Bahnhof Essen-Steele. Es gab daneben noch Steele-West und bis in die sechziger Jahre auch Steele-Süd, auch Steele Nord Heute ist Essen-Steele zu Steele-Ost umbenannt, die Welt ändert sich im Kleinen wie im Großen.

Für euch war das Fahren mit der Bahn kostenlos. Deine Mutter hatte als Köchin in der Kantine der Deutschen Reichsbahn gearbeitet, nachdem ihr Mann gestorben war, bevor du zur Welt kamst. Später dann bei der Deutschen Bundesbahn noch ein paar Jahre. Dein Mann war Lokomotivführer. Ihr, deine Mutter und du, konntet umsonst fahren in die Stadt. Das Kind, das dann bei euch wohnte, noch keine sechs Jahre, mußte auch nicht bezahlen. Einmal in der Woche in die

Stadt. Zwei Stationen, dann wart ihr in Essen. Am Hauptbahnhof, die Treppen herunter vom Bahnsteig auf die Zwischenebene, von dort in die Bahnhofshalle. Der Bahnhof nach dem Krieg neu errichtet. Seit '51 ihm gegenüber auf dem Hotel Handelshof der Schriftzug ›Essen – die Einkaufsstadt‹. Deshalb fuhrt ihr hierhin. Die Limbecker 1927 die erste Fußgängerzone Deutschlands. Doch vorher gingt ihr rechts am Bahnhofsgebäude entlang. Dort war die Geschäftsstelle der Eisenbahner Spar- und Darlehnskasse.

Dann fing es an. Peek & Cloppenburg, Cramer & Meermann, Loosen. Nach C&A gingt ihr nicht, das war ›Ciska und Anton‹, nicht Clemens und August Brenninkmeier, das war Billig-Konfektion. Und: auf gar keinen Fall gingt ihr zum DeFaKa. Ich erinnere, wie du DeFaKa ausgesprochen hast. Fäkalien. Klangen mit. DeFaKa bedeutete selbstgemachtes Geld. Eine Kreditwährung, die nur dort etwas galt. Wo arme Leute kauften. Der Saserdorf hatte solches Geld. Joseph Saserdorf, immer klamm. Er gehörte zu deinem Hofstaat. Ein Hofstaat umfaßt eben auch niederes Gesinde. Saserdorf, Chauffeur. Sprachst du über ihn, sagtest du: eine treue Seele. Und seine Treue hast du ihm gelohnt. War er verlegen um richtiges Geld, nahmst du ihm das von der DeFaKa selbstgemachte Papiergeld ab und tauschtest dieses gegen das gute von der SparDaKa ein, das du und deine Mutter im Hauptbahnhof rechts geholt hattet. Ich erinnere, wie du dann in die DeFaKa gingst, dich in dem Kaufhaus bewegtest, als seist du wie zufällig in eine falsche Welt geraten mit falschem Geld aus Papier, das man selbst bedruckt hatte. Auch hier trugst du eine dunkle große Brille.

Du hast nie etwas in der DeFaKa gekauft.

Du hast die DeFaKa betreten. Eine Prinzessin, die sich

173

nicht gemein macht, auch wenn sie sich aus Gründen der Staatsräson zuweilen unter die Plebejer begibt. Nahmst wie zufällig etwas von einem der Verkaufstische. Ein Tuch? Eine Tafel Schokolade, die man jemandem schenken konnte? Einer Verpflichtung nachzukommen? Kamst an einem der Kassentische vorbei, huldvoll lächelnd. Beiläufig zogst du dann die Papierzettel aus der Tasche, deren Bedeutung du nicht kanntest. Nicht kennen wolltest. Diese fielen auf den Tisch. Eine Registrierkasse klingelte. Du hörtest das nicht. Du hast nie etwas in der DeFaKa gekauft.

Bei Loosen und bei Cramer-Meermann wurde gekauft, hier waren es die Stoffabteilungen. Deine Mutter kaufte Stoffe. Und ihr gingt ins Haus der Hüte. Deine Mutter sagte: »Eine Dame geht nicht ohne Hut.« Und Schuhe kauftet ihr bei Böhmer. Du warst Weltmeisterin im Umtausch von Schuhen. Drei Monate nach Kaufdatum, das war gar nichts. Einmal hast du über ein Jahr gewartet. Die Stadt lag zu deinen Füßen, wartend darauf, betreten zu werden. Die Vielzahl der kleinen inhabergeführten Geschäfte gibt es heute schon lange nicht mehr. Edelstahlwaren, Confiserie, Spielzeug. Jeder Besuch der Stadt wäre unvollkommen gewesen, wenn der Weg nicht an Roskothen vorbeigeführt hätte. An Roskothen ging man nicht in einem räumlichen Sinne vorbei. Bei Roskothen vorbeigehen hieß, Roskothen zu betreten. Drei Etagen wohlgeordnet und doch die Augen und Ohren völlig überfordernd. Plüschtiere, Kasperlefiguren, Matchbox-Autos, Corgi-Modellautos, Wiking-Autos, Schiffsmodelle, Flugzeuge, Ritterrüstungen, Burgen, Bauernhöfe, Bauernhoftiere, Dschungeltiere, Plastiktiere, Tankstellen, Tankstellen mit Parkhäusern, Tankstellen mit mehrgeschossigen Parkhäusern, in denen Spielzeugautos über einen kurbelbetriebenen Lift transportiert wurden. Aufziehbare Affen mit Zipfelmützen und Tschinellen. Tretautos, Kettcars, Tretroller aus Holz, Ballonroller. Fallerhäuser, Mattelspielzeug, Steifftiere, Steifftiere, Steifftiere. Das Kind war ein ängstliches Kind und mit einem Stoff-Steifftier im Arm fühlte es sich auch in der Stadt sicher. Roskothen gegenüber war das Haus der Hüte.

Alles, was es in den Geschäften zuvor nicht gegeben hatte, gab es bei Karstadt. Karstadt war das Ende des Einkaufens. Manche sagten auch Althoff, doch das war eins. Man betrat Althoff durch eine Luftwand. Einen Türluftschleier, eine Luftschleieranlage. Und diese Worte zeigen: Althoff war nicht von dieser, war eine andere Welt. Alles, was man bei DeFaKa gegen falsches Papiergeld hätte tauschen können, was es bei Peek, Cramer und Loosen gegeben hatte, die Güter der inhabergeführten Innenstadtgeschäfte, Hüte, Strümpfe, Kurzwaren, Haushaltswaren, Damen- und Herrenabteilung, Trikotagen, Wäsche, Elektrogerät. All das und noch viel mehr gab es bei Karstadt. Einzig das Angebot der Spielwarenabteilung reichte nicht an das, was Roskothen auf drei Etagen zu bieten gehabt hatte.

Was konnte nach Karstadt/Althoff noch kommen? Overbeck. Du und deine Mutter gingen einige hundert Meter zurück. Dort befand sich die kleinste, feinste, intimste der Filialen des Café Overbeck. Ihr betratet sie durch den Vordereingang von der Limbecker durch das Ladenlokal mit der Kuchentheke, den gläsernen Schaukästen, und du schrittest weiter ins Café. Deine Mutter trug Taschen, Pakete. Das Kind drückte, als es noch klein war, das Steifftier an sich. Später würde es das nicht mehr benötigen. Schwarzwälder Kirsch, Käse-Sahne, Sahne-Nuß, zwei Kaffee, ein Kakao. Dann kam Saserdorf durch den Hintereingang, durfte sich zu euch

175

setzen, bekam eine Tasse Kaffee und ein Stück Kuchen. Bei aller Regelmäßigkeit, die euch jede Woche in die Stadt führte, wechselten die Tage. Mal war es ein Dienstag, dann wieder donnerstags; die Zeit für Overbeck war mal 15.00 Uhr oder 16.15 Uhr oder .... Ihr nahmt Platz, die Bedienung die Bestellung auf, die Kaffeekännchen waren gebracht und die Stücke Kuchen. Dann kam Saserdorf durch den Hintereingang. Er gehörte zu deinem Hofstaat, war der Chauffeur. Saserdorf war von Beruf Versicherungsvertreter, verfügte über einen eigenen Wagen und konnte sich die Zeit frei einteilen. Seine Aufgabe war es, euch von der Stadt abzuholen.

Ein lahmer Metzger

Willi war ein gelähmter Metzger. Er saß im Sessel in der Küche. Seine Augen waren das beweglichste an seinem Körper. Decken umhüllten ihn. Er fror ohne Decke. Und ohne dicken Bademantel. Die spitze Nase seines Gesichtes bläulich verfärbt wie sein gesamter Körper. Sah man die Nase, stellte man sich die Farbe seiner Haut bläulich vor.

Willi hörte meist Schallplatten. Seine Frau legte ihm die auf. Operettenhören machte es leichter, im Sessel zu sitzen. Ständig hörte er, Geräusche, Klänge, Stimmen, Musik. Das war die Welt, zu der er sich nicht hinbewegen konnte, die aber zu ihm drang. Er bewegte seine Augen, wenn die Welt zu ihm kam. ›Immer nur lächeln und niemals betrübt ... immer zufrieden, wie's immer sich fügt.‹ Der Tonarm des Schallplattenspielers war beweglicher als Willis Gliedmaßen. Als seine Krankheit noch nicht fortgeschritten war, hatte er mit der Rechten noch eine Zigarre halten können. Seine Frau hatte ihm ein brennendes Streichholz gereicht, er die Zigarre angebrannt und geraucht. Die Asche hatte er abstreifen können und meist hatte er den Aschenbecher getroffen, der vor ihm auf dem Tisch stand.

Ich kann Willi für dich immer nur gelähmt im Sessel sitzend erinnern. Später nicht einmal mehr das. Später lag Willi in Decken gehüllt auf dem Sofa, das auch in der Küche stand. Auch dann hörte er noch Operetten. Mittlerweile war der Schallplattenspieler ein Zehn-Platten-Wechsler. Das bedeutete, über drei Stunden Operetten hören zu können am Stück. Der Körper hatte noch einmal deutlich an Bewegungsfähigkeit verloren. Die Augen sahen noch. Die Ohren hörten noch alles, aber das Hören der Ohren konnte man nicht sehen.

Willi kann nicht immer lahm gewesen sein. Sonst hätte er nicht Metzger werden können. Er hatte Frau. Und Kind. Willi war der Bruder deiner Mutter. Die Nasen der Geschwister glichen sich. Die Erinnerung hat Grenzen. Ich stoße an Grenzen, wenn ich versuche, mir vorzustellen, wie Willi im Schlachthaus steht, in einer Wurstküche, wie er den Bolzen führt, den Stahl, den Cutter befüllt. Ein Metzger ist Metzger am Hackklotz, wenn er das Tier zerlegt. Metzger und lahm ist ein Widerspruch in sich. Willi war ein lahmer Metzger.

Metzger sind meist gute Menschen, nicht grausam, habe ich oft gehört. Metzger lieben Tiere. Habe ich gehört. Metzger zerlegen sie auch, aber nicht bei lebendigem Leib. Metzger lieben Musik. Es gibt Metzger, die Operetten lieben. Metzger hören gerne Musik bei der Arbeit, ›Das Borstenvieh, der Schweinespeck, das ist mein Lebenszweck.‹

Unvorstellbar, wie, unter welchen Umständen, Willi lahmer Metzger war. Ich erinnere für dich. Er wohnte im

177

ersten Stock eines Hauses in der Mitte der Stadt in einer nicht sehr gut angesehenen Gegend, in der das Wohnen billig war. Sein Sessel, sein Sofa standen in der Küche der Wohnung, da er dann immer mit seiner spitzen Nase dabei sein konnte, wenn seine Frau kochte, putzte, die Wäsche machte. Er sah alles, hörte alles und bemerkte so, daß er noch lebte.

Die zu den Wohnungen des Hauses gehörenden Klos waren unten auf dem Hof, zwar schon WCs, aber in einer kleinen Reihe aneinander gelehnter Häuschen gelegen. Das war in den Häusern dieser Wohnlage nicht unüblich. Badezimmer gab es nicht. Willi, der lahme Metzger, saß anfangs noch im Sessel in der Küche, lag später dort auf dem Sofa und hörte Operettenmusik. Morgens holte ihn seine Frau aus dem Bett und brachte ihn abends zum Schlafen zurück. Willi hat nie gestunken, oder nur ganz zum Schluß ein wenig, wie eben alte Leute stinken. Wie sie auch heute stinken, ob sie zu Hause wohnen oder im Heim leben, unter einwandfreien hygienischen Umständen. Dieser eigentümliche Alte-Leute-Geruch, der in der Luft liegt. Wem muß ich davon erzählen? Dir wohl nicht.

Was es hieß, daß Willi jeden Morgen aus dem Bett geholt wurde, gewaschen, in seinen Bademantel gehüllt, dessen bourdeauxrote Grundfarbe und auch das aus breiten senkrechten Streifen bestehende Muster ich vor mir sehe und für dich erinnere, wird mir erst jetzt beim Anfertigen der Erinnerung für dich klar. Seine Frau kochte für ihn, anfangs konnte er noch selbst essen, die Gabel zum Mund führen wie die Zigarre und zurück zum Teller, wie die Zigarre zum Aschenbecher. Zu dem Zeitpunkt konnte er auch noch selbst kauen, später nahm er Breiförmiges zu sich, dazu fütterte ihn seine

178

Frau. Der Wahrheit die Ehre in meiner Erinnerung. Seine Tochter half. Sobald sie das konnte und sobald sie das mußte. Sie war noch klein, als die Krankheit begann. Ihr Vater konnte noch selbst aufstehen, mühselig zwar sich anziehen und sich zur Küche bewegen und auch sonst viel selbst tun, was er später nicht mehr ohne Hilfe zu tun in der Lage war. In den Bademantel, zum Sessel, auf das Sofa. Decken um den zunehmend lahmen Körper gelegt und an den Seiten festgesteckt. An den Füßen kontrolliert, ob die Strümpfe sitzen, nicht zu fest, nicht zu locker. Ob die Decke eingeschlagen ist, damit Willi nicht an den Füßen frieren müsse. Sein ganzer Körper fror! Darüber hinaus wirkten Druck, Zeit, Schwerkraft, Reibung auf den Körper ein. Das hält der Körper nicht aus. Er geht kaputt. Er fault. Ich erinnere dir einen langen Kampf gegen das Verfaulen des Fleisches. Metzger und verfaulendes Fleisch ist ein Widerspruch in sich. »Schwester, Schwester, hilf!« Ich kann nicht erinnern, je von Willi diesen Ruf gehört zu haben, wenn du ihn mit deiner Mutter, die seine Schwester war, besucht hast. Ich erinnere seine Augen, die das beweglichste waren an seinem Körper.

Es reichte, ihm eine Schallplatte zu zeigen, und er antwortete mit den Augen, zeigte mit seinem Blick, ob er diese hören wolle oder eine andere. Meist wählte er eine der Operettenzusammenstellungen, die auf dem Cover von sich behaupteten, die besten zu sein, die sich jedoch eigentlich nur durch die Reihenfolge der in sie gepressten Lieder unterschieden. ›Ich lade gern mir Gäste ein‹, ›Mein lieber Freund, man greift nicht nach den Sternen‹, ›Ach, ich hab' sie ja nur auf die Schulter geküsst‹, ›Laßt den Kopf nicht hängen‹. Die Seite einer Langspielplatte dauerte etwa zwanzig Minuten. Später wurde ein Zehn-Platten-Wechsler angeschafft. Da fällt mir ein, in der Küche stand auch ein Fernseher. Wenn seine Schwester, die deine Mutter war, mit dir zu Besuch kam, wurde der Fernseher nicht angestellt. Ich erinnere jedoch, den Fernseher mit toter Mattscheibe in der einen Ecke des Raums stehen zu sehen. Ich versuche mir vorzustellen, welche Sendungen Willi sich anschaute. Das Fernsehprogramm begann um 17 Uhr mit der Kinderstunde. Kinderstunde, Vorabendserie, Westdeutsches Werbefernsehen, Hier und Heute. Tagesschau. Abendprogramm. Sicherlich wird er gerne Anneliese Rothenberger gibt sich die Ehre gesehen haben. Die Peter Alexander Show. Der blaue Bock. Wann genau wurde er in diesem Zeitraum gewaschen? Denn ohne üblen Geruch wurde er zum Schlaf ins Bett gelegt. Erst jetzt, da ich für dich eine Erinnerung anfertige, frage ich, wann und wo er die Stoffe, die er im Verlauf des Tages seinem Körper zuführte, wieder von sich gab. Dazu gibt meine Erinnerung nichts her.

Fäkalien

Es gibt Scheiße. Manches ist einfach Scheiße. Und das muß man sagen dürfen. Wenn etwas Scheiße ist, muß man sagen dürfen, daß es Scheiße ist. Ich erinnere mich daran, dich vor ein paar Jahren besucht zu haben, kurz nach deinem Umzug aus der Bonaventurastraße ins Heim. Ich war nicht allein gekommen. Um dir eine Freude zu bereiten, hatten mich zwei Personen, die dich jahrelang gekannt hatten, begleitet. Du standest auf, als wir das Zimmer betraten. Trugst noch nicht das Geschirr, mit dem man dich später auf dem Stuhl fixierte. Du schriest noch keine Unflätigkeiten. Spucktest nicht. Tratest nicht nach Mitbewohnern und Pflegerinnen. Du lächeltest, als du uns sahst. Wir gingen auf den Flur. Wir saßen in der kleinen Sitzgruppe am Ende des Ganges. Es war ein schöner Herbsttag, Oktobersonne schien durch die großen Fenster. Ein leichter Wind bewegte die sich langsam verfärbenden Blätter der Bäume. Schattenspiele auf dem ockerfarbenen Fußbodenbelag. Die Gespräche kreisten um Themen. Immer hattest du Wert darauf gelegt, mit Menschen, mit Männern auf Themen zu kommen. Ich habe noch den Satz von dir im Ohr: Mit ihm kann man auf Themen kommen. Der Satz wurde verwendet, um eine Person als für dich angenehm zu beschreiben. Mit ihm hast du jemanden geschildert, wenn du ihn mir als äußerst sympathisch darstellen wolltest. Mittlerweile hatte der Satz, daß Gespräche um Themen kreisen, eine andere Bedeutung gewonnen für mich. Ich hatte gelernt, daß das, was ich als Gespräch mit dir wahrgenommen hatte, eine Abfolge von Wort- und Satzschleifen war, deren Bedeutung du nicht mehr erfaßtest. Ich erinnere, wie der Apetito-Mann sich vorstellt: »Schmitz.« Ich erinnere, wie ich den Hörer weiterreiche. Ich höre, wie Herr Schmitz sich dir vorstellt. Ich höre, wie du antwortest: »Herr Schmitz, wie schön, mit Ihnen zu sprechen. Wie geht es Ihnen denn? Was macht die Frau? Was machen die Kinder?« Du spieltest für mich Mit-Herrn-Schmitz-Telefonieren und ich war begeistert. Das Stück Mit-Herrn-Schmitz-Telefonieren war funkelnagelneu und du hast es auch nur ein einziges Mal gespielt. Gleich dabei aber alles gezeigt, was in dir steckte. Nach dieser Premiere hatte ich begriffen, daß es nur eins der Stücke war in einem umfangreichen Repertoire. Hattest du früher zunächst nur Eine-Diva-betritt-ein-Lokal gespielt, so hattest du über die Jahre ein immer größer werdendes

181

Repertoire aufgebaut. Wie-schön-daß-du-mich-besuchst. Komm-doch-rein-soll-ich-einen-Kaffee-kochen. Was-gibt-es-Neues-im-Beruf-erzähl-mal. Soll-ich-einen-Toast-Hawaii-machen-den-mochtest-Du-doch-so-gern. Gestern-hatte-ich-Besuch-rate-mal-wer-da-war. Paß-gut-auf-beim-Fahren. Was-soll-ich-schon-erzählen-bei-mir-passiert-ja-nichts-erzähl-du-lieber.

...

Ich vervollständige die Liste der erfolgreich gezeigten Stücke. Arbeite daran, wohl wissend, daß meine Liste nie vollständig sein wird, nie vollständig sein kann. Viele Stücke wurden wieder und wieder aufgeführt. Vor wechselndem Publikum. Andere, wie das Apetito-Drama, waren nicht schlecht, gehörten vielleicht zu deinen größten Erfolgen, stellten besondere Herausforderungen an die schauspielerische Leistung, und blieben dennoch Einzelaufführungen. Wie viele dieser Aufführungen habe ich nicht gesehen! Während ich an der Liste schreibe, erinnere ich Wittgenstein, der in seinem Spätwerk schrieb: »Die Bedeutung eines Wortes ist sein Gebrauch in der Sprache.« Muß man den Inhalt der Wörter ›Herbsttag‹, ›Sonne‹, ›Laub‹ verstehen? Wir, du, meine beiden Begleiterinnen und ich, saßen in der Sitzgruppe und sprachen über das Wetter, während die Sonne mit Hilfe des Herbstlaubs Schattenspiele auf den Boden warf. Heute frage ich mich, ob ein Zeitpunkt erkennbar ist, zu dem man sagen kann, ein Mensch verstehe nicht mehr, was er sage. Damals bemerkte ich zunächst einen Geruch. Durchdringend, plötzlich und Ekel hervorrufend. Ich wandte mich leicht zum Gang, zu dem ich seitlich saß. Ich sah, wie eine Bewohnerin, die aus ihrem Zimmer gekommen war, das Hemd an ihrem Körper hochgezogen hatte, eine grünliche Unterhose, die schon leicht verschmutzt war, über ihre Füße gezogen und auf dem Boden liegen gelassen hatte. Sie selbst hatte sich noch ein wenig nach vorn bewegt. Hockte da, kackte auf den Boden. Das war Scheiße.

Schon als Kind hatte ich gerne gelesen. Schon als Kind fing ich an, mich zu wundern. Schon als Kind hatte ich mich gefragt, wieso in den Büchern nie jemand aufs Klo ging. Weder Emil, noch die Detektive fragten den Pagen im Hotel am Nollendorfplatz, ob sie mal dürften; sie stellten sich auch nicht an den Bauzaun. Jim Knopf pinkelte nicht in China und nicht in Kummerland. Ich las von Helden, die die Hosen voll hatten. Nicht wirklich. Und die Entsorgung eines überdimensionalen Haufens des Reisenden Gulliver stellte die Liliputaner vor keine Herausforderung. Später dann lernte ich die Arbeiten Schmidts schätzen. Nicht weil er ein Hirntier war, verschroben, eitel, ehrlich. Im Mare Crisium fehlt es an Klopapier. Und die Fertigkeit, Schiefer zu spalten, hilft da gar nichts. Später können wir lesen: »Und irgendwie hatte ich das Gefühl, mein Gesäß nässe mir: krieg' ich etwa doch schon Hämorrhoiden?! – Gewiß, sie zieren den Gelehrten; aber würde es bei einem einfachen Lagerbuchhalter nicht gleich wieder heißen, er wolle über seinen Schtand hinaus?« Das nenne ich Literatur!

Hustekuchen

Ich sitze an einem ausrangierten Wohnzimmertisch. Der Tisch steht im Souterrain einer ehemaligen Hausmeisterwohnung. In einer nicht mehr als Schule genutzten Schule. Die Räume hat die Stadt dem Archiv zur Verfügung gestellt. Ehrenamtliches Engagement der Bürger. Ausgeschnittene

Zeitungsartikel, Fotografien, Photographien, Briefe, Erinnerungen, abgelichtete Gerichtsakten, Zustellurkunden. Regale, die wohl mal zu Ladeneinrichtungen gehörten, neben Ikea-Regalen neben anderen Regalen. Schreibtische an Küchentische an Wohnzimmertische gerückt. Das ruft auf den ersten Blick nicht den Eindruck wissenschaftlichen Arbeitens hervor. Kriterien sind, daß es nichts kostet und ob die Tische die richtige Arbeitshöhe haben. Es gibt regelmäßige Öffnungszeiten für dieses Archiv, was nicht selbstverständlich ist. Das große, das Archiv der Stadt, hat keine. Es ist auch in einer alten Schule untergebracht. Diese wurde aufwendig umgebaut. Ein stählerner An- und Vorbau, das Magazin, versinnbildlicht die industrielle Vergangenheit der Stadt. Siebzehn Regalkilometer Geschichte von der Gründung des Stifts über die Büchsenmacher und die Waffenschmiede der Nation, der Dicken Bertha bis zur endgültigen Spaltung der Stadt in Nord und Süd, den zu Slums gewordenen ehemaligen Arbeiterwohnorten und den am Neoliberalismus sich ständig bereichernden Gewinnern unserer Wirtschaftsordnung. Dazwischen eine Mittelschicht, der man vorgaukelt, sie wohne noch im Süden, während der urbane Äquator sich längst verschoben hat. Folge der anwachsenden Abkühlung des gesellschaftlichen Klimas. »Die sich stetig durch Korrosion verändernde Stahlaußenhaut des Archivs steht für den Wandel der Zeit.« Dieses große Archiv bewahrt auf und katalogisiert. Dieses große Archiv ist jedoch für Besucher geschlossen. Ein Anruf beim kleinen Archiv führt dazu, daß ich zwei Tage später an dem ausrangierten Wohnzimmertisch zwischen fünf Aktenordnern sitze. Ich hatte nach der Eisenbahn gefragt, nach Lokomotivführern, nach einem Milchladen, dem dreckigen Weg über die Straße entlang der Glashütte hin zur Mariensäule, hatte gefragt nach einem Frisör. Leitzordner liegen vor mir auf dem Tisch, sortiert nach Straßen, nach Themen, nach Namen. Durch diese Ordnungen ergeben sich Doppelungen. Vor mir eine beschriftete Postkarte. ›Bahnhof Steele Nord‹ gedruckt in der linken oberen Ecke. Handschriftlich: ›Wohnräume Herr + Frau Macher 30er Jahre‹, ›frühere Zeit vor Bild (Wartesaal 3. + 4. Klasse)‹, ›Diensträume (Personalräume)‹, ›in diesem Zustand schon Fahrkartenausgabe und Güterverkehr‹. Ein zweites Bild, eine Photographie, in Fraktur Buchstaben auf der Fassade des gleichen Gebäudes ›Steele Hbf‹. Sich Erinnerungen zu machen ist nicht leicht. ›Bochumer Straße‹ ist der Ordner beschriftet. Den Bildern vom Bahnhof folgen Bilder von Häusern, die neben dem Bahnhof lagen, ihm gegenüber. Eine der Photographien zeigt ein Haus, dessen Wohnungen im ersten und zweiten Stock die Ladengeschäfte im Erdgeschoß mit einem halbrunden Erker auf der linken Seite überkragen. ›Lebensmittel‹ steht auf dem unteren Erkerhalbrund über dem Ladenlokal. Im Schaufenster sind jedoch die Worte ›Elektrische Heißmangel‹ zu lesen. Eine zweite Photographie sagt statt ›Lebensmittel‹ ›Cigarren‹. Sich Erinnerungen zu machen ist nicht leicht. Beide Aufnahmen zeigen in der rechten Haushälfte die Geschäftsräume ›Friseur‹. Meine Erinnerung sagte ›Frisör‹. Es ist gut, die Bilder im Kopf mit den Bildern in den Archiven immer wieder zu vergleichen. So lassen sich falsche Erinnerungen vermeiden. So erinnere ich für dich, daß du dort zum Friseur gegangen bist, solange ihr die Wohnung in der Bergstraße mit Oma Kaderbach geteilt habt. Auf der gegenüberliegenden Straßenseite ein Spirituosenfachgeschäft mit dahinterliegender Kneipe. Dort kehrte dein Lokomotivführerehemann ein, wenn sein Dienst beendet

185

war und er an Steele Hbf ankam. Heute heißt dieser Bahnhof Steele Ost. Sich Erinnerungen zu machen ist nicht leicht. Deshalb bin ich vor einiger Zeit dort vorbeigefahren und habe ein Photo vom Bahnhof gemacht, so wie er jetzt aussieht. Ich führe ein Experiment durch. Zu diesem Zweck habe ich einen Diapositivfilm gekauft. Ich habe meine analoge Spiegelreflexkamera aus dem Schrank genommen, bin zur Bochumer Straße gefahren und habe den Bahnhof photographiert. Ich habe den Film entwickeln lassen und die Dias gerahmt. Einen Teil der Dias habe ich in ein schwarzes Paximat-Magazin einsortiert, welches ich zu diesem Zweck auf ebay ersteigert habe, einen anderen Teil in ein graues Paximat-Magazin, das ich noch hatte, einen weiteren Teil einfach in einen braunen A5-Umschlag aus Kraftpapier eingeschlagen und einen letzten Teil lasse ich offen liegen, dem Licht ausgesetzt, das durch das Fenster fällt. Ich erinnere, daß du das Kind mit zum Friseur genommen hast. Auch dem Kind mußten die Haare geschnitten werden. Das Kind saß vorne beim Herrenfriseur auf einem erhöhten Holzstuhl. Es trug Mecki. Das trugen alle Jungs. Das Schneiden ging schnell. Dann durfte das Kind in den hinten liegenden Damensalon. Hier waren die einzelnen Waschbecken mit leicht zu reinigenden Kunststoffvorhängen voneinander abgeteilt. Deine Schultern waren in Handtücher eingeschlagen. Dein Kopf war schon gewaschen. Du hattest dich zu diesem Zweck vornüber über das Waschbecken beugen müssen. Es roch nach Friseur, nach Damensalon, anders als vorne im Ladenlokal, anders als beim Herrenfriseur. Ich erinnere, wie du warten mußtest unter der Trockenhaube. Ich erinnere, wie du auch hier spieltest, dein Repertoire erweitert hast, bedacht darauf, daß es in die richtige Rich-

186

tung ging. Junge Friseusen mußten es sein, ein wenig dicklich, ein wenig Akne, ein wenig bieder angezogen. Nicht alles zugleich, auf gar keinen Fall häßlich oder billig gekleidet. Gerade so, daß sie denken konnten: so wie diese Dame, so möchte ich sein. Das Kind war nicht dein Kind. Das hätte nicht sein können. Kinder machen alt. Ich erinnere, daß du niemals alt geworden bist. Ich erinnere, wie du lachend zwischen den jungen Friseusen sitzt, als seist du so jung wie sie. Doch du hast eine gute Figur, makellose Haut, geschmackvolle Kleider. Selbst hier, beim Friseur auf der Bochumer Straße, wenige Häuser neben Steele Hbf. Hier gibst du Die-Garderobe-der-Diva. Du führst keinen champagnerfarbenen Pudel mit dir, kein Äffchen hockt auf deiner Schulter, du hast das Kind mit zum Friseur genommen. Du bist jung, jede ist so jung, wie sie sich gibt. Du erzählst, wie Lakritze, es muß echte Lakritze aus der Apotheke sein, in eine Glasflasche gegeben wird, die Flasche mit Essigwasser aufgefüllt, ein wenig Zucker hinzugegeben. Dann muß die Flasche geschüttelt werden und es entsteht ein beiger, bräunlicher Schaum, den Kinder, wenn er aus der Flasche quillt, abnuckeln können. Aus dem Friseurbesuch wird ein Stegreifspiel, ein frühes Impro-Theater, Commedia dell'arte. Die Friseusen werden zu Hoffräulein, eines geschwind ausgeschickt zur Badenberg-Apotheke. Wasser, Essig, Zucker. Ein heiteres Spiel, das du, dich volkstümlich gebend, dem Hofstaat schenkst. Ich werde dich erinnern, wie du unter Lachen die Flasche selbst in die Hand nimmst, schüttelst, den braunen Sabber schlürfst. Und immer wieder den bräunlichen Sabber schlürfst. Hustekuchen. Pustekuchen.

Dreiwertige Logik

»Kannst Du mir einen Gefallen tun?« Mit einem Dies-ist-eine-rhetorische-Frage-und-die-kann-nicht-mit-einem-Nein-beant-wortet-werden-Lächeln schaust du mich an. »Du kannst ein Paar Schuhe mitnehmen und die für mich umtauschen. Du fährst in der kommenden Woche doch nach Stuttgart.«

Schuhe wurden grundsätzlich umgetauscht. Ich habe kein Problem mit dem Umtausch von Produkten, wenn ich beim Gebrauch an ihnen einen Defekt feststelle. Es liegt nicht außerhalb meiner Vorstellungskraft, ein Kleidungsstück zu erwerben, daheim festzustellen, daß das Farbgedächtnis mich getäuscht hat, es zur vorhandenen Kleidung nicht paßt, und es daher am nächsten Tag zurückzubringen. Ich versuche jedoch diese Situation zu vermeiden.

Bei dir wurden Schuhe grundsätzlich umgetauscht. Selten vor Ablauf einer Dreimonatsfrist. Zuweilen in dieser Zeit schon getragen. Häufig, ohne über den Kaufbeleg noch zu verfügen. So wie andere Diven ritualisiert einkauften, ihren Ausstatter, ihren Couturier hatten und es als selbstverständlich erachteten, eine auf Figur gearbeitete Wäschekollektion zur Auswahl von Paris in ihr Hotel in Wien liefern zu lassen, so hattest du den Umtausch ritualisiert. Dein Objekt der Begierde waren nicht die Schuhe, dein Objekt war der Umtausch.

Und jetzt stand ich mit einem Schuhkarton unter dem Arm in Stuttgart auf dem Weg vom Hotel in die Innenstadt. Ecke Pfizerstraße/Alexanderstraße. Schon aus Entfernung hatte ich den Schriftzug über dem Ladenlokal gesehen. Dann am Schaufenster. Blick nach oben. Zweiter Blick auf den Schrift-zug.

Ich stehe Ecke Pfizerstraße/Alexanderstraße, auf dem Weg vom Hotel in die Innenstadt. Beim Lesen des Schriftzugs über dem Ladenlokal hatte ich die Schuhe vergessen. Dann der Blick auf die Auslagen im Schaufenster. Erneuter Blick auf den Schriftzug über der Ladentür. Sprung durch die Zeit. Die Schrift. Franckh'sche Verlagshandlung. Ich erinnere. Kosmos Verlag. Vor mir sehe ich den Radiomann, den Elektromann, den Optikus, das All-Chemist C1 Labor und – den Logikus.

Die Hauptfläche des beige-graufarbenen Plastikgehäuses zwischen Lämpchen und Schiebern ist das Programmfeld. Zehn Reihen mit je fünf Einheiten. Diese zeigen an der Oberfläche jeweils sechs kleine Löcher, gerade groß genug, um einen an den Enden entmantelten Draht hineinstecken zu können. Durch diese fließt Strom. Oder nicht. Je nach Stellung der Schieber. Ja. Nein. Das ist logisch.

»Nicht die Erfindung der Atombombe ist das technische Ereignis unserer Epoche, sondern die Konstruktion der großen mathematischen Maschinen, die man, vielleicht mit einiger Übertreibung, gelegentlich auch Denkmaschinen genannt hat.« Schrieb Max Bense, stand im Handbuch des Spielcomputers Logikus. Ich lernte das Denken begreifen durch Schieben.

Ich schob Wolf, Ziege, Kohlkopf und Bauern vom rechten zum linken Ufer. Ich schob Passagiere im Fall einer Überbuchung von München nach Frankfurt oder Hamburg. Ich schob digitale Datenpakete. Addierte und subtrahierte binäre Zahlenwerte.

Fünfunddreißig Jahre später. Ich stehe vor dem Haus der Franckh'schen Verlagshandlung. Es gibt Tage, da kann ich mich weit vorwagen. An solchen Tagen schreibe ich alles auf.

189

An den anderen Tagen spüre ich, dass der Mensch nicht gemacht ist, all die Dinge zu erinnern, zu wissen, festzuhalten. Ich blicke in das Schaufenster. Radiomann, All-Chemist C1 und Logikus sind lange nicht mehr erhältlich. Heute gibt es Cyborg Hand und Gecko Run Twister.

Ich schließe die Augen nicht und sehe vor mir eine riesig erscheinende Fläche mit Einheiten von je sechs miteinander zu verdrahtenden Löchern, die, wäre sie groß genug, den jeweiligen Zustand der Welt repräsentieren könnte. Was wäre damit gewonnen? Sokrates ist ein Mensch und daher sterblich. Stünde genügend Draht zur Verfügung, ließe sich abbilden, wieso ich eine Bitte um einen Gefallen nicht abschlagen könnte. Das ist logisch.

Ich schließe die Augen nicht. Ich schaue durch Scheiben. Ich denke durch Schieben, schiebe Datenpakete. Jetzt nicht auf der beige-grauen Programmplatte des Logikus, sondern durch meinen Kopf. Ich versuche Erinnern, ich versuche die Rekonstruktion vergangener Schaltzustände. Versuche die Konstruktion nicht selbst erlebter Zustände. Versuche, mir vorzustellen, ich sei nicht in Stuttgart, nicht in der Pfizerstraße, sondern ginge durch Moskau. Gorki-Straße, Richtung Alexanderplatz. In Begleitung zweier Männer. Alexander Lurija und Weniaminowitsch Schereschewski. Wir gehen durch die Straße. Links, rechts merkwürdige Dinge an Häuserwände gelehnt, merkwürdige Dinge in den Eingängen, in Tornischen. In Begleitung der Männer beunruhigt mich das nicht, erscheint mir normal. Ich denke durch Schieben. Ich leiste Erinnerungsarbeit durch Gegenstände. So merkwürdig sie sein mögen. Ein mannshoher Bleistift an eine Mauer gelehnt, nur wenige Schritte weiter ein Kochtopf, der Hut eines Mannes, die Frau des gleichen Mannes, der seine Gattin jedoch nicht wahrnimmt, eine Packung Zigaretten der Marke Nil, eine Kuh, ein Pferd, ein Reh, ein Radiomann. Der eine meiner Begleiter lächelt und ich weiß, dass er es war, der Gegenstände und Personen dorthin gestellt hat.

Das schrille Klingeln einer Straßenbahn der Stuttgarter Verkehrsbetriebe holt mich zurück, ich bemerke, daß ich nicht durch Moskau gehe, sondern Ecke Pfizerstraße/Alexanderstraße im Schaufenster der Franckh'schen Verlagshandlung eine sich über Quadratkilometer hinziehende Ebene aus beige-grauem Kunststoff sehe, mit Einheiten von je sechs zu verdrahtenden Löchern. Auf dem Programmfeld mag die Schaltung verwirrend aussehen; mir ist klar, daß sie geordnet ist. Sie repräsentiert den Zustand der Welt, in dem die Frage gestellt wird: »Kannst du mir einen Gefallen tun?« Eine Schieberschaltung weiter die Antwort: »Natürlich.«

Noch einmal zehn Jahre später. Ich bin vorangekommen in meinen Bemühungen, die Welt verstehen zu wollen. Ich habe den Plan gefaßt, zunächst ein Modell der Welt zu bauen, um an diesem ihren Aufbau und ihre Funktionen zu studieren. Ich habe Baumärkte besucht. Holz, Universalverbinder, Nägel gekauft. Elektronische Bauteile im Fachmarkt gesucht und gefunden. Motörchen im Internet geordert. Meine Programmierkenntnisse erweitert. Das Modell wächst seither langsam, doch stetig. Und mit der Arbeit an dem Modell erschaffe ich selbst ein neues Problem. Denn die Welt wird, ist das Modell erst einmal fertiggestellt, doppelt so groß sein, da das Modell Teil der Welt sein, in ihr existieren wird. Verfolge ich den Plan, ein vollständiges Modell zu bauen, muß ich daher die Arbeit fort- und fortführen. Das ist logisch.

Wie oft die Schiebeschalter des Logikus bewegt wurden, seit ich Ecke Pfizerstraße/Alexanderstraße stand, vermag ich nicht zu sagen. Wieviele Drähte gesteckt und wieder entfernt wurden aus den Löcher der Sechsereinheiten, vermag ich mir nicht vorzustellen. Wären alle Schaltzustände gespeichert, Stellungen der Schiebeschalter und Verdrahtungen über die Jahre, wäre das Gedächtnis perfekt, die Erinnerung frei von Fehlern. Das klingt logisch.

Heute weiß ich, daß die Größe einer beige-grauen Ebene nicht ausreichen wird. Niemals ausreichen kann. Zumal sie, bewege ich mich in ihr, enger wird mit jedem Tag. In der Ferne sehe ich schon die Mauern schnell aufeinander zu eilen.

Deine crèmefarbenen Sommerschuhe im Karton unter meinem Arm, während ich Ecke Pfizerstraße/Alexanderstraße in ein Schaufenster erinnere. Aus den Auslagen wieder hinaus erinnere. Die Schuhe hattest du ziemlich genau zwölf Monate zuvor im Schuhhaus Abele gekauft, zweimal getragen, mich dann um einen Gefallen gebeten. Natürlich wurden die Schuhe umgetauscht. Einer Diva, Nachfahrin aus dem Hause Kleve, schlägt niemand einen Umtausch ab. Das ist logisch. Vielleicht.

Träume, Pisse, Tod

Es gibt Tage, da kann ich mich weit vorwagen. Dinge denken, die ich sonst nicht denken darf. Ich schreibe an solchen Tagen alles auf. Und es ist klar, daß ich dann nicht nur schöne Erinnerungen schreibe. Aber es gibt auch andere Tage. Tage, an denen ich dein Zimmer betrete und dich sehe und weiß, ich darf an einem solchen Tag nur schöne Erinnerungen denken.

Ich besuche dich. Anfahrt, Wendeplatz am Haus. Eingangsschleuse, Eingangshalle, Fahrstuhl, Station. Ich höre dich nicht schreien. Dein Zimmer. Du wendest dich mir zu und lächelst. »Besuch! Da freue ich mich aber.« Du lächelst, als ob du mich erkannt hättest. »Wer sind Sie, mein Herr?« Ich schaue dich an. Ich mache eine Erinnerung. Ich taste mich vor. »Aber Sie kennen mich doch. Ich schreibe doch alles auf. Erinnerungen. Alles das, was einmal war.«

»Was war, interessiert mich nicht. Die Vergangenheit interessiert mich nicht. Was ist wahr? Was ist wahr? Das interessiert mich nicht. Was wahr ist, ist, daß alles, was man da lesen kann, nicht wahr ist.«

Ich taste mich weiter vor. Die Erinnerung, die ich mache, kommt mir bekannt vor. Als habe ich sie schon einmal gesehen. Als habe ich sie schon einmal gehört. Das Zimmer kommt mir vertraut vor. Als sei ich schon einmal hier gewesen. Ich bewege mich in Kulissen, während ich mit dir spreche. Nachbauten, um eine Erinnerung zu rekonstruieren. »Was kann man lesen? Wo kann man was lesen?«

»Fünfundfünfzig Bücher sind über mich geschrieben worden, na bitte! Und das kann man lesen in den Magazinen, die haben irgendetwas gefunden, das ist alles nicht wahr.«

»Eben darum. Darum interessiert mich, was wirklich geschehen ist. Das halte ich dann fest. Schreibe auf. Dadurch, daß ich es dann aufgeschrieben habe, wird es Vergangenheit.«

»Ich interessiere mich nicht für die Vergangenheit. Warum soll man sich denn dafür interessieren, wo man geboren ist und wer einen da gewiegt hat und was man für Milch

193

bekommen hat. Das interessiert nicht. Mich interessiert Heute. Heute ist die Gegenwart. Ich war Schauspielerin, habe meine Filme gemacht, fertig!«

»Aber … «

»Aber. … Sie sind ein Träumer.«

»Sind Sie das nicht?«

»Nein!«

»Nie?«

»Das meine ich ja. Sie sind ein Träumer. Und ich bin kein Träumer.«

»Sind Sie nie eine Träumerin?«

»Nein, nie!«

»Nie?«

»Ich bin ein praktischer Mensch, ein logischer Mensch, ja? Träume gibt es nicht. Ich hab' gearbeitet, mein ganzes Leben, und da kann man nicht träumen, nicht wahr? Das wäre ja furchtbar, wenn man da träumen würde.«

– Ich habe die Situation vielleicht falsch eingeschätzt. – Dein Lächeln, die Aussage »Besuch! Da freue ich mich aber.« haben mich denken lassen, es sei ein Tag, an dem ich mich weit vorwagen könne. Ein Tag, an dem ich nicht nur schöne Erinnerungen machen könne. Ich schaue dich an, wie du vor mir sitzt. Du schaust zurück und ich habe den Eindruck, du schautest mir in die Augen. Plötzlich schreist du: »Ich bin zu Tode fotografiert und zu Tode biografiert worden!« Bist du das, das da schreit? Ich erinnere die letzten Jahre in der Bonaventurastraße. Erinnere, nach einem deiner Stürze Pflege organisiert zu haben. Erinnere, daß du die Pflegerinnen rausgeworfen hast. Die Nachbarn haben mich dann angerufen. Du habest sie zu dir bestellt, die beiden Eimer zu entleeren, die du benutztest, da du die Toilette nicht erreichen konntest. »Ist es denn zuviel verlangt, einen Eimer mit Pisse die Toilette hinunterzuspülen? Was zum Teufel ist schon dabei? Die sollten glücklich sein, daß ich es kann. Aber statt zu sagen: ›Wie wunderbar, Madame kann pinkeln‹, tun sie so, als würde ich sie um weiß Gott was bitten. Dabei könnte ich sterben. Erinnerst du dich, warum der eine Schauspieler starb? Weil er nicht pinkeln konnte! Sie sollten glücklich sein, daß ich es kann, oder?«

Diese Erinnerung erzähle ich dir. Ich möchte ausprobieren, wie weit ich gehen kann. Heute. Du antwortest. »Sterben! Sterben! Was soll das?«

Frage. »Haben Sie ein Verhältnis zum Tod?«

»Nein, überhaupt nicht.«

»Auch keine Angst vor dem Tod?«

»Angst?«

»Interessiert der Tod Sie nicht?«

»Man sollte schon Angst haben. Vor dem Leben, ja, aber nicht vor dem Tod, doch nicht vor dem Tod. Da weiß man doch nichts mehr. Aus.«

»Sie glauben nicht, daß danach was kommt?«

»Aber, so ein Quatsch. Außerdem glaube ich nicht an eine höhere Macht. Außer die höhere Macht ist meschugge.«

»Meschugge?«

»Meschugge, meschugge, det sacht man in Berlin.«

»Berlin? Was verbindet Sie mit Berlin?«

»Das waren Berliner, die wollten mir das nicht verzeihen. Ich meine, das war jetzt 16 Jahre nach dem Krieg. Und als wir aus dem Hotel kamen, dann ein Mädchen zu sehen, das durch die Reihe der Polizisten stürmte, und mir genau ins Gesicht spuckte und sagte: ›Verräterin!‹ Aber es gab auch andere.«

195

Mich reitet der Teufel. Ich frage. »Können Sie sich erinnern, einmal gesagt zu haben ›Wir wußten doch von den Konzentrationslagern‹?«

»Daran kann ich mich nicht erinnern!«

»Und ›Auf jeden Fall haben die Hitler gewollt. Die Deutschen haben einen Führer gewollt und haben einen Führer bekommen.‹«

»Daran kann ich mich nicht erinnern!«

»Ich ... «

»Und wenn jemand was gesagt hätte, dann wär' er abgeholt worden.«

»Aber um die Möglichkeit gedacht haben zu können, die Möglichkeit des Abholens, muß man doch eine Vorstellung gehabt haben, daß es angsterregend war, dort, wohin man gebracht wurde.«

Daran kann ich dich nicht erinnern.

Toast Hawaii und Teufelssauce

Auf wenigen Quadratzentimetern Weißbrot die Sehnsüchte einer ganzen Epoche: eine verschwenderische Kombination aus Schinken und Käse demonstrierte den Wohlstand des Wirtschaftswunders, Ananas und Cocktailkirschen zeigten die Sehnsucht nach der großen, weiten Welt, dem Geschmack der großen, weiten Welt. Toast, das war nicht England, das war mehr, das war AMERIKA!

1949 auf einer Haushaltsmesse: Buderus, Elektrolux, Fissler, Küppersbusch, Linde, Villeroy & Boch, Vorwerk. 1953: Bauknecht, Bosch, Brown, Bovery & Cie, Melitta, Miele, NEFF. Messe Köln. Und nach Köln war's nicht weit mit der

Eisenbahn. Modernität zog ein in deutsche Haushalte. In der Bergstraße stand in der Küche ein Kohleofen, mit dem im Winter geheizt und winters wie sommers gekocht wurde. In der Bonaventurastraße waren alle Wohnungen der Hochhaussiedlung an die Zentralheizung angeschlossen. Gekocht wurde auf dem Elektroherd. Alle Töpfe mußten vor dem Umzug neu gekauft werden.

Ich erinnere dich mit deiner Mutter, ich erinnere dich mit deinem Mann in der Stadt. Elektrokochplattengeeigne Töpfe mit polierten Stahlböden. Ich erinnere, daß eine neue Waschmaschine gekauft wurde, keine mit Flügelmotor getriebene, deren Flügelrad die Wäsche im von oben zu befüllenden, offenen Kessel lediglich herumrührte. Eine Trommelwaschmaschine, das klang fast wie Trommelrevolver. Ein neuer Kühlschrank mit Tiefkühlfach.

Ich erinnere, daß von diesem Zeitpunkt an von dir immer wieder Tischgrillgeräte gekauft wurden. Über all die Jahre, die du in der Bonaventurastraße gewohnt hast. Als dein Mann noch lebte, als deine Mutter noch lebte und über all die Jahre, die du, mal länger, mal kürzer, mit anderen Männern liiert warst, mochten sie nun mit dir dort gewohnt haben oder dich dort nur besucht haben, über all die Jahre hast du immer wieder, und immer gern, Tischgrillgeräte gekauft. Ich erinnere ein einziges Gericht, das im Tischgrill zubereitet wurde. Toast Hawaii. Ich erinnere die den Tischgrillgeräten jeweils beiliegenden Rezeptbüchlein: Pikanter Grillspieß, überbackene Schnitten auf Feinschmeckerart, Tartar mit Ei. Ich erinnere, daß du in den Geräten ein einziges Rezept zubereitet hast: Toast Hawaii. Ich erinnere aber auch genau, daß Toast Hawaii in den von dir geführten Haushalten nicht oft bereitet wurde. Ich erinnere dich mit einer

197

Cocktailschürze neben dem Tischgrill in der Küche stehend. Eigentlich hat deine Mutter gekocht. So lang sie lebte. Die Cocktailschürze wurde von dir angezogen, wenn Gäste erwartet wurden. Cocktailschürze wirkte leger; eine Diva versorgt ihre Gäste selbst. Kalte Platten waren vorbereitet. Käseigel, Schinkenröllchen, hartgekochte Eier mit Teufelssauce. Das einzige warme Gericht des Abends Toast Hawaii. Die Ananas vor Ankunft der Gäste der Konservendose entnommen. Appetitlich angerichtet. Ein Körbchen mit Toastschnitten. Eine Glasplatte mit quadratischen Schmelzkäsescheiben. Eine WMF-Platte mit den Schinkenscheiben. Die Schale mit Cocktailkirschen in den frühen Jahren bereitgestellt zur Dekoration. Später dann – mit zunehmenden Ansprüchen der Gäste und der Gastgeberin – wurden Kirschen durch Oliven ersetzt, folgend dem Geschmack der Zeit. Waren genügend Gäste eingetroffen, die die Ouvertüre zu Die-Diva-versorgt-ihre-Gäste-selbst gesehen hatten, konnte die Cocktailschürze abgelegt werden. So erinnere ich. Was ich nicht erinnern kann: wie der Toast getoastet wurde. Ananas, Schinken, Käse und Kirsche auf das Brot kamen. Was ich erinnere: wie du gewürzt hast, bevor die Creation in den Grill geschoben wurden, in einem Modell fanden jeweils zwei Scheiben Platz, ich erinnere auch Geräte für vier Scheiben. Du würztest. Mit Paprika. Scharf.

Gerühmt von den Gästen war auch die von dir bereitete Teufelssauce. Auch diese: scharf.

Kokettiert wurde in den Gesprächen an solchen Abenden mit Bildung. Teufelssauce. Man hörte das Wort ›Mephistopheles‹. Da wurde einer der Kommentare geschaffen, die es später bei den Diaabenden als Responsorium zu intonieren galt unter Eingeweihten.

Um all das richtig zu erinnern und den Tatsachen entsprechend aufzeichnen zu können, greife ich zu Hilfsmitteln. Ich habe Toastbrot gekauft und Scheibletten. Als Vegetarier verzichte ich auf den Schinken, gönne mir statt dessen drei Oliven, nicht eine. Nicht nur damit weiche ich ab vom Original. Ich verfüge über keinen Tischgrill, heize daher den Umluftherd vor in der Hoffnung, das Experiment möge dennoch gelingen, die Erinnerung mich nicht täuschen. Gewißheit hat man nie. Ich tauche ein in die Vergangenheit.

Einige Gerichte galten dir als plebejisch. Welche das waren, war im Einzelfall nicht immer leicht zu sagen. Denn es gab auch Hausmannskost, die zu essen leger war. Und dann gab es auch noch Speisen, die man zu bestimmten Gelegenheiten durchaus zu sich nehmen konnte. Es war und es ist schwierig, den Überblick zu behalten. Die Hitze des Umluftherdes hat den Käse meines Toastes geschmolzen und an den Rändern leicht gebräunt. Ich gebe mein Bestes und strenge mich an. Erinnerungsarbeit.

Koteletts gab es zum Beispiel für deinen Mann. Koteletts waren für Lokomotivführer. Koteletts hatte deine Mutter in der Eisenbahnerküche zubereitet in den Zeiten bevor und nachdem Wirsinggemüse mit Andeutungen von gehacktem Fleisch den Speiseplan dort bestimmt hatte. Gab es in der Bergstraße und später in der Bonaventurastraße für deinen Mann und deine Mutter Koteletts, aßest du Schnitzel. Halfst du ihr bei der Zubereitung des Essens, bevorzugtest du Paprika- oder Zigeunerschnitzel. Scharf. Erinnerungsarbeit.

Wirklich exotischen Speisen standest du skeptisch gegenüber. Dies vielleicht ein weiteres Indiz, daß du als Kind nicht wirklich in Shanghai gewesen bist. Oder hast du diese Skepsis gerade auf der Reise nach Shanghai erworben? Insekten in süß-saurer Sauce haben dich abgehalten, späterhin chinesische, thailändische oder vietnamesische Restaurants zu betreten? Soweit ich weiß, hast du niemals die Chinesische Gemüsepfanne von Iglo gekauft oder süß-saure Suppe Peking, auch wenn diese scharf war.

Exotik, so erinnere ich, während die geschmolzene Scheiblette an meinem Gaumen klebt und ich versuche, sie mit der Zunge zu lösen, war in deiner Welt die Schärfe des Paprika. Der Esprit einer Marika Röck, die Pußta der Czardasfürstin, das Gut der Gräfin Mariza.

Plebejisch waren Imbißbuden. Pommes oder Halbe Hähnchen kamen nur auf den Tisch, wenn die aus Bochum zu Besuch kamen und auf dem Weg am Grill auf der Steeler Straße Halt gemacht hatten. So erhielt das Kind Kenntnis über die Existenz von Pommes frites. Es mochte die Fritten. Wenige Tage später äußerte es den Wunsch. So wurde die Fritteuse, die es im unteren Fach des Küchenschranks gab, aktiviert, Palmin gekauft, und deine Mutter bereitete Pommfritts aus frischen Kartoffeln zu. Auch diese schmeckten dem Kind außerordentlich gut, waren aber letztlich ein ganz anderes Gericht als Pommes von der Bude. Ebenfalls plebejisch waren Kartoffelknödel von Pfanni, schon zu Zeiten, als es die im Kochbeutel noch gar nicht gab. Kartoffelknödel gab es häufig. Sie gehörten beispielsweise zum Sauerbraten, den deine Mutter auf unnachahmliche Weise zuzubereiten verstand. Der Sauerbraten selbst in Essig eingelegt mit Lorbeerblättern, Zwiebel, Nelken, Pfeffer. Die Kartoffeln mit der Hand gerieben. Zwar gab es eine Küchenmaschine im Haus, doch Kartoffeln für Klöße mit dieser zu reiben war undenkbar; da hätte man gleich zu Pfanni greifen können. Die Kartoffeln für die Klöße wurden mit der Hand gerieben, von deiner Mutter, deinem Mann. Später, nachdem dein Mann gestorben war und das Kind groß und stark genug, ihn im Haushalt zu ersetzen, würde es seine Aufgabe werden, den Brei aus geriebenen Kartoffeln portionsweise in ein halbleinenes blau-weiß kariertes Geschirrtuch zu geben und die Flüssigkeit aus diesem zu pressen, so daß die zur Herstellung perfekter Klöße notwendige Konsistenz erreicht werde.

Nach und nach ersetzte das Kind den Mann im Haus. Zu seinen Aufgaben gehörte, den fertig gebackenen Kuchen horizontal zu teilen, um den Bienenstich dann mit Buttercreme, aus echter Butter, füllen zu können. Zu seinen Aufgaben gehörte, defekte Glühbirnen auszutauschen. Zu seinen Aufgaben gehörte der Wechsel des Antriebsriemens der Walze am Klopfsauger, der nach dem Umzug in die Bonaventurastraße bei euch den alten Staubsauger ersetzt hatte.

Verhaltensforschung

Draußen ist es dunkel. Die bräunlichen Vorhänge, die Gardinen nicht vor die Fenster gezogen. Im Zimmer Licht. Die Scheibe spiegelt. Im Zimmer sitzt wieder ein keckernder Wellensittich. Ich sitze seitlich hinter dir und beobachte, höre. »Sie Arschloch, wer sind Sie? Was wollen Sie von mir? Guck mich nicht so an! Schau mich nicht an!« Du wendest mir den Kopf zu, fragst: »Wer wohnt denn da?« Ich weiß es nicht. »Warum kommt denn keiner? Warum hilft mir keiner?« Auch das weiß ich nicht. Ich helfe. Ich mache dir Erinnerungen. Doch du nimmst die Hilfe nicht an.

Klopfen an der Tür. Eine Pflegerin betritt das Zimmer. »Kann ich das Tablett mitnehmen?« Du antwortest: »Sie

Arschloch! Wer sind Sie? Was wollen Sie von mir?« Die Pflegerin kennt das schon. Sie nimmt das Tablett, wischt die Essensreste von der Tischplatte, säubert deinen Mund mit einem Tuch. Ich beobachte.

Nichts an dir ist Nachtrabe. Absurd erscheint mir die Vorstellung, du könntest zwei, drei Stunden später über den Gang hüpfen, eindringen in die Zimmer der Mitbewohner und diese besuchen nachts. Grotesk ist die Vorstellung, daß in einer Stunde etwa das Pflegepersonal die Bewohner bettet für die Nacht und droht: »Wenn wir jetzt nicht brav schlafen, kommt der Nachtrabe!« Sicher, es gibt die gesetzliche Regelung, daß eine Fixierung mit Gurten am Bett einer richterlichen Anordnung und der Zustimmung des Bewohners oder seiner Betreuung bedarf. Eine medikamentöse Ruhigstellung, die der Nachtruhe aller dienlich wäre, ist im Pflegebuch zu dokumentieren. Ein Mißbrauch würde auffallen. Die Drohung wäre einfacher.

Die Pflegerin verabschiedet sich, wünscht mir einen guten Abend. Lächelt. Vielleicht denkt sie, mich mit diesem Lächeln aufmuntern zu müssen. Du schaust schon wieder in das spiegelnde Fenster. Auf der anderen Straßenseite wurde in einer Wohnung Licht angemacht, so daß das Spiegelbild gebrochen wird. »Wer wohnt denn da?« »Wer ist das denn?« Und dann sehe ich, wie du dir an den Pullover greifst und versuchst, einen breiigen Essensrest abzuwischen, der mit Speichel vermischt beim Essen heruntergekleckert war. Ich freue mich. Ich freue mich. Ich bin erfreut.

Ich denke an die Versuche der biopsychologischen Forscher in Bochum, in denen Rabenvögel ein roter Fleck am Brustgefieder appliziert wurde. Stellte man ihnen dann einen Spiegel in die Voliere, versuchten sie, mit dem Schnabel den

202

Fleck zu entfernen, pickten dabei aber nicht nach dem Spiegelbild. Erkannten sich selbst als selbst. Und während ich dich mit gekrümmten Fingern am eingespeichelten Breirest nesteln sehe, weiß ich: das Nachtrabenbewußtsein lebt.

Wir sollten lernen, die Welten zu unterscheiden. Die Welt vor dem Spiegel, die hinter dem Spiegel und die des Nachtraben. Die eine Welt ist die sichtbare, in der eigenen Wohnung, die andere Welt ist die der Oma Kaderbach. – Und eine Welt zwischen diesen beiden Welten. Dazwischen, das ist die Welt hinter dem Schrank, die in der Türfüllung liegt, die Welt des Nachtraben. Die Welt dazwischen, das ist die Welt in unserem Kopf ist die des Nachtraben ist eine dunkle Welt. Hier gilt nicht: Eine Rose ist eine Rose ist eine Rose. Die Welt des Nachtraben ist voller Angst. In ihr hilft es nicht zu rufen: Seid ihr noch alle da!

Draußen vor unserm Kopf, vor unserer Stirn, vor unseren Augen, das ist die Welt vor dem Spiegel. Das Zimmer von Oma Kaderbach ist hinter dem Spiegel, deshalb habe ich dir von Oma Kaderbach erzählt. Was dir bleibt, ist die Welt draußen vor deinem Kopf. Dein Zimmer, der Gang, der Aufenthaltsraum. Doch dir bleibt auch: die Zwischenwelt, die Welt in deinem Kopf. Und die ist nicht schön. Eine Welt, dünn, auf Glas aufgedampft. Quecksilber. Der Spiegel selbst. Nicht das Davor. Nicht das Dahinter. Ein unvorstellbarer Ort ohne räumliche Tiefe, ein Ort, an dem der Nachtrabe haust. Ort des Grauens, der dich rufen läßt: »Mutter, Mutter, hilf! Mutter, Mutter, hilf!« Das vierte Wort des Erlösers am Kreuz. Du kommst nur bis zum vierten Wort. Ein fünftes, sechstes, ein siebtes Wort gibt es für dich nicht.

Ich habe von Wissenschaftlern gehört, die haben ihr Leben der Erforschung der Rabenvögel gewidmet. Wissenschaftler erforschen, ob Raben ein Langzeitgedächtnis besitzen. Kognitionsbiologen spielen den Vögeln Laute von jeweils anderen Raben vor. Aus ihren Reaktionen können sie schließen, wie die Raben die Informationen verarbeiten. Ob sie wie der Mensch Erfahrungen kodieren, speichern und erinnern können. Sie arbeiten an Forschungsstätten in ganz Europa. Sie arbeiten mit Raben, die als Jungtiere zusammen lebten, dann voneinander getrennt wurden und in verschiedenen Laboratorien landeten. Wenn man ihnen nach Jahren die Laute der jeweils anderen vorspielt, können sie sich dann an ihre früheren Gefährten erinnern? In einem der Labore wurden die Antwortrufe der Probanden ausgewertet und festgestellt, daß die Raben aufeinander reagieren und zwar auf ganz unterschiedliche Art und Weise. »Wenn wir uns den Ruf anschauen, dann sieht man, daß er sehr viele nicht harmonische Anteile drinnen hat, sehr gepulst ist. Es ist ein typischer Ruf, der als Antwort auf einen Raben gegeben wird, den sie nicht als sympathisch in Erinnerung haben, den sie aber in Erinnerung haben.« Ein Rabengedächtnis erstreckt sich über Jahre und Jahre. Ein Nachtrabe vergißt nichts. »Mutter, Mutter, hilf!«

Ich erinnere an dir: Müdigkeit, Kopf- und Gliederschmerzen. Du torkeltest, deine Bewegungen waren gestört. Ich erinnere das Stück Durch-die-Wohnung-Fliegen, das du mir vorspieltest, kammertheatralisch in der Bonaventurastraße. Jetzt sitze ich hinter dir im erleuchteten Zimmer, vor dunklem, spiegelndem Fenster. Beobachte. Wie unkoordiniert du die Speisereste versuchst mit dem Finger abzuwischen von deinem Pullover. Mir wird klar, die Quecksilberspiegelschicht hat über Jahre gewirkt, deine Nerven angegriffen, deine Nerven zerstört.

Draußen ist es dunkel. Ich beobachte dich. Ich fertige kunstvolle, kleine Erinnerungen. Ich biete sie dir an. Biete sie dir vergeblich an. Gleichzeitig suche ich Erklärungen. Meine Hilfe ist keine Nächstenliebe. Es ist eine Mischung aus Pflicht und Eigennutz. Ich versuche, die Welt zu verstehen. Du wendest den Kopf zu mir. Siehst mich mit Vogelaugen an. »Wer sind Sie? Sie Arschloch!«

Inhalt

Impressum:

© 2024 Hummelshain Verlag, Essen

ISBN: 978-3-910971-19-6

Umschlaggestaltung: Karl-Heinz Mauermann

Der Nachdruck, auch auszugsweise, sowie die Verbreitung durch Film, Funk, Fernsehen und Internet, durch fotomechanische Wiedergabe, Tonträger und Datenverarbeitungssysteme ist ausdrücklich nur nach vorheriger schriftlicher Genehmigung durch den Hummelshain Verlag gestattet.

www.hummelshain.eu

Druck: Libri Plureos GmbH, Friedensallee 273, 22763 Hamburg